Béla Bolten

Tote Mädchen weinen nicht

Ein Berg und Thal Krimi

Impressum

1.Auflage 2014

In den Reben 11
D-78465 Konstanz
belabolten@email.de

Korrektorat: Edith Abele, edith@abele.dk
Cover-Design: Sabine Herke, www.sabineherke.de
Titelfoto Mauer:

Der Autor im Internet: belabolten.wordpress.com

Inhalt

»Sie hatte keine Chance. Wenn er sie jetzt tötete, war es gut.«

Als die grausam zugerichtete Leiche der fünfzehnjährigen Annika Wilms aufgefunden wird, beginnt für die Konstanzer Ermittler Bettina Berg und Alexander Thal eine fieberhafte Suche - denn mehrere Mädchen wurden in den letzten Monaten als vermisst gemeldet. Eine Profilerin bringt Berg & Thal auf die Fährte skrupelloser Verbrecher, die wehrlose Mädchen verführen und in einen Sumpf aus Drogen und Prostitution ziehen.

Während die beiden Polizisten eine heiße Spur nach Amsterdam verfolgen, macht Annikas Mutter eine verstörende Entdeckung in der Hinterlassenschaft ihrer ermordeten Tochter .... .

»Tote Mädchen weinen nicht« führt den Leser in die menschenverachtende Welt der »Loverboys«, die minderjährige Mädchen in ihrer schwierigsten Entwicklungsphase ködern und erbarmungslos ausnutzen.

Über den Autor

Nach den Bestsellerkrimis »Leahs Vermächtnis«, »Sünders Fall«, »Bankers Tod« und »Claras Schatten« ist »Tote Mädchen weinen nicht« der fünfte Einsatz für das Konstanzer Ermittlerduo Bettina Berg und Alexander Thal.
Béla Boltens zeithistorische Krimiserie um den Ermittler Axel Daut (bisher erschienen: »Codewort Rothenburg« und »Der Aufbewarier«) spielt während des zweiten Weltkriegs in Berlin.
Bolten lebt und arbeitet in Konstanz am Bodensee.
Mehr Informationen im Internet:
http://belabolten.wordpress.com/

Vierter Juni, zehn Uhr zwölf

Das Geräusch eines sich von der Decke lösenden und mit einem dumpfen »Plopp« auf den Boden fallenden Wassertropfens ließ sie lächeln. Sie wusste nicht, woher das Wasser kam, hoffte aber, dass es ein Regentropfen war, der sich seinen Weg durch eine undichte Stelle im Dach gesucht hatte und nicht weit von ihr entfernt aufkam. Das stetige »Plopp - plopp« machte sie glücklich. Dabei hatte sie keine Ahnung, ob das Dach überhaupt schadhaft war, klammerte sich jedoch gleichzeitig an diesen Gedanken. Die herunterfallenden Tropfen waren ihr einziger Kontakt zur Außenwelt, zudem teilte der Laut, den sie beim Zerplatzen auf der Erde erzeugten, die Zeit in kleine Einheiten, was das Ausharren erträglicher werden ließ. Ohne zu wissen, worauf sie wartete, fürchtete sie, was geschehen könnte. Die Augenbinde drückte. Sie machte Grimmassen, legte die Stirn in Falten, riss den Mund auf und versuchte, unter Einsatz aller Muskeln, die sie im Gesicht bewegen konnte, das störende und sie in Dunkelheit haltende Tuch wenigstens so weit zu verschieben, dass sie einen Lichtschimmer erkennen konnte. Es gelang ihr nicht. Vorsichtig änderte sie ihre Sitzposition. Nur keine hektischen Bewegungen, vor ein paar Stunden war sie dabei auf die Seite gekippt und hatte es nur mit größter Anstrengung geschafft, sich wieder aufzurichten. Die Fesseln ließen ihr kaum Spielraum. Sie neigte sich ein wenig nach rechts und tastete den Boden ab. Zehn Zentimeter zur Seite, fünf nach vorn und ebenso viele nach hinten, weiter kam sie nicht. Der Boden war staubig, trocken und voller scharfkantiger Risse. Nackter Beton. Kleine Steine und andere Gegenstände, die sie als Nägel oder Schrauben zu erkennen glaubte, kamen ihr in die Finger. Sie hob ein Metallteil auf und drehte es in der Hand hin und her. Es hatte sechs Kanten, eine jede einen halben Zentimeter lang. Innen ertastete sie ein Gewinde. »Eine Mutter«, sagte sie halblaut und erschrak vor ihren eigenen Worten. Sie warf die Schraubenmutter weg und hörte, wie sie mehrfach auf dem Beton aufsprang. Was sie nicht fand, war eine Wasserpfütze.

Plopp.

Die Tropfen fielen außerhalb ihrer Reichweite zu Boden. Tränen stiegen in ihr auf, als hätte sie gerade eine Niederlage oder einen nicht gut zu machenden Verlust erlitten. Sie musste sich zusammenreißen. Wenn sie wegen so einer Lappalie losheulte, war sie echt am Arsch.

Ein kreischendes Geräusch zerriss die Stille und ließ sie den Atem anhalten. Sie vermutete, dass eine Schiebetür ihr Gefängnis von der Außenwelt abschloss. Jemand schob sie zur Seite und trat ein, ohne sie anschließend wieder zuzuziehen, wie es alle bisherigen Besucher getan hatten. Sie wusste dieses Verhalten nicht einzuordnen, klammerte sich aber an den Glauben, es sei ein gutes Zeichen. Wer auch immer eingetreten war, er oder sie sagte kein Wort. Sie traute sich nicht, zu atmen. Der Mensch schlurfte durch den Raum, versetzte einem Metallstück einen Kick, so dass es an ihr vorbei noch meterweit über den Boden rollte. Sie zählte seine Schritte, um die Größe ihres Kerkers zu ermitteln. Bei zwölf blieb die Person stehen. Sie hörte rasselnden Atem und bemerkte erst beim zweiten Atemzug, dass sie selbst geräuschvoll nach Luft schnappte. Die Person wandte sich leicht nach links und ging nah an ihr vorbei. Hätte sie sich zur Seite fallen lassen, wäre es ihr gelungen, die Beine des Fremden zu berühren. Sein Gang veränderte sich, er trat jetzt fest und ohne zu zögern auf. Sie beschloss, dass es ein Mann war, der sie umkreiste wie ein Raubtier sein Opfer. Was tat er, außer in gemessenen, dabei wohlgesetzten Schritten um sie herum zu gehen? Schaute er sie an? Was sah er? Sie versuchte, seine Perspektive einzunehmen, schaffte es aber nicht. Sie wusste nicht einmal mehr, welche Kleidung sie trug. Vermutlich eine Bluse und eine Jeans. Sie zog kaum etwas anderes an, als einfarbige Blusen, mal schwarz mal weiß, und Jeans. Aber vielleicht hatte man sie umgezogen? Zeit hätten sie genug gehabt – obwohl: Wie lange hatte sie überhaupt geschlafen, wenn man die wenigen Stunden der Ruhe so nennen konnte. Langsam legte sie die Hände auf ihre Oberschenkel, um sich zu vergewissern. Der Stoff war rau und kalt. Fühlten sich so ihre Jeans an? Sie war unsicher und erneut fürchtete sie, loszuheulen. Das durfte nicht passieren, sie musste etwas tun, die Initiative ergreifen, die Stille überwinden.

»Jan?« Sie erschrak, als sie ihre Stimme hörte, und räusperte sich. »Bist du das, Jan?«

Sie wartete, aber es kam keine Antwort. Der Mann ging einfach weiter um sie herum, als wäre sie Luft für ihn.

»Jan, wenn du das bist, dann nimm mir bitte die Augenbinde ab.«

Der Mann schwieg weiter, aber immerhin blieb er stehen.

»Jan?« Ihre Stimme drohte zu versagen. Sie flüsterte mehr, als sie sprach, und der Name stand eher wie eine Klage, denn eine Frage im Raum.

Statt einer Antwort ertönte ein scheppperndes Geräusch, das sie zusammenfahren ließ. Zwei Sekunden später ging ihr der hohe Ton erneut durch Mark und Bein. Es klang, als schlage der Besucher mit einem Gegenstand auf ein Rohr. Metall traf auf Metall. Der Unbekannte – sie glaubte inzwischen nicht mehr, dass es Jan war, denn der würde sie nicht derart quälen – fand einen Rhythmus. Langsam, aber stetig schlug er immer fester und damit lauter auf das Rohr. Es war, als beruhigte sie das Gleichmaß des Takts, ohne dass der Krach seinen Schrecken verlor. Sie lauschte und wiegte sich im Rhythmus, den der Unbekannte vorgab, bis ihr jemand, ohne dass sie seine Schritte gehört oder eine Bewegung gespürt hatte, in die Haare griff und ihren Kopf nach hinten riss. Jetzt wusste sie, dass sie zu zweit waren. Sie schrie auf. Zur Ihrer Angst gesellte sich Wut. Was wollten sie von ihr? Sie hatte bereits alles verloren. Ihr war nichts geblieben, als das nackte Leben. Und Jan, nach dem sie markerschüttend schrie. Was wollten sie ihr noch nehmen? Da war nichts mehr, dass sie ihr stehlen konnten.

Zehn Minuten später wusste sie, dass sie sich geirrt hatte.

Vierter Juni, elf Uhr zwanzig

Bettina Berg hasste den Verwaltungskram. Während ihre Augen auf den Bildschirm starrten, huschten ihre Finger wie ferngesteuert über die Tastatur. Das war der Vorteil dieser Routinearbeiten: so nervtötend sie auch waren, man konnte seine Gedanken dabei auf Wanderschaft gehen lassen. In den letzten Wochen war es ihr zunehmend schwergefallen, sich zu konzentrieren. Ihr Leben war zu kompliziert geworden und verlangte zu viel Aufmerksamkeit. Sie speicherte einen Datensatz, klappte die neben dem Keyboard liegende Akte zu und legte sie auf den Stapel der bereits bearbeiteten Unterlagen.

Es klopfte an der Tür, die im gleichen Augenblick schon geöffnet wurde. Stephanie Bohlmann hatte mehrere Aktenordner unter dem Arm und trug zwei Tassen in den Händen, aus denen es verführerisch dampfte. »Irgendwann werden wir in Schreibarbeiten derart ersticken, dass für die Ermittlung der bösen Buben gar keine Zeit mehr bleibt.«

Seufzend warf sie die Akten auf Bettinas Schreibtisch. »Wenn du fertig bist, kann das alles runter ins Archiv.«

Ohne eine Einladung abzuwarten, setzte sie sich auf den Besucherstuhl und blies in die Tasse. Sie bevorzugte als Einzige im Kriminalkommissariat Tee, was immer wieder Anlass für den einen oder anderen Spott war. Heute war Bettina nicht nach Flachs und sie trank schweigend ihren Kaffee während sie ihre Kollegin über den Tassenrand betrachtete. Obwohl sie es nicht wollte, konnte sie einen leichten Neid nicht unterdrücken. Stephanie strahlte immer noch wie am ersten Tag, dabei war sie jetzt fast genau sechs Monate mit ihrem Freund zusammen. Bettina erinnerte sich gut, wie Stephanie ihren Mike den Kollegen des KK 1 auf der Feier anlässlich ihrer Beförderung zur Kriminalkommissarin vorgestellt hatte. Der Typ tat ihr gut, keine Frage. Und sie selbst? Bettina wusste nicht, woran sie mit Tobias war. Das ewige Auf und Ab in ihrer Beziehung legte sich ihr langsam aber sicher aufs Gemüt. Zu allem Überfluss war sie auch noch von lauter jungem Glück umgeben. Nicht nur Stephanie und Mike, selbst Thal schien mit seiner Madlaina endlich eine neue Liebe gefunden zu haben. Er hatte ja auch lange genug um Leah getrauert.

Bettina trank einen großen Schluck Kaffee, wobei sie sich fast verbrannte. Zur Kühlung zog sie die Luft durch den Mund ein und atmete seufzend aus. »Du hast recht, Stephanie, wir halten uns hier mit Akten auf, während wir mit den offenen Fällen überhaupt nicht weiter kommen.«

»Du meinst die Mädchen?«

Bettina nickte.

Stephanie nahm eine dünne Mappe vom Stapel und schlug sie auf. »Gibt es da überhaupt einen Fall? Ich tippe ja immer noch darauf, dass die beiden einfach ausgerissen sind.«

Möglicherweise hatte Stephanie recht, auch Bettina war sich nicht sicher, ob sie es mit einem Verbrechen oder jugendlichem Ausreißertum zu tun hatten. Oberflächlich gab es kaum Gemeinsamkeiten zwischen dem Verschwinden von Pia Kindler und dem von Nasrin Amahdi. Die Erste war schon im Januar, also vor fünf Monaten, eines Morgens nicht zum Frühstück erschienen. Dem Anschein nach hatte sie sich in der Nacht aus dem Staub gemacht, samt zweier Koffer, in denen sie ihre Habseligkeiten verstaut hatte. Nasrin Amahdi, sechzehn und damit ein Jahr älter als Pia Kindler, verließ erst vor etwa fünf Wochen eines Nachmittags das Elternhaus, um eine Freundin zu besuchen. Dort kam sie allerdings niemals an und die beiden waren auch gar nicht verabredet gewesen.

Bettina stellte die Kaffeetasse ab. »Selbst wenn es auf den ersten Blick nicht so aussieht, dürfen wir ein Verbrechen trotzdem nicht ausschließen. Sogar eine Entführung ist durchaus denkbar.«

Stephanie legte die Akte zurück auf den Stapel und schüttelte den Kopf. »Es gibt keinen einzigen Anhaltspunkt dafür, kein Bekennerschreiben, nichts.«

»Du bist dir wirklich sicher, dass die beiden Mädchen einfach davongelaufen sind?«

»Das scheint mir am wahrscheinlichsten, und wenn ich mir deren Muttis so ansehe, kann ich die beiden sogar verstehen.«

Bettina lachte. Die junge Kollegin hatte es auf den Punkt gebracht, auch wenn die beiden Mütter grundverschieden waren. Während Daniela Kindler vor der Aufgabe, ein pubertierendes Mädchen zu erziehen, einfach kapituliert zu haben schien, behütete Bianca Amahdi ihre Nasrin wie eine überbesorgte Glucke ihre Küken. Die Mädchen werden auf jeden Fall genervt gewesen sein, da konnte man schon mal auf den Gedanken kommen, dem Elternhaus den Rücken zu kehren. Auch bei den Ermittlungen konnten die Mütter nicht sonderlich helfen, sie standen unter Schock. Vor allem Pia Kindlers Mutter kam mit der Ungewissheit, die sie jetzt schon Monate aushalten musste, immer weniger zurecht. Sie war kurz davor, durchzudrehen. Beim letzten Gespräch hatte sie Bettina auf übelste Weise beschimpft und der Polizei im Allgemeinen und ihr im Besonderen völliges Versagen und Gefühlskälte vorgeworfen. Bevor Bettina ihre Sorge äußern konnte, dass Daniela Kindler ihnen noch echte Probleme bereiten würde, klopfte es an die Tür und Kriminaldirektor Schober trat ein. »Schön, die Damen beim angeregten Plausch zu sehen. Was machen die offenen Fälle?«

Der Zynismus des Imam, wie die Mitarbeiter den Chef wegen seines oft monotonen Sprech-Singsangs nannten, ließ Bettina kalt. Stephanie bekam allerdings rote Wangen, obwohl ihr Selbstbewusstsein in den vergangenen Monaten deutlich gewachsen war.

»Wir arbeiten dran«, brummte Bettina und bewegte die Computermaus, um den Bildschirmschoner zum Verschwinden zu bringen. Schober musste das Foto ihres dreimonatigen Neffen ja nicht unbedingt sehen, womöglich zog er voreilige Schlüsse und sah sie schon im Mutterschutz, dabei fehlte ihr bis heute der geeignete Erzeuger. Sie seufzte und Schober sagte, als hätte er ihre Gedanken gelesen: »Sie kennen doch den jungen Thal, oder? Hatten Sie nicht sogar mal etwas mit ihm?«

Bettina hob den Kopf, aber Schober winkte ab, bevor sie ihrer Entrüstung auch verbal Ausdruck verleihen konnte. »Geschenkt! Sie sollten ihn trotzdem anrufen. Mir ist zu Ohren gekommen, dass die Mütter unserer verschwundenen Mädchen eine größere Aktion mit unserem allseits geliebten Lokalblatt planen. Wäre gut, wenn wir darüber bescheid wüssten.«

Ohne ein weiteres Wort drehte sich Schober um und verließ den Raum.

Stephanie atmete geräuschvoll aus, als hätte sie die ganze Zeit die Luft angehalten. Bettina griff zum Telefon und wählte Tobias Thals Nummer in der Redaktion. Es meldete sich nur seine Sekretärin, er wäre bei einer Pressekonferenz der Bodensee Schiffsbetriebe im Hafen. Bettina rief auf dem Handy an und er nahm nach dem zweiten Klingeln ab. »Was gibt's, mein Schatz?«

Ihr lief ein warmer Schauer den Rücken hinunter. Wann hatte er sie zuletzt mehr oder weniger öffentlich mit einem Kosenamen angesprochen? Sie versuchte, ihrer Stimme einen möglichst sanften Klang zu geben, was ihr angesichts der sachlichen Frage, die sie zu stellen hatte, nicht leicht fiel. Tobias redete nicht um den heißen Brei, sondern bestätigte, dass er am Nachmittag einen Termin mit Daniela Kindler und Bianca Amahdi hätte, vermutlich käme auch Nasrins Vater Farin dazu. »Wie es aussieht, kommt ihr in der Sache nicht weiter, da könnte eine kleine Kampagne an prominenter Stelle im Blatt doch nicht schaden, was meinst du?« Tobias gab seiner Stimme einen Tonfall, als spreche er über den neuesten Kinofilm, den er sich am Abend mit ihr ansehen wollte. Während Bettina nach Details fragte, betrat ein uniformierter Kollege den Raum und legte ihr einen Zettel auf den Schreibtisch. Sie starrte auf das Blatt Papier, reichte es Stephanie Bohlmann und unterbrach Tobias, der gerade die geplanten Maßnahmen genauer erläutern wollte. »An deiner Stelle würde ich mit der

Veröffentlichung noch warten. Wenn stimmt, was man mir gerade mitteilt, hast du morgen eine andere Schlagzeile.«

19. April

Es wird wirklich immer schlimmer mit Mama. Sie peilt so langsam gar nichts mehr. Ich weiß, ich sollte so etwas nicht über meine Mutter schreiben, aber dieses Tagebuch wird sie sowieso nie sehen. Mama ist nur noch peinlich. Sie hängt ständig mit diesem Typen rum, diesem Asi. Jünger als sie ist er auch, und zwar ziemlich viel. Gestern wäre ich den beiden fast im Kaufland in die Arme gelaufen. Ich wollte mir eine Flasche Breezer holen fürs Chillen am Seerhein, schließlich war es der erste halbwegs warme Tag im Jahr. Als ich Mama gesehen habe, habe ich mich sofort in den nächsten Gang verdrückt, wenn sie mich mit Alkohol erwischt hätte, hätte ich mir den Nachmittag mit der Clique schenken können. Meine Angst war aber total unnötig, denn sie war mit dem Typen unterwegs und die beiden haben sich mit den Augen ausgezogen. In aller Öffentlichkeit. Ekelhaft und total peinlich so was.

Und Paps? Dem scheint inzwischen auch alles egal zu sein. Hat sich über eine Woche nicht mehr gemeldet. Er könnte ja wenigstens mal ne SMS schicken oder ne WhatsApp-Nachricht. Aber das hält der Herr Papa nicht für nötig. Dem bin ich doch völlig egal!

Das einzig Positive heute war der Bummel mit Lara. Sie hatte mal wieder die Taschen voller Geld. Ich habe echt keine Ahnung, wo sie die ganze Kohle her hat. Ich kann mir nicht vorstellen, dass ihre Eltern ihr soviel Geld geben. Mir soll's aber auch egal sein! Jedenfalls hat sie mich auf ein Eis ins PANO eingeladen. Wir haben uns riesige Eisbecher bestellt und uns damit wie Gräfin Rotz in die Loungesessel gelüm-

melt. Am Nebentisch sind zwei Typen gesessen, die uns die ganze Zeit angestarrt haben. Ich war sicher, sie meinten Lara, die hat sich nämlich aufgedonnert wie selten. Enge Bluse, darunter Push-up-BH, Mini-Rock. Na ja, Lippenstift, Lidschatten und so hatte ich natürlich auch aufgelegt. Als wir aufgestanden sind und aus dem Café gehen wollten, hat mich der eine von den beiden an die Hand gefasst und nach meinem Alter gefragt. Einfach so. Ich fand das schon ein bisschen dreist, aber was soll's. Der Typ war echt süß, wie er mich aus seinen strahlend blauen Augen angeschaut hat. Ich habe gelogen und gesagt, dass ich 16 bin. Wegen dem halben Jahr mache ich mir doch keinen Kopf. Außerdem werde ich ihn eh nie wiedersehen. Der ist bestimmt acht Jahre älter als ich, der findet doch ganz andere Mädchen. Aber träumen wird ja wohl noch erlaubt sein.

Vierter Juni, dreizehn Uhr fünfundzwanzig

Bettina verzog das Gesicht. Der Gestank war zwar weniger ekelhaft, als sie es erwartet hatte, dafür aber in einer Weise penetrant und durchdringend, dass sie sich bemühte, nur durch den Mund zu atmen. Der Hof der Entsorgungsbetriebe stand voller gelber Fahrzeuge und Mülllaster, die neben den großen, offenen Containern parkten, in die sie den bei ihrer Tour eingesammelten Hausmüll schütteten. Dazwischen wieselten die Tatortermittler in ihren weißen Ganzkörperoveralls, zu denen die farbigen Plastiküberzieher für die Schuhe in merkwürdigem Kontrast standen. Die bunten Tupfer an den Füßen wirkten grotesk. Bettina ging auf Grendel, den Leiter der Konstanzer Kriminaltechnik zu, der sich angeregt mit einem der Müllwerker unterhielt. Er unterbrach das Gespräch und nickte Bettina zu. »Schöne Scheiße, und das im wahrsten Sinne des Wortes.« Er deutete auf eine Stehleiter an der Seite eines Containers. Bettina kletterte hinauf und blickte in den Behälter. Ein Techniker stand bis zu den Knien im Hausmüll und begutachtete den verunstalteten Kopf einer jungen Frau. Die Leiche lag in seltsamer Verrenkung und noch halb von Müll bedeckt auf dem Rücken. Nils Kröning, der Polizeifotograf, hockte auf einer Holzkiste und fotografierte Details, auf die ihn der Tatortermittler hinwies.

Bettina drehte sich um und schaute zu Grendel hinunter. »Wer hat sie gefunden?«

Der Techniker deutete auf einen etwa dreißigjährigen, stämmigen Mann in der Montur der Müllwerker. »Der Fahrer des Lasters. Er hatte die Ladefläche gekippt und kontrollierte, dass nichts neben den Container fiel. Dabei sah er die Leiche vom LKW rutschen. Hätte er nicht zufällig genau in diesem Moment aufgesehen, wäre ihm vermutlich gar nichts aufgefallen und wir hätten jetzt nicht diesen unappetitlichen Fall am Hals.«

Bettina schluckte den Kommentar herunter, der ihr angesichts von Grendels Zynismus auf der Zunge lag, und fragte stattdessen: »Was passiert mit dem Müll?«

»Er wird zur Verbrennung nach Weinfelden gebracht. Kleiner Grenzverkehr sozusagen.«

»Na sieh mal einer an«, sagte Bettina verwundert über die Tatsache, dass die Konstanzer ihren Müll in die Schweiz karrten. Grendel schaute sie an, als wartete er auf eine Erklärung, was sie mit diesem Ausruf meinte. Als Bettina keine Anstalten machte, weiter zu sprechen, sondern schweigend von der Leiter stieg, wandte er sich an Stephanie, die mit Frank Auer, dem vierten Ermittler des Kommissariats, bereits einige Befragungen durchgeführt hatte. »Welche Laus ist denn der Kollegin Berg heute über die Leber gelaufen? Sie ist doch sonst nicht so bräsig.«

Stephanie war sichtlich nicht zu Scherzen aufgelegt, hob nur kurz die Schultern und fragte sachlich nach Erkenntnissen zur Person der Toten.

»Die Leiche ist in keinem guten Zustand, die Verwesung hat schon eingesetzt. Zudem ist die Tote nackt, die Kleidung gibt uns also keine Hinweise und bis jetzt haben wir auch noch keine Papiere oder andere persönliche Gegenständige gefunden. Allerdings konnten wir bisher auch nur oberflächlich suchen, erst nach dem Abtransport der Leiche werden wir den Müll gründlich durchsieben. Das Gesicht ist nahezu unkenntlich, zum Teil wegen der Verwesung, zum Teil infolge von Gewaltanwendung.«

Bettina stellte sich neben Stephanie und sagte mehr zu ihr, als zu Grendel: »Glaubst du, es ist eines unserer Mädchen?« Der Techniker war wegen der Missachtung nicht beleidigt und antwortete prompt: »Das werden wir bald wissen, denn soweit ich das sehe, sind die Zähne der Toten unversehrt. Ein Abgleich mit dem Zahnstatus der verschwundenen Mädchen dürfte kein Problem sein.«

Ohne ein weiteres Wort wandte sich Grendel ab und stieg auf die Leiter. Als er die Beine über den Rand des Containers schwang, stöhnte er vernehmlich. Bettina hätte angesichts seiner Theatralik fast gelacht, aber Stephanie informierte sie sachlich, dass Auer mit dem Müllwagenfahrer gesprochen habe. »Der Mann steht zwar noch unter Schock, scheint aber ein guter Beobachter zu sein.« Sie machte eine kurze Pause, um sich zu vergewissern, dass sie Bettinas Aufmerksamkeit hatte. »Fest steht, dass die Leiche nur in einem größeren Müllbehälter gelegen haben kann, in eine kleine Tonne hätte sie nicht gepasst. Von diesen Großbehältern gibt es mehrere an der heutigen Strecke.« Sie machte erneut eine Pause, wedelte mit der Hand vor ihrem Gesicht und zog Bettina vom Container weg. »Findest du nicht, dass der Gestank immer schlimmer wird?« Bettina schnupperte. Tatsächlich, in den Mief des Mülls mischte sich der unvergleichliche Geruch des Todes. Ohne noch einmal darauf einzugehen, nahm Stephanie den Faden wieder auf. »Wie gesagt, der Müllwerker ist ziemlich durch den Wind, aber ich werde nachher die Route noch mal mit ihm abfahren, vielleicht finden wir irgendwelche Hinweise.«

Bettina war zwar skeptisch, dass sie so viele Stunden später noch brauchbare Spuren finden konnten, hatte aber auch keine bessere Idee und nickte deshalb nur stumm.

»Wie ich sehe, sind die Damen schon mitten in den Ermittlungen.«

Bettina drehte sich erstaunt um. Es kam selten vor, dass Gerhard Restle am Tatort erschien, der Rechtsmediziner zog es vor, die Opfer von Kapitalverbrechen erst in seinem Sektionssaal in Freiburg zu sehen. Er strahlte die beiden Polizistinnen an. »Wo haben Sie denn Ihren Chef gelassen?«

»Der ist noch in den Ferien«, antwortete Stephanie. »Kommt übermorgen zurück. Aber was verschafft uns die Ehre Ihres Besuchs?«

Restle presste kurz die Lippen aufeinander, was sein Gesicht verhärmt wirken ließ. »Ich war zufällig in Meersburg bei einem alten Freund und Weggefährten, als eure Leitstelle mich anrief. Ich habe von den verschwundenen Mädchen in der Zeitung gelesen und da dachte ich mir, es wäre nicht schlecht, wenn ich den Tatortermittlern ein bisschen auf die Finger schaue. Kann ja nicht schaden, die Frage, ob es sich um eines der beiden Kinder handelt, so schnell wie möglich zu klären, oder?«

Grendel trat von hinten an den Rechtsmediziner heran. »Hallo Doc, bevor Sie zu der Toten in den Dreck steigen, sollten Sie sich das ansehen.« Er hielt drei Polaroids in der Hand, die er verteilte. »Das sind Abbildungen vom rechten Oberschenkel.« Bettina drehte sich zur Seite, um das Foto im Körperschatten besser betrachten zu können. »Sieht wie eine Art Brandzeichen aus, oder?«

»Genau!« rief Grendel. »Der Art der Brandverletzungen nach zu urteilen, wurden die Zeichen mit einer glühenden Zigarette eingebrannt. Leider ist es nicht gut zu entziffern.«

Restle hob die Hand und hielt sich das Bild so nah vors Gesicht, dass seine Nase das noch feuchte Papier fast berührte. »Könnten zwei Buchstaben sein. B und O. Oder zwei Ziffern: 8 und 0.«

»Oder eine Kombination von beidem«, mischte sich Grendel ein. »Fragt sich nur, was es zu bedeuten hat.«

»Wenn es ein Brandzeichen ist ... «, Grendel ließ den zweiten Teil des Satzes offen und Stephanie Bohlmann ergänzte »... hat jemand sein Eigentum gekennzeichnet.«

Restle hob den Daumen und stieg ohne ein weiteres Wort die Leiter hinauf.

Vierter Juni, fünfzehn Uhr zehn

Vor ein paar Stunden hätte sie alles dafür gegeben, dass ihr endlich jemand die Augenbinde abnahm. Die Dunkelheit und Ungewissheit quälte sie. Konnte sie ahnen, dass es weit schlimmer war, der Realität in die Augen zu schauen? Jetzt wusste sie, dass es Folter sein konnte, sich selbst anschauen zu müssen.

Sie lag auf einem Bett, die Hände waren mit Handschellen an das eiserne Gestänge am Kopfende gekettet. Rund um ihr Lager standen in zwei Meter Entfernung Gestelle, so hoch, wie ein normaler Wohnraum und mit Vorhängen aus schwerem, schwarzen Stoff behängt. Dadurch entstand ein düsterer Raum, in den ausschließlich von oben Licht fiel. Sie schaute zur Decke. Ihr »Zimmer« war anscheinend Teil einer größeren Halle, über der sich ein Wellblechdach wölbte. Sie schätzte die Höhe des Gebäudes auf mindestens zehn Meter. Oben, an einer Stelle rechts von ihr, entdeckte sie ein Loch in den Wellblechschindeln, durch das sie ein Stück blauen Himmels sah. Sie wandte den Kopf zur Seite. Direkt unter dem Loch war der Boden feucht, was sie gehört hatte, waren also tatsächlich Regentropfen gewesen.

Das einzige Möbelstück in ihrer schwarz verhangenen Kammer war eine kleine Kommode aus dunklem Holz, darauf ein Leuchter mit fünf noch nicht angebrannten Kerzen. Direkt vor ihrem Bett stand ein zwei Meter hoher und mindestens ein Meter breiter Spiegel. Er war das eigentliche Folterinstrument, denn sie konnte nicht anders, als sich immer wieder anzuschauen. Ihr kahl geschorener Schädel, aus dem die Augen wie feurige Kohlen hervortraten, leuchtete ihr fast jungfräulich weiß entgegen. Schweigend hatte ihr der Mann vor einer Stunde den Kopf geschoren. Nichts war zu hören gewesen außer seinem Atem, der stoßweise kam, als erregte ihn seine Tätigkeit oder forderte höchste Konzentration. Sie hatte vergeblich versucht, ihn an seinem Geruch zu identifizieren. Zu viele Männer waren ihr in den letzten vier Wochen nahegekommen. Stinkende, alte Kerle, aber auch junge, nach teuren Parfums duftende Schönlinge. Der Mann mit dem Rasiermesser roch nach nichts, allenfalls nahm sie eine leichte Spur von Seife wahr.

Sie schloss die Augen. Sie konnte ihren eigenen Anblick nicht ertragen. Langsam drehte sie den Kopf zur Seite und sah lange, schwarze Haarsträhnen auf dem Boden. Sie erkannte in den kurz oberhalb der Wurzel abgetrennten Haaren ihre Seele. Wer hatte ihr das angetan? Und warum? Bisher hatte Jan sehr viel Wert darauf gelegt, dass sie schön war, für ihn selbst und für seine Freunde. »Jan«, flüsterte sie und es hörte sich gut an. Eine warme Welle spülte durch ihren Körper. Sie atmete tief ein. Sie musste sich zusammenreißen und ihre Gedanken zusammenhalten. Es gab im Moment eine einzige, bedeutsame Frage: Warum hatte man ihr den Kopf geschoren? Wollte man sie wegwerfen, wie die Haarsträhnen? Oder war es ein neues, perverses Spiel, auf das man sie vorbereitete? Noch mehr konnte sie nicht ertragen, sie hatte das Gefühl, verrückt zu werden. Alles schien ihr besser, als weiter den Qualen und Schmerzen ausgeliefert zu sein.

Das Krächzen der Tür holte sie aus ihren Gedanken. Sie riss die Augen auf und starrte an ihrem nackten Körper herunter. Krampfhaft versuchte sie, ihre Blöße zu bedecken, indem sie sich zur Seite drehte, soweit es die Fesseln zuließen. Wie sie sich auch wendete, sie blieb ein zur Schau gestelltes Opfer. Sie wünschte sich, dass es zu Ende ging. Sie hoffte auf den Tod.

Vierter Juni, sechzehn Uhr vierzig

»Es ist eines der Mädchen, ganz sicher!«

Bettina ließ Schobers Bemerkung unkommentiert. Es hatte keinen Zweck, dem Kriminaldirektor zu widersprechen, wenn er über einen Fall spekulierte. Er würde sich von seiner Meinung nur von harten Fakten abbringen lassen und die konnte sie ihm im Moment nicht entgegenhalten. Noch nicht, denn Stephanie Bohlmann und Frank Auer waren in die Freiburger Rechtsmedizin gefahren, um bei der Obduktion dabei zu sein. Bettina hatte kurz überlegt, das selber zu übernehmen, aber doch auf ihren Magen gehört, der schon angesichts des üblen Geruchs, der aus dem Müllcontainer aufgestiegen war, revoltiert hatte. Das Mädchen war zwar nicht ihre erste Leiche, bei der die Verwesung eingesetzt hatte und der dieser typische, mit nichts anderem zu vergleichende Odor Mortis entströmte, aber dieses Mal traf es sie besonders hart. Sie glaubte noch immer, den schweren, moschusartig süßen, mit der Ausdünstung verfaulenden Fleisches angereicherten Gestank in der Nase zu haben. Sie griff zur Tube mit der nach Menthol riechenden Erkältungssalbe und schmierte sich etwas an die Nasenflügel.

»Ich muss mir einen Schnupfen eingefangen haben«, sagte sie, während sie den Deckel auf die Tube schraubte. Schober schien mit dieser Erklärung zufrieden. Warum hockte er bloß hier bei ihr rum, hatte er nichts Besseres zu tun? Sie schaute auf die Uhr. So langsam könnten sich die Kollegen mit ersten Ergebnissen melden, vielleicht fand sie dann einen Grund, das Präsidium zu verlassen. Sie starrte auf das Telefon, als könne sie es hypnotisieren und erschrak, als es tatsächlich klingelte. Nach einem Blick aufs Display riss sie den Hörer an ihr Ohr. »Was gibt's, Stephanie?«

»Auf der einen Seite noch nicht viel, auf der anderen möglicherweise die wichtigste Erkenntnis überhaupt.«

Bettina presste den Hörer noch enger ans Ohr. Es gehörte zu den Eigenarten der Ermittler im Kommissariat 1, dass sie die Kollegen gerne auf die Folter spannten. Thal meinte, dass sie dadurch unbewusst die Spannung und Aufmerksamkeit bei allen hochhielten, was ihr allerdings etwas weit hergeholt erschien. Obwohl Stephanie das Küken der Truppe war, hatte sie sich diese Marotte längst angewöhnt. Bettina wusste, dass es keinen Sinn hatte, sie zu drängen, im Gegenteil. Wenn Stephanie mitbekäme, wie begierig sie auf diese Information war, würde sie damit noch länger hinter dem Berg halten, also schwieg sie.

»Bettina, bist du noch da?«

»Glaubst du, ich renne hier weg?«, blaffte Bettina in den Hörer.

»Okay, hör zu. Restle hat den Zahnstatus der Toten mit denen der beiden vermissten Mädchen verglichen.«

Stephanie machte eine weitere Kunstpause, aber diesmal konnte Bettina nicht ruhig bleiben.

»Nun sag schon! Gibt es eine Übereinstimmung?«

Sie sah aus dem Augenwinkel, wie Schober sich in seinem Sitz erhob und mehr stand als saß. Stephanie holte einmal tief Luft und sagte wie aus der Pistole geschossen.

»Negativ. Die Tote aus dem Müllcontainer ist weder Pia Kindler noch Nasrin Amahdi.«

Mehr gab es im Moment nicht zu berichten und Stephanie Bohlmann trennte die Verbindung nach einem kurzen »ich melde mich später wieder«.

Schober verharrte immer noch in der grotesken, halb sitzenden, halb stehenden Position. Bettina schüttelte mit dem Kopf. »Keine Übereinstimmung beim Zahnstatus.«

Schober ließ sich fallen. »Das heißt, wir haben ein drittes Opfer.« Er dachte einen Augenblick nach, ehe er die Frage stellte, die auch Bettina umtrieb. »Ist das jetzt eine gute oder eine schlechte Nachricht?«

Sie traute sich nicht, eine Antwort zu geben und der Kriminaldirektor erwartete auch keine Stattdessen fragte er: »Wann kommt Thal aus den Ferien zurück?«

»Übermorgen.«

Schober kramte sein Smartphone aus der Jackentasche und wählte eine Nummer. Mit geschlossenen Augen lauschte er, als müsse er sich extrem konzentrieren, um seinen Gesprächspartner zu verstehen. »Thal, wir haben hier einen Mordfall. Bitte melden Sie sich umgehend.« Er legte auf und sah Bettina an. »Nur die Mailbox.«

Keine fünf Sekunden später klingelte Bettinas Handy. »Alexander« stand auf dem Display. Sie wies den Anruf ab. »Privat«, sagte sie zu Schober, der nickte und sich aus dem Sessel erhob, was ihn Kraft zu kosten schien. »Sagen Sie mir bitte bescheid, wenn Thal sich meldet.« Er ging zur Tür und drehte sich noch einmal um. »Sofort!«

Einundzwanzigster April

So fühlt es sich also an, wenn man richtig verliebt ist. Wunderbar! Ganz anders, als zum Beispiel bei Florian. Kein Vergleich! Mit Flori war es auch schön, so warm und weich, und wenn er mich geküsst hat, bekam ich am ganzen Körper Gänsehaut. Aber jetzt! Ich kann an gar nichts anderes mehr denken, nur an Noah! Ich wünsche mir jede Sekunde, dass er neben mir ist und wenn er mich nur anschaut, habe ich das Gefühl, gleich in Ohnmacht zu fallen. Mein Gott, ich schreibe hier Unsinn wie ein kleines Mädchen. Aber ehrlich, ich hätte doch nie gedacht, dass ich ihn nach der kurzen Unterhaltung im PANO noch mal wiedersehe. Und dann stand er gestern plötzlich vor der Schule. Und das auch noch mit so einem Sportwagen. Cabrio. Rote Ledersitze. Es war wie im Kino. Ich bekam einen knallroten Kopf und war froh, dass ich nach der Stunde rumgetrödelt hatte und als letzte und allein aus dem Gebäude kam. Nicht auszudenken, wenn alle das mitbekommen hätten. Die würden mich doch für größenwahnsinnig halten.

Noah hat mich gefragt, ob er mich zu einem Glas Cola einladen darf. Ich war so aufgeregt, dass ich keinen vernünftigen Satz rausbekam. Ich habe nur genickt und er hat mir die Beifahrertür aufgehalten wie ein Gentleman. Wir sind dann aus der Stadt rausgefahren, immer am See entlang. Ich bin mir wie ein Filmstar vorgekommen. Er hat mich in ein nobles und schweineteures Café direkt am Wasser eingeladen. Ich wollte erst gar nicht reingehen, weil ich mich so geschämt habe wegen meiner alten Klamotten. Aber Mama ist ja nicht in der Lage, mir genug Kleidergeld zu geben. Immer heißt es nur, »wir müssen sparen, Kind«, oder »Ich kann ja auch nicht mehr als arbeiten«. Klar! Aber sie zieht jeden Abend mit ihrem Asi-Kerl um die Häuser und der sieht nun wirklich nicht so aus, als könne er das alles bezahlen. Hätte ich doch nur Eltern wie Lara! Wenn sie etwas braucht, fragt sie und bekommt gleich ein paar Scheine zugesteckt. Es muss sich wirklich dringend etwas ändern, so kann es einfach nicht weiter gehen.

Es war dann aber doch sehr schön in dem Café. Wir haben Eiskaffee getrunken und uns über eine dicke Schweizerin totgelacht, deren Pudel auf dem Stuhl direkt neben ihr saß, natürlich auf einem weichen Samtkissen, und den sie mit Sahnestückchen vollstopfte.

Noah ist dann ganz gemütlich und langsam zurück nach Konstanz gefahren. Es wurde schon dunkel. Als er das Auto vor dem Haus parkte, hatte ich für einen Moment das Gefühl, er wollte mich küssen. Er schaute mich so verträumt an. Bloß nicht, dachte ich, hinterher sieht Mama das noch oder die alte Ensle, die Schnepfe von Nachbarin. Noah hat das gemerkt und hat mir nur kurz zugezwinkert. Das ging mir aber genauso durch Mark und Bein, als hätte er mich geküsst, mit Zunge und allem. Auf jeden Fall werde ich ihn wiedersehen. Wir gehen morgen ins Kino. Ich weiß gar nicht, wie ich die Zeit bis dahin überstehen soll. Die ganze Nacht und dann noch sechs Stunden Schule. Wie soll das bloß gehen, wo doch mein Herz klopft wie wild. Vielleicht wird es besser, wenn ich es aufschreibe. Ich liebe dich, Noah!

Vierter Juni, siebzehn Uhr zehn

Alexander Thal und Madlaina Veicht schlenderten Händchen haltend durch die Ankunftshalle des Züricher Flughafens. Sie schwiegen, überhaupt hatten sie während des zweistündigen Fluges von Brindisi nur wenig geredet. Was gab es auch zu besprechen, nachdem sie zwei Wochen Tag und Nacht zusammen verbracht hatten. Alles war gesagt, nicht nur mit Worten, sondern auch mit ihren Körpern. Thal hätte vor dem Urlaub nie gedacht, dass er sich so bedingungslos auf eine Frau einlassen könnte, ohne Leah zu verdrängen, die - und das wusste und akzeptierte Madlaina ohne Wenn und Aber - für immer ein Teil seines Lebens blieb. Ohne sie wäre er nicht der Alexander Thal, der jetzt Madlaina liebevoll anlächelte. Zum ersten Mal seit Leahs Tod, die einem Attentat zum Opfer gefallen war, das ihm gegolten hatte, war er glücklich und frei von Schuldgefühlen. Madlaina schien eine Zauberin zu sein. Sie drückte seinen Arm. »Ich muss mal eben für kleine Fallanalytikerinnen.«

Thal zog das Handy aus der Tasche und wählte erneut Bettinas Nummer. Er hatte sie sofort angerufen, nachdem er Schobers Nachricht abgehört hatte, aber sie hatte seinen Anruf abgewiesen. Jetzt meldete sie sich. Sie klang gehetzt und sagte ohne Begrüßung. »Tut mir leid, dass ich vorhin nicht mit dir sprechen konnte, aber der Imam hing in meinem Zimmer rum.«

Thal lächelte. Bettina hatte ihn schützen wollen, denn Schober hätte mit Sicherheit nervende Fragen gestellt, warum er die Kollegin und nicht ihn anrief.

»Ich freue mich auch, dich zu hören, Bettina«, sagte er lachend. »Und danke!«

»Wie war dein Urlaub?«

»Wunderbar.«

Als Thal keine Anstalten machte, etwas zu erzählen, entstand eine kleine Pause, ehe Bettina ihn sachlich über den neuen Fall informierte. Zwei Minuten später war er im Bild und legte auf, als Madlaina auf ihn zusteuerte.

»Wichtig?«, fragte sie. Thal nickte. »Das war Bettina, wir haben einen neuen Fall.« Er schaute sich in der Halle um. »Aber jetzt holen wir erst unsere Koffer.«

Eine Viertelstunde später startete Madlaina ihren Chevrolet Bel Air, der trotz der fünfundfünfzig Jahre, die er auf dem Buckel hatte, mit sanftem Gluckern ansprang. Sie steuerte das Schlachtschiff mit den auffälligen Heckflossen gekonnt durch das enge Parkhaus. Thal streichelte über das weiche Leder der Sitzbank. »Träumst du immer noch davon?«, fragte Madlaina und ließ ihr gutturales Lachen erklingen, das Thal jedes Mal ein warmes, angenehmes Gefühl bereitete. Wie gut sie ihn kannte. Tatsächlich würde er gerne mit ihr auf der komfortablen Rückbank … . Er verbot sich jeden weiteren Gedanken daran, denn er musste in den kommenden Tagen sein altes Mönchsleben wieder aufnehmen, Zeit für ein Treffen würden sie nicht haben. Man erwartete Madlaina bei der Kantonspolizei in St. Gallen und er hatte einen Mordfall in Konstanz am Hals. Es war besser, sich jetzt nicht noch in eine amouröse Stimmung zu bringen. Madlaina aber dachte nicht daran, das Thema so schnell fallen zu lassen. Sie legte ihm die Hand auf den

Oberschenkel. »Schaun wir mal. Wenn der Sommer schön wird … .«

Er schielte zu ihr herüber. Ihre körperliche Präsenz raubte ihm einmal mehr den Atem. Sie trug ein engesT - shirt und einen Rock, der eine Handbreit über dem Knie endete. Beides schwarz, genau wie die Strümpfe und die Pumps an ihren Füßen. Er schloss die Augen und gab sich den Erinnerungen an die vergangenen vierzehn, rauschhaften Tage hin.

»Was gibt es denn so Wichtiges, dass Bettina dich anrufen musste? Schließlich hat sie uns die ganze Zeit in Ruhe gelassen, was ich, wenn ich ehrlich bin, niemals für möglich gehalten hätte.«

Bei jeder anderen Frau hätte dieser Satz pikiert oder nach einem Anflug von Eifersucht geklungen, bei Madlaina war es nur eine sachliche Feststellung. Auch Thal hatte damit gerechnet, häufiger um Rat gefragt zu werden. Anscheinend hatte sich sein Team inzwischen von ihrem Chef und seinen Anweisungen emanzipiert. Gut so, dachte er und spürte trotzdem einen kleinen Stich. Er öffnete die Augen und sah Madlaina an, die konzentriert auf die Straße blickte.

»Heute Morgen hat ein Müllwerker in Konstanz ein totes Mädchen in einem Müllcontainer gefunden. Die Tote ist nicht identifiziert, fest steht nur, dass es sich nicht um eines der beiden verschwundenen Mädchen handelt. Du erinnerst dich? Ich habe dir davon erzählt.«

Als er sachlich von dem neuen Fall berichtete, begannen die Gedanken in seinem Kopf Karussell zu fahren. Was zum Teufel war hier los? Hing der Mord mit dem Verschwinden der Mädchen zusammen, hatten sie es vielleicht nur mit einem einzigen Fall zu tun? Waren die anderen beiden ebenfalls tot und hatten sie nur deshalb keine Spur von ihnen gefunden, weil sie längst ebenfalls in einem Container entsorgt oder irgendwo verscharrt worden waren?

Madlaina spürte Thals Anspannung und stellte einige Fragen zum Fundort und zu den bisherigen Ergebnissen. Da Thal selber keine Details kannte, musste er für sein Empfinden viel zu oft mit dem Kopf schütteln.

»Soll ich dich ins Präsidium bringen?«

Thal hatte sich den Nachmittag anders vorgestellt, aber Madlaina hatte recht. Er musste erst im Kommissariat nach dem Rechten sehen, bevor er an etwas anderes denken konnte.

Als sie fünfundvierzig Minuten später das Backsteingebäude des Polizeipräsidiums betraten, waren alle Büros des Kommissariats 1 verwaist. Er fragte beim Kriminaldauerdienst nach und erfuhr, dass Stephanie und Frank in der Rechtsmedizin waren und Bettina zum Tatort gefahren war, um sich noch einmal mit den Kriminaltechnikern zu unterhalten.

»Auch gut«, sagte Thal. »Was hältst du davon, wenn wir zu mir fahren und ich uns einen exzellenten Espresso mache?«

Madlaina lachte herzhaft und warf ihre pechschwarzen Haare nach hinten. »Gegen Kaffee ist nichts einzuwenden.« Sie machte eine kurze Pause, in der Thal sich zum x-ten Mal in ihre strahlenden, von feinen Lachfalten umrahmten Augen verliebte. »Solange du mir nicht deine Briefmarkensammlung zeigen willst!«

Vierter Juni, zwanzig Uhr fünfzig

Sie presste die Handflächen gegen die Augen. Bunte Blitze zuckten vor dem schwarzen Hintergrund. In ihren Ohren dröhnten die Geräusche der letzten Stunden. Während sie die Bilder verdrängen konnte, gelang es ihr mit den Lauten nicht. Das Stöhnen und die Schreie hallten von der Decke und den Wänden zu ihr zurück, als befände sie sich in einer Art Zeitvakuum, in dem sich das Schreckliche in einer Endlosschleife wiederholte. Ihr Kopf war das Gefängnis ihrer Gedanken und Gefühle. Ihrer Scham. Ihrer Angst. Sie sehnte sich nach Vergessen, aber die Schmerzen, die ihr geschundener Körper erdulden musste, ließen sich nicht ignorieren. Dabei schaffte sie es nicht einmal, sie genau zu lokalisieren. Alle Glieder schmerzten, als wären sie auf einer Streckbank gedehnt worden, jede Pore ihrer Haut brannte, als hätte ein Feuer sie versengt. Sie glaubte fast, den Gestank verbrannter Haare zu riechen, aber das musste eine Einbildung sein, sie war kahl geschoren, nicht nur auf dem Kopf, sondern überall.

Sie musste sich beruhigen, die aufkommende Panik bekämpfen, die sich anschlich, wenn sie über die vergangenen Stunden nachdachte. Im Grunde genommen war es doch diesmal gar nicht so schlimm gewesen, versuchte sie sich einzureden. Sie waren nur zu dritt, nicht zu fünft. Trotzdem war es heute anders gewesen. Schlimmer. Brutaler. Lag es an den ekligen Gegenständen, mit denen die Männer sie traktierten? Oder an ihrem Gelächter? Sie lästerten über sie, machten sich lustig. Vor allem über ihren kahlen Schädel. Sie fühlte sich nicht mehr als Mensch. Sie war ein Stück Nutzvieh. Eine Maschine. Plötzlich war sie sich sicher, dass man sie eines Tages einfach wegwerfen würde.

Sie würden sie töten. Wie aus dem Nichts tauchte dieser Gedanke auf, sie wusste nicht, woher er gekommen war, aber sie wusste, dass er sie nie wieder verlassen würde.

Sie hatte keine Chance. Sie konnte sich nicht wehren. Was sollte sie auch tun? Sie war gefesselt. Sie war nackt. Sie fror. Sie hatte Angst. Todesangst.

»Jan«, flüsterte sie.

Aber er hörte sie nicht.

Vierter Juni, zweiundzwanzig Uhr fünf

Bettina riss das Fenster auf. Die Luft in ihrem kleinen Büro war zum Schneiden und sie fühlte sich wie blockiert. Oder war es die Müdigkeit, die ihre Gedanken zum Schritttempo zwang? Schober fächerte sich Luft mit einem Blatt Papier um die Nase und lächelte sie dankbar an. Seit einer halben Stunde versuchten sie, eine Struktur in den Fall zu bekommen, ohne dass ein Fortschritt sichtbar war. Die Tatortermittler hatten den Müll Stück für Stück durchsiebt, aber keine Indizien gefunden, die zur Identifizierung der Toten beitrugen.

»Hier kommen wir nicht weiter.« Bettina setzte sich hinter ihren Schreibtisch. »Was gibt es aus Freiburg zu berichten? Hoffentlich hat der Doc wenigstens etwas Interessantes entdeckt.«

Stephanie Bohlmann goss sich ein Glas Mineralwasser ein, als die Tür schwungvoll geöffnet wurde und Alexander Thal lächelnd den Raum betrat. Bettina fiel sofort auf, wie erholt er aussah. Vor dem Urlaub war er oft angespannt, hatte das Team mit seiner Ungeduld genervt, zeigte sich an manchen Tagen sogar herrisch, was normalerweise nicht seine Art war. Zugenommen hatte er auch, denn der Anzug, der vor den Ferien wie ein Sack an ihm gehangen hatte, passte jetzt perfekt. Schweigend hob er die Hand zum Gruß, schaute sich einmal kurz um, ging anschließend federnd durch das Büro und setzte sich auf die Fensterbank. »Lasst euch nicht stören, tut einfach so, als wäre ich nicht da.«

Bettina hätte fast losgelacht. Thal war nicht der Typ, den man ignorieren konnte, dafür nahm er zu viel Raum ein, sobald er anwesend war. Schober hatte seinen Auftritt sichtlich fasziniert verfolgt. Vermutlich beneidete er Thal um dessen Präsenz. Hier lag sein persönliches Defizit, das er durch eine betont forsche Art wettmachen wollte, die allzu oft in groteskem Gegensatz zu seinem schleppenden Tonfall stand. »Schön, dass Sie schon kommen konnten«, sprach er Thal an, der eine abwiegelnde Geste machte, sich ansonsten aber nicht äußerte.

Bettina räusperte sich. »Wir wollten gerade Stephanies und Franks Bericht aus der Rechtsmedizin hören.« Sie nickte der jungen Kollegin zu, die sich kerzengerade aufrichtete. »Ein paar Details sehen wir nach der Obduktion durchaus klarer, ihr solltet allerdings nicht zu viel erwarten, das kann ich schon mal vorwegnehmen.« Sie schaute über den Rand einer Aktenmappe, die sie aufgeschlagen in der Hand hielt, um sich der Aufmerksamkeit der Zuhörer zu vergewissern. Alle Augen waren auf sie gerichtet, was sie mit einem knappen Nicken quittierte. »Die Altersbestimmung der Toten ist aufgrund des Zustandes der Leiche und der unklaren Auffindesituation nicht so einfach. Restle schätzt sie auf vierzehn bis siebzehn Jahre, genauer geht es leider nicht.«

Schober nutzte die Pause, die Stephanie einlegte, um die Bedeutung dieser Information zu unterstreichen. »Das Mädchen ist also ungefähr im gleichen Alter wie die Vermissten, richtig?«

»Stimmt«, antwortete Stephanie und wartete, ob der Imam noch etwas sagen wollte. Als er schwieg, blickte sie in ihre Notizen. Eine Strähne ihrer blonden Haare fiel ihr in die Stirn. Sie blies sie energisch nach oben, eine freche, fast jugendliche Geste, die in seltsamem Gegensatz zum Inhalt ihres Vortrags stand. »Jetzt kommt die Überraschung. Das Mädchen wurde nicht erschlagen, wie es nach dem ersten Augenschein aussah. Die Verletzungen im Gesicht und am Kopf wurden ihr erst postmortal beigebracht.«

»Da ist sich Restle sicher?« Thals Frage überraschte die anderen und sie wendeten wie Synchronschwimmerinnen ihren Kopf ruckartig und gleichzeitig Richtung Fenster. »Absolut«, antwortete Stephanie, »daran gibt es keinen Zweifel. Das Mädchen starb an einer zu hohen Dosis von ...« – sie warf einen Blick in die Mappe – »... Diacetylmorphin.«

»Heroin«, ergänzte Auer, ehe Schober die Frage, zu der er bereits angesetzt hatte, aussprechen konnte. Als hätte er sich mit Stephanie Bohlmann abgesprochen, übernahm Auer den weiteren Bericht. Die Leiche wies am ganzen Körper Spuren von Gewaltanwendungen auf. Stichwunden, Brandwunden, Hämatome, die vermutlich von Schlägen herrührten. »Restle meint, es könne sich um Folterspuren handeln, er habe Ähnliches bisher nur bei misshandelten Kriegsopfern gesehen.« Bettina erinnerte sich, dass Restle ihr vor einigen Wochen von seinem Einsatz im Kongo erzählt hatte, wo er im Auftrag der UNO bei der Identifizierung von Bürgerkriegsopfern geholfen hatte. Seine Stimme hatte unter dem Eindruck dieser Erlebnisse fast versagt.

Auer erhob sich von seinem Stuhl und öffnete den Tabletcomputer, den er seit Wochen ständig mit sich herumschleppte. Er tippte darauf herum, während er weiter sprach. »Möglicherweise hat man das Mädchen auch sexuell missbraucht und gequält, auf jeden Fall war die Kleine keine Jungfrau mehr und hatte Verletzungen im Genitalbereich. Restle will sich da aber nicht festlegen, die Spurenlage sei nach der langen Liegezeit der Leiche nicht mehr eindeutig zu interpretieren.« Auer bearbeitete immer noch das Tablet mit den Fingern. »Die interessanteste Spur sind diese merkwürdigen Zeichen auf dem Oberschenkel der Toten.« Er hielt das Tablet mit einem Foto hoch. »Bettina, du hast es ja schon gesehen. Sieht aus wie eine Tätowierung, ist aber keine. Restle ist sich relativ sicher, dass die Zeichen mit einer glühenden Zigarette eingebrannt worden sind – und zwar zu Lebzeiten des Mädchens. Leider sind die Zeichen nicht eindeutig, es kann sich sowohl um die Buchstaben B und O oder die Ziffern 8 und 0 handeln.«

Auer ließ die Hand mit dem Tablet sinken und Stephanie Bohlmann ergänzte leise, fast flüsternd: »Du hast etwas vergessen, Frank. Restle hat Spuren von Erfrierungen an den Füßen der Toten gefunden. Das Mädchen hat vor ihrem Tod Schreckliches durchgemacht.«

Es folgte mehrere Sekunden Stille im Raum, jeder hing seinen Gedanken nach, bis Auer das bedrückende Schweigen durchbrach. »Ich habe nach unserer Rückkehr von Freiburg eine Abfrage bei SIS gestartet, dem Schengener Informationssystem, im dem die Daten aller polizeilich als vermisst geltender Personen gespeichert sind.« Er machte eine kurze Kunstpause mit einem Seufzer. »Negativ. Kein Treffer.«

Stephanie Bohlmann zog sich eine Strickjacke über und schaute dabei tadelnd zu Bettina, die aber keine Anstalten machte, das Fenster zu schließen. »Ich habe in der Zeit alle anderen, privaten Datenbanken durchforstet, in denen Eltern nach ihren Kindern suchen. Ebenfalls Fehlanzeige.«

Thal stieß sich mit Schwung von der Fensterbank ab und begann die für ihn typische Wanderung durchs Büro. Er konnte sich am besten beim Gehen konzentrieren. »Es kann doch nicht sein, dass ein Teenager verschwindet und die Eltern suchen das Mädchen nicht.«

Wieder schwiegen alle. Sie hatten schon zu viel erlebt, sie wussten, dass ein Mensch sehr wohl verschwinden konnte, ohne dass es jemanden kümmerte. Sie wollten es nur nicht wahrhaben, das nicht, aber trotzdem war es Realität.«

Thal war inzwischen an der Tür angekommen und drehte sich um. »Die Identifizierung ist absolut vorrangig. Wenn wir nicht wissen, wer die Tote ist, haben wir kaum einen Ermittlungsansatz. Bekommen wir ein brauchbares Foto, Stephanie?«

»Restle will einen Rekonstruktionsspezialisten hinzuziehen. Er meinte, morgen hätten wir trotz der Verwesung ein taugliches Bild, mit dem wir in die Fahndung gehen können.«

»Gut!« Thal tigerte immer schneller von Wand zu Wand. »Was gibt es sonst noch? Irgendetwas Wichtiges vom Tatort, Hartmut?«

Grendel schreckte auf, als Thal ihn ansprach. Fast hätte man den Eindruck haben können, er hätte die letzten Minuten geschlafen. »Viel haben wir nicht. Vor allem lässt sich nicht rekonstruieren, wie die Tote in den Müllwagen gekommen ist. Die schlüssigste Erklärung ist nach wie vor, dass sie in einem Container lag. Außerdem haben wir an ihrem Körper Metallspäne gefunden, möglicherweise lag sie also zuvor in einem Eisen verarbeitenden Betrieb.«

Bettina Berg winkte ab. »Blöd ist nur, dass es auf der Tour des Müllwagens keine solche Fabrik gibt.«

Zweiundzwanzigster April

Ja! Ja! Ja! Er hat es getan! Er hat mich geküsst! Richtig! Mit Zunge! Im Kino. Vom Film habe ich nichts mitbekommen, war aber auch nicht so wichtig. Er hatte ihn ausgesucht, mir war er zu brutal. Krimi halt, ich stehe ja mehr auf Liebesgeschichten mit Happy End.

Noah ist sooooo süß! Nach dem Kino sind wir noch mit seinem Auto an den See gefahren. Mit offenem Dach, über uns nur die Sterne. Es war herrlich. Und sooo romantisch. Er hatte eine Flasche Sekt dabei. Champagner hat er gesagt. Hat mir zwar nicht so gut geschmeckt, aber seine Küsse prickelten danach noch mehr. Als er seine Hand auf meinen Oberschenkel gelegt hat, kam es mir vor, als hätte jemand ein heißes Bügeleisen darauf gestellt. Vielleicht hätte ich doch lieber eine Jeans anziehen sollen, statt des Sommerkleides. Komisch, was einem in so einem Moment alles durch den Kopf geht.

Als er mit der Hand immer höher gerutscht ist und fast an mein Höschen kam, habe ich die Beine zusammengepresst. Er hat die Hand sofort weggezogen. Er war nicht sauer, sondern hat mir über die Wange gestreichelt und gesagt: »Wenn du noch nicht bereit bist … .« Er war so verständnisvoll, aber auch enttäuscht, weil er mich doch so liebt. Fast hätte ich ihm ja auch nachgegeben, aber dann wurde es immer kühler und Noah meinte, wir sollen lieber nach Hause fahren, bevor wir uns noch eine Grippe holen.

Zum Glück habe ich es geschafft, geräuschlos in die Wohnung zu kommen. Mama hat nichts mitbekommen, sie hätte getobt, denn es war schon halb zwölf. Jetzt liege ich hier auf dem Bett und spüre immer noch seine Hand auf dem Oberschenkel. Ich muss darüber nachdenken. Über den Sex, den er sich wünscht. Ich weiß nicht, was ich tun soll. Aber ich muss mich entscheiden. Bald!

Fünfter Juni, neun Uhr fünf

Thal brauchte dringend einen Kaffee, obwohl er das Präsidium fünf Minuten zu spät betrat. Zwar hatte er sich schon in seiner Wohnung den ersten der fünf Espressi zubereitet, die er jeden Tag trank, aber sein Koffeinspiegel hatte noch nicht das Level erreicht, um sich den Herausforderungen des Tages zu stellen. Er trat an das Sideboard und schaltete die chromblitzende Espressomaschine ein. Mit routinierten Bewegungen füllte er einige Bohnen der speziellen Arabicamischung, die man nur für ihn in einer kleinen Kafeerösterei zusammengestellte, in die Präzisionsmühle, die sie mit leisem Brummen zu feinem Mehl verarbeitete. Zwei Minuten später erfüllte der Duft des besten Espresso, den man in Konstanz bekommen konnte, den Raum. Er setzte sich an den Glasschreibtisch, ein Designmöbel mit Füßen aus gebürstetem Edelstahl, das einer von Leahs Freunden entworfen hatte. Alles in seinem Büro hatte seine verstorbene Frau ausgesucht. »Der Beamtenmief hindert dich am Denken«, hatte sie lachend gesagt, als sie das erste Mal sein damals noch im typisch billigen Behördenstil eingerichtetes Zimmer betreten hatte. Er trank einen Schluck Espresso und schaute dabei auf Leahs Selbstporträt, das die Wand ihm gegenüber beherrschte. Sie trug einen leuchtend gelben Pareo, saß mit untergeschlagenen Beinen auf einer Bambusmatte und lächelte ihn an. Ihr Haar war hochgesteckt und als einzigen Schmuck trug sie eine Frangipaniblüte hinter dem Ohr. Dieses Gemälde war lebendiger als alle Fotos, die er von Leah hatte. Er liebte dieses Bild, deshalb hatte er es auch nicht, wie alle anderen Werke seiner

Frau, nach ihrem Tod verkauft. Man könnte ihm noch so viel bieten, von diesem Bild könnte er sich niemals trennen. Zumal er auch kein Geld brauchte, der Erlös aus dem Verkauf der Kunstwerke hatte ihn zum reichen Mann gemacht. Er hatte mit Madlaina darüber geredet, dass sie beide sofort aufhören könnten zu arbeiten, um das Leben in vollen Zügen zu genießen. Sie hatte ihn nur schweigend angesehen und er wusste, dass sie ihren Beruf genauso liebte wie er seinen. Wie hatte Leah so oft gesagt: »Einmal Bulle, immer Bulle«. Er trank den letzten Schluck des Kaffees und seufzte. Er war jetzt sechzig Jahre, in dem Alter hörten viele Kollegen freiwillig auf, selbst wenn sie auf einen Teil ihrer Pension verzichten mussten. Er hingegen, dem diese Einbußen nichts ausmachen würden, dachte nicht eine Sekunde daran, ins Pensionärsdasein zu wechseln. Er stellte die benutzte Tasse zurück auf das Sideboard und reckte sich. Das Koffein begann, seine Wirkung zu entfalten.

Gestärkt von seinem Morgenritual betrat Thal den Besprechungsraum des Kommissariats 1, in dem die anderen Ermittler bereits vollzählig versammelt waren. Sie standen um den Tisch und betrachteten einige Fotos.

»Die Tote?«, fragte Thal und nahm eines der Bilder in die Hand.

»Guten Morgen, so viel Zeit muss sein!« Thal war es nicht gewohnt, von Bettina derart angeraunzt zu werden, sparte sich aber eine Entgegnung. Schon vor seinem Urlaub war sie manchmal gereizt gewesen, er nahm sich vor, bei nächster Gelegenheit mit ihr darüber zu sprechen.

Die Fotos waren durchaus brauchbar, sie erweckten den Eindruck, das Mädchen schlafe nur, auch wenn die letzte

Natürlichkeit fehlte. Thal steckte ein Bild in die Innentasche seines Jacketts. »Das Mädchen sieht aber eher aus wie zwanzig, keinesfalls wie vierzehn bis siebzehn.«

Stephanie Bohlmann lachte auf. »Wann hast du das letzte Mal mit Teenagern zu tun gehabt?«

Er musste sich eingestehen, von der Jugend von heute keine Ahnung zu haben. Das betraf nicht nur ihr Aussehen, sondern auch ihre Vorlieben. Welche Musik hörte man eigentlich heute? Was las man als junger Mensch? Lasen sie überhaupt noch?

»Übrigens«, sagte Auer, der die ganze Zeit aus dem Fenster gestarrt hatte, »Restle hat sich heute Morgen noch mal zum Todeszeitpunkt geäußert, allerdings so vage, dass uns das keinen Schritt weiter bringt. Nach seinen Untersuchungsergebnissen war das Mädchen mindestens sieben und höchstens vierzehn Tage tot.«

Bettina stöhnte auf. »Mein Gott, eine ganze Woche Differenz. Warum können die Rechtsmediziner im Fernsehen das eigentlich immer so präzise?«

Thal wollte das Gespräch nicht in eine Debatte über die Qualität verschiedener Krimiserien abgleiten lassen. »Grundsätzlich gibt es zwei Möglichkeiten. Entweder steht die Tote in irgendeinem, uns noch nicht bekannten Zusammenhang mit dem Verschwinden der beiden anderen Mädchen ... .«

»Oder der Mord hat damit überhaupt nichts zu tun«, beendete Bettina seinen Satz, eine Marotte, die Thal an der Kollegin mochte. Ihre Gedankengänge liefen oft synchron, was ihnen bei so manchem Fall schon gute Dienste geleistet hatte.

»Genauso sollten wir ermitteln.« Thal drehte sich zu Frank Auer um, der immer noch am Fenster stand. »Frank, du klapperst mit Stephanie noch mal die Route des Müllwagens ab. Zeigt möglichst vielen Leuten das Foto, man soll schließlich immer dem Kollegen Zufall eine Chance geben, vielleicht ist ja irgendjemandem etwas aufgefallen. Bettina und ich kümmern uns um die Eltern der vermissten Mädchen. Wir müssen sie über die neue Lage informieren, wird bestimmt ein Schock für sie sein. Außerdem ist es ja möglich, dass sie die Tote kennen.«

Thal stand schon in der Tür, als Bettinas Handy klingelte. Das Gespräch war kurz, schon nach wenigen Sätzen legte sie auf. »Um die Mütter zu befragen, brauchen wir nicht weit zu laufen. Die sitzen bei Tobias.«

Fünfter Juni, neun Uhr fünfundfünzig

Die Berührungen hinterließen einen brennenden Schmerz auf ihrer Haut, als ritze sie jemand mit glühend heißen Nägeln. Sie spürte seinen Atem im Nacken, kurze Stöße, als wäre er äußerst erregt. Sein Stöhnen hörte sich eher an wie das Jaulen eines alten, sterbenden Hundes. Er streichelte ihr über den Kopf, legte seine Hände auf ihre Augen, fuhr den Konturen ihrer Nase und ihres Mundes nach, den sie krampfhaft zusammenpresste. Sie wusste nicht, warum, aber sie durfte nicht schreien, das stand fest. Sie drehte den Kopf langsam zur Seite, um einen Blick auf ihn zu erhaschen, sah aber nur ein Bild an der Wand, auf dem ein alter Mann eine junge Frau auf den Schultern trug. Er hatte sich das Mädchen um die Schultern gelegt, wie einen Schal. Sie kniff die Augen zusammen, um das Gesicht des Mannes deutlicher zu sehen, aber es blieb verschwommen. Vielleicht konnte sie wenigstens das Mädchen erkennen. Sie versuchte, das Bild zu fokussieren. Langsam lüftete sich der Schleier und was sie sah, war entsetzlich. Sie selbst war auf dem Gemälde porträtiert. Schreiend vor Angst, den Mund weit aufgerissen. Sie konnte den Anblick nicht ertragen und wollte wegsehen, aber da bewegte sich das Mädchen. Es war kein Gemälde, was sie sah. Sie schaute in einen Spiegel. Ihr Erstaunen war so groß, dass sie einige Augenblicke brauchte, ehe sie den Kopf senkte. Tatsächlich, sie lag nicht auf dem Bett, sondern schmiegte sich eng an den behaarten Oberkörper eines Mannes. Seine Muskeln waren gespannt von der Anstrengung, sie zu tragen. Er schwitzte. Er stank. Sie ekelte sich und drehte den Kopf, um dem widerlichen Geruch zu entgehen. Der Widerling hob sie in die Höhe, sie spürte seine Hände an ihrem Po und zwischen ihren Schulterblättern. Sie schwebte einen halben Meter über seinem Körper. Als sie das Gesicht nach unten wendete, sah sie seine Fratze. Aus der Ferne war das klagende Geräusch von Metall zu hören, das über anderes Metall gerieben wurde, doch sein grollendes Lachen übertönte es. Er schaukelte sie auf seinen Armen und warf sie lachend in die Höhe. Sie fiel und der Sturz nahm kein Ende. Immer schneller fiel sie dem Boden entgegen.

Schreiend erwachte sie aus dem Albtraum. Sie riss die Augen auf und schaute sich, den Kopf ruckartig von links nach rechts bewegend, in ihrem schwarz ausgekleideten Gefängnis um. Was war das? Sie hielt den rasselnd und stoßweise aus ihrem Mund entweichenden Atem an. Das schabende Geräusch der sich öffnenden Tür versetzte sie mehr in Panik, als dass es sie beruhigte. Ein Schweißtropfen löste sich an ihrer Stirn und rann die Nase herunter. Ihr Körper war klitschnass. Sie fror und begann zu zittern. Jemand näherte sich ihrem Kerker. Sie versuchte, sich zu erinnern, ob sie diesen festen, aber dennoch federnden Tritt einem der Besucher der letzten Tage zuordnen konnte, aber sie musste sich eingestehen, dass sie keine Ahnung hatte. Eine Hand schob sich von außen in einen ihr bisher verborgen gebliebenen Spalt zwischen zwei der schwarzen Stoffbahnen. Es sah aus, als öffne jemand langsam und bedächtig einen Zelteingang.

»Jan!« Sie stöhnte mehr, als artikuliert zu sprechen.

Er schlüpfte durch den Stoff, der sich hinter ihm sofort zu einer undurchdringlichen, schwarzen Wand schloss. Er blieb stehen und sie sah Entsetzen in seinem Blick. Oder Mitleid? Oder beides? Sie schien verlernt zu haben, seine Mimik zu deuten.

»Was haben Sie nur mit dir gemacht?«

Er schüttelte den Kopf.

»Deine Haare! Diese Bastarde!«

Er kam auf sie zu. Einen Meter, bevor er ihr Lager erreichte, blieb er stehen und bückte sich. Sie konnte nicht sehen, was er tat, doch als er sich aufrichtete, wickelte er sich mit verträumtem Blick eine lange, schwarze Haarsträhne um sein linkes Handgelenk.

Sie atmete tief ein und ihre Panik wich einer friedlichen Ruhe. Er war gekommen! Wie lange hatte sie ihn nicht gesehen? Einige Tage auf jeden Fall. Sie hatte immer gewusst, dass er sie suchte und jetzt hatte er sie gefunden. Seine blauen Augen wirkten matt und sein strohblondes, bis auf die Schultern fallendes, leicht gewelltes Haar schien ungewaschen. Vermutlich hatte er keine Zeit gehabt, weil er rund um die Uhr damit beschäftigt gewesen war, sie zu finden. Er trug ein Muskelshirt, als käme er aus dem Training. Langsam ging er auf sie zu, setzte sich ans Ende des Bettes und betrachtete sie schweigend. Sie verkrampfte unter seinem Blick. Er war er der erste Mann gewesen, der sie ohne Kleidung gesehen hatte, ganz nackt, ohne Höschen. Jetzt schämte sie sich. Sie hob den Kopf und sah an sich herunter. Sie war so dünn, nur noch Haut und Knochen. Sie war hässlich.

Er trat an ihr Bett, beugte sich hinunter und streichelte mit einem Finger sanft über ihre Wange.

»Meine Kleine.« Er führte den Finger an ihrem Hals entlang, bis er ihre Brüste erreicht hatte. »Du Schöne!«

Sie wandte den Kopf ab und versuchte, sich zur Seite zu drehen, aber die Fesseln schränkten ihre Bewegungsfreiheit ein. Sie war ihm ausgeliefert.

»Mach mich los, bitte!«

»Später.« Er streichelte sie weiter, aber es fühlte sich an, als fahre er mit einem Messer über ihre Haut. Sie starrte an die Decke und suchte das Loch, aus dem die Regentropfen fielen.

Er ließ von ihr ab und hob eine Tasche vom Boden, die sie bisher nicht bemerkt hatte. Speckiges, altes Leder. Sie passte nicht zu ihm, der immer stets auf sein Äußeres achtete und nur picobello gekleidet ausging. Irgendetwas stimmte nicht.

»Ich habe etwas für dich, meine Süße. Es wird dir guttun.«

Er nahm einen länglichen Gegenstand aus der Tasche. Sie erkannte erst nicht, um was es sich handelte und als es ihr klar war, sprang sie die Furcht an wie eine Raubkatze. Er klopfte gegen den Kolben einer Spritze und steckte sie sich in den Mund. Wie ein Pirat, der beim Entern sein Messer zwischen die Zähne nimmt, schoss es ihr in den Kopf. Der lächerliche Gedanke verwirrte sie. Stöhnend versuchte sie, ihren Körper auf die äußerste, von ihm entfernte Stelle des Bettes zu schieben. Er zog ein Stück Gummischlauch aus der Hosentasche und schlang es ihr um den Oberarm. Sie unternahm einen einzigen, zaghaften Versuch, ihm den Arm zu entwinden. Sie hatte keine Chance. Wenn er sie jetzt tötete, war es gut. Sie erschrak vor dem Gedanken.

Er stach ihr die Nadel in eine Vene und drückte den Kolben nach unten.

»Schöne Träume, meine Süße!«

Fünfter Juni, zehn Uhr vierzig

Die Luft im Redaktionsbüro war zum Schneiden, als Bettina Berg und Alexander Thal den Raum betraten. Tobias saß mit den Müttern der beiden vermissten Mädchen um den kleinen Besprechungstisch, an dem nur noch ein Stuhl frei war. Er nickte seinem Vater kurz zu und lächelte Bettina an. »Warum habt ihr mir nicht gesagt, dass ihr zu zweit kommt, dann hätte ich einen anderen Raum organisiert.«

Bettina winkte ab und setzte sich auf die Kante des Schreibtisches, während ihr Kollege am Tisch Platz nahm. Sie spürte die Kälte, die die Mütter den Polizisten entgegenbrachten. Vor allem Daniela Kindler, deren fünfzehnjährige Tochter Pia bereits vor fünf Monaten verschwunden war, machte keinen Hehl aus ihrer Verachtung und funkelte sie aus zu Schlitzen verengten Augen an. »So viel Aufmerksamkeit hat die Polizei uns ja noch nie geschenkt. Anscheinend muss man dazu erst an die Öffentlichkeit gehen.«

Bettina hätte gerne widersprochen, denn sie hatten in beiden Fällen getan, was sie konnten und das gesamte Arsenal polizeilicher Ermittlungen ausgeschöpft, aber Alexander übernahm das Gespräch. »Vielen Dank, dass wir bei dieser Unterredung dabei sein dürfen. Ich kann Ihnen versichern, dass wir nach wie vor alles tun, um den Aufenthaltsort Ihrer Töchter ausfindig zu machen.«

Daniela Kindler lachte auf. »Ich kann mich gar nicht mehr erinnern, wann ich zuletzt mit einem von Ihrer Truppe geredet habe, so lange ist das her!«

Bettina verstand, dass es für eine Mutter schwer sein musste, zu akzeptieren, dass ihre Tochter möglicherweise nicht mehr nach Hause zurückkam. Das hieß aber noch lange nicht, dass sie einem Verbrechen zum Opfer gefallen war. Sie hatten das Umfeld der Mädchen genau unter die Lupe genommen, hatten mit Lehrern, Mitschülern, Freundinnen und Freunden geredet, hatten den letzten Tag, an dem sie gesehen worden war, minutiös rekonstruiert. Am Ende stand die Erkenntnis, dass sie nicht wussten, was geschehen war. Im Fall Nasrin Amahdi lagen diese Befragungen und Analysen erst kurze Zeit zurück und noch immer waren Beamte in der Stadt unterwegs und zeigten das Foto der verschwundenen Sechzehnjährigen herum. Ihre Mutter Bianca Amahdi verfolgte den hasserfüllten Ausbruch von Pias Mutter mit besorgtem Gesicht. Bettina glaubte eine Träne zu erkennen, die sie mit fahriger Geste wegwischte, ehe sie energisch den Kopf schüttelte. »Es bringt uns nicht weiter, wenn wir uns hier streiten. Daniela und ich wollen einfach nicht länger untätig rumsitzen, sondern selber aktiv werden.«

Nasrins Mutter hatte Bettina schon bei den ersten Gesprächen beeindruckt. Sie war sehr klar, schaffte es immer wieder, die Gefühle in den Griff zu bekommen, die jede Mutter überwältigten, deren Tochter von einem auf den anderen Tag verschwand. Sie kannte sich im Leben ihrer Tochter aus, kannte Freundinnen und Freunde, wusste, wen Nasrin mochte und mit wem sie eher Probleme hatte. Daniela Kindler hingegen stand ihrem Kind viel ferner, sie gab nur Allgemeinplätze von sich, wenn die Ermittler nach konkreten Personen oder Ereignissen fragten. Diese Distanz zwischen Mutter und Tochter hatte Bettina erschreckt. Bianca Amahdi wirkte dagegen fast wie die große

Schwester, mit der man alles teilte. Auch äußerlich waren die beiden Frauen völlig verschieden. Daniela Kindlers hagere Gestalt unterstrich die freudlose Aura, die sie umgab. Wenn sie etwas sagte, schwang stets ein aggressiver Unterton mit, der aus einer Verteidigungshaltung zu entspringen schien. Sie fühlte sich nicht nur am Verschwinden ihrer Tochter schuldig, das stand fest. Da gab es noch etwas, aber Bettina hatte keine Ahnung, worum es sich handelte. Bianca Amahdi dagegen trug ihre Gefühle offen und ehrlich nach außen. Hätte die Sorge um ihre Tochter ihre Mimik nicht verdunkelt und ihre Schultern nach unten gedrückt, wäre sie das Paradebeispiel einer lebenslustigen, offenen Frau gewesen. Bei Gesprächen war sie konzentriert, sie antwortete schnell, aber überlegt.

Daniela Kindler riss Bettina aus ihren Gedanken, indem sie Bianca Amahdis Satz aufnahm. »Genau, jetzt nehmen wir das selbst in die Hand, wenn die Polizei schon nichts tut!«

Tobias hob die Hand. »Wir sollten uns nicht streiten, es geht doch nur darum, die Mädchen zu finden. Selbstverständlich werden wir alles eng mit der Polizei absprechen, deshalb habe ich Frau Berg und .... «, er zögerte einen Moment, als wisse er nicht, wie er seinen Vater anreden sollte, »... den Leiter der Ermittlungen zu diesem Gespräch dazugebeten.«

»Wie war noch ihr Name?«, fragte Frau Amahdi und musterte Alexander genau.

»Thal, Kriminalhauptkommissar Alexander Thal.«

»Thal«, kreischte Daniela Kindler. »Sind Sie etwa mit ... .«

Tobias ließ sie den Satz nicht vollenden. »Er ist mein Vater.«

Die Mutter reckte den Kopf leicht nach vorne und starrte Tobias an. »Na dann ist ja alles klar. Alles eine Mischpoche, da wundert mich ja nichts mehr. Die Polizei tut seit Monaten nichts und die Presse hält den Mund. Jetzt wissen wir auch, warum!«

Bettina sah, dass Alexander sich nur mühsam zurückhalten konnte. Wenn diese Besprechung nicht zum Fiasko werden sollte, musste sie die Wogen glätten. Sie stieß sich von der Tischkante ab und stellte sich hinter Tobias, der seinen Kopf in den Nacken legte und zu ihr aufsah. Für einen Moment hätte sie sich am liebsten heruntergebeugt und ihn geküsst, ein Gedanke, der ihr ein Lächeln ins Gesicht zauberte, von dem sie hoffte, es habe niemand bemerkt, geschweige denn deuten können. Sie streckte sich und suchte den Augenkontakt zu Pias Mutter. »Ihr Vorwurf ist ungerecht, Frau Kindler. Wir tun immer noch alles, um Pia und Nasrin zu finden. Alle Kontaktbeamten in der Stadt zeigen jeden Tag Dutzenden von Passanten Fotos, alle europäischen Datenbanken werden ständig abgeglichen und es gab auch schon umfangreiche Artikel in der Presse, auch im Südkurier.« Sie machte einen Moment Pause, ehe sie hinzusetzte: »Und das wissen Sie!«

»Bitte, lassen Sie uns nicht streiten«, mischte sich Bianca Amahdi ein und ihre Stimme hatte einen flehenden Ton. »Wir wollen doch nur unseren Teil beitragen und haben uns deshalb entschlossen, eine Belohnung auszusetzen.«

»Gute Idee«, sagte Thal, dem die Diskussion zu sehr ausuferte. »Dagegen haben wir nichts einzuwenden.«

»Wir wollen aber, dass die Belohnung auch bezahlt wird, wenn der Tippgeber anonym bleibt«, setzte Daniela Kindler bestimmt hinzu.

»Wie stellen Sie sich das vor?« Alexander Thal klang ungehalten. »Irgendwann muss er ja mal mit seinem Namen rausrücken, oder wie wollen Sie ihm das Geld zukommen lassen?«

Bianca Amahdi beeilte sich zu antworten, bevor Daniela Kindler die Atmosphäre weiter vergiften konnte. »Zunächst einmal kann er anonym bleiben, er kann uns den Tipp direkt geben, ohne zur Polizei zu gehen. Und wenn er will, übergeben wir ihm die Belohnung auch persönlich und in bar.«

»Oder er kann sich das Geld bei mir abholen«, sagte Tobias, der sich sichtlich unwohl fühlte. Er hatte nicht mit so einer aggressiven Stimmung gerechnet.

»Wie hoch soll die Belohnung überhaupt sein?«, fragte Bettina, die sich inzwischen wieder auf die Schreibtischkante gesetzt hatte.

»Fünfzigtausend Euro.« Daniela Kindler spuckte die Zahl geradezu aus.

»Für jedes Mädchen«, setzte Bianca Amahdi leise hinzu.

»Tot oder lebendig!«, ergänzte die andere Mutter trotzig und Bettina spürte, wie ihr ein kalter Schauer den Rücken hinunterjagte.

Alexander Thal hob beide Augenbrauen und seine Stimme hatte einen grimmigen Unterton. »Das ist ein gutes Stichwort, wir müssen Ihnen noch etwas mitteilen.«

Ohne auf Bettinas tadelnden Blick zu reagieren, zog er zwei Fotos des getöteten Mädchens aus der Tasche und starrte darauf. »Die Presse hat noch nichts über den Fall geschrieben, deshalb erfahren Sie es jetzt als Erste. Wir haben die Leiche eines toten Mädchens gefunden, die wir bisher nicht identifizieren konnten«

Bettina konnte die Angst der beiden Frauen spüren. Sie rechneten seit Monaten oder Wochen damit, dass ein Polizist vor ihrer Tür stand und sie mit der schrecklichen aber unabänderlichen Wahrheit konfrontierte, dass ihr Kind nie wieder nach Hause käme. Wurde dieser Albtraum, der sie keine Nacht mehr ruhig schlafen ließ, in dieser Sekunde Wirklichkeit? Bettina hob ihren Oberkörper einige Zentimeter an und sagte so ruhig sie konnte: »Fest steht nur, dass es sich bei der Toten nicht um ihre Töchter handelt.« Die Gesichter der Mütter waren ihr zugewandt. Daniela Kindlers Unterlippe zitterte und Bianca Amahdis Augen füllten sich mit Tränen.

Thal nahm keine Rücksicht auf diesen emotionalen Moment. Er schob den Frauen die Fotos zu. »Kennen Sie dieses Mädchen?«

Daniela Kindler warf einen kurzen Blick auf das Bild und schüttelte energisch den Kopf. Bianca Amahdi nahm die Fotografie in die Hand und starrte darauf. Sie murmelte etwas Unverständliches.

»Was meinen Sie?« Bettina stellte sich direkt hinter die leicht zitternde Frau. Bianca Amahdi sah zu ihr auf und Bettina beugte den Oberkörper in ihre Richtung. »Kennen sie das Mädchen auf dem Foto?«

Nasrins Mutter presste die Lippen zusammen und nickte.

Fünfter Juni, zwölf Uhr fünfzehn

Bettina drehte ihr Gesicht nach oben und blinzelte. »Ich müsste dringend mal wieder ein bisschen Sonne tanken.«

Thal schaute sie von der Seite an, während sie langsam Richtung Rheinbrücke schlenderten. Wären sie nicht so gut angezogen, könnte man sie fast für Touristen halten. Tatsächlich könnte ein bisschen Farbe Bettina nicht schaden. Früher war sie schon im Frühjahr gut gebräunt, heute hatte sie die Hautfarbe einer Stubenhockerin. Aber nicht nur ihr Teint kam Alexander blasser vor, sie schien ihm auch weniger energiegeladen als sonst. An ihrer Kleidung lag es allerdings nicht. Sie trug einen knielangen, sandfarbenen Rock, dazu eine helle Bluse und einen farblich abgestimmten Blaser. Über ihrer Schulter baumelte die obligatorische Designerhandtasche, ohne die sie niemals das Haus verließ. Das Tack-Tack ihrer Absätze ließ ihn den Blick senken. Tatsächlich, sie trug Pumps mit bedenklich hohen Absätzen, kein Wunder, dass der Junge, der ihnen auf dem Fahrrad entgegenkam, Stilaugen machte. Thal deutete auf die sich vor der Rheinbrücke stauenden Autos. »Gut, dass wir den Wagen stehen gelassen haben.«

In der Konstanzer Innenstadt war man in der Regel schneller zu Fuß unterwegs als mit dem Auto und Melanie Wilms wohnte in Petershausen und damit nur einen zehnminütigen Spaziergang von der Südkurierredaktion entfernt.

Thal genoss die Wärme des Frühsommertags, die ihn an die wunderbare Zeit mit Madlaina in Umbrien erinnerte. Er zog sich das Jackett aus, steckte den Zeigefinger durch den

Aufhänger und ließ es locker über die Schulter baumeln. Er verdrängte die Gedanken an die letzten zwei Wochen und dachte über das Gespräch mit den Eltern der verschwundenen Mädchen nach. »Sind die Kindlers und Amahdis eigentlich so reich, dass sie sich die ausgelobte Belohnung leisten können? Fünfzigtausend Euro für jeden ist ja kein Pappenstiel.«

Anscheinend hatte auch Bettina anderen Gedanken nachgehangen, denn sie warf den Kopf ruckartig zur Seite und ließ ihre schulterlangen, kastanienbraunen Haare fliegen. »Auf dem Sparbuch dürften sie es kaum liegen haben. Daniela Kindler ist alleinerziehend und schlägt sich mehr recht als schlecht durch, soweit wir das wissen.«

»Vielleicht stemmen die Amahdis die Summe allein, als Augenarzt dürfte er ja gut verdienen.«

»Möglich, andererseits haben sie gerade erst eine neue Praxis eingerichtet und sehr viel in die Ausstattung investieren müssen.«

Thal wollte gerade fragen, woher Bettina das wusste, als ihm einfiel, dass die wirtschaftlichen Verhältnisse der Familien von Vermissten immer durchleuchtet wurden, um die Wahrscheinlichkeit einer Entführung abzuschätzen. Er musste sich mehr auf den Fall konzentrieren und weniger von Madlaina träumen. Bettina setzte den Gedankengang fort. »Außerdem engagiert sich die Familie Amahdi außerordentlich für iranische Flüchtlinge. Es heißt, dass sie helfen, wo sie nur können. Ich glaube nicht, dass sie über größere Geldreserven verfügen und ob ihnen eine Bank das Geld so mir nichts, dir nichts zur Verfügung stellt … .«

»Vielleicht weiß Tobias etwas«, warf Thal ein und wollte den Satz gerade beenden, als Bettina ihm ins Wort fiel. »Ich rede mal mit ihm darüber.«

Thal warf der Kollegin einen kurzen Seitenblick zu. War da ein fragender Unterton in ihrer Stimme? Es war inzwischen drei Jahre her, dass sie und sein Sohn ein Liebespaar gewesen waren. Zwischenzeitlich hatte Tobias eine genauso heftige wie unglückliche Affäre gehabt, aber das war Geschichte. Vor seiner Abreise nach Italien hatte Thal geglaubt, dass Tobias wieder um Bettina warb und sie ebenfalls nicht abgeneigt war. Hatte sich inzwischen etwas getan? Er hätte es gerne gewusst, wollte aber nicht direkt fragen, weil er trotz aller Vertrautheit jetzt nicht mit Bettina über seine Beziehung zu Madlaina sprechen wollte. Und diese Frage käme unweigerlich, wenn er das Gespräch auf dieses eisglatte Terrain brachte.

Sie hatten die Fahrradbrücke über den Seerhein inzwischen passiert und näherten sich dem Mehrfamilienhaus, in dem Melanie Wilms wohnte, deren Tochter Annika von Bianca Amahdi auf dem Foto erkannt worden war. Sie hatte das Mädchen als Patientin ihres Mannes identifiziert. Bianca Amahdi arbeitete als Sprechstundenhilfe in der Praxis. Annika wäre extrem kurzsichtig und Doktor Farin Amahdi habe ihr erst vor wenigen Wochen neue Kontaktlinsen angepasst.

Als sie von der Straße in den schmalen, von Mülltonnen zugestellten Weg zum Hauseingang abbogen, fragte sich Thal, ob es richtig war, die Mutter ohne Voranmeldung aufzusuchen. Es war Bettinas Idee gewesen. »Wir sollten sie mit dem Foto überraschen«, hatte sie gesagt. »Wenn die

Tote tatsächlich Annika Wilms ist, stellt sich die Frage, warum die Mutter ihr Verschwinden nicht gemeldet hat. Vielleicht hat sie ja etwas damit zu tun.«

Als Bettina den richtigen der acht, teilweise mit mehreren Namensschildern versehenen Klingelknöpfe suchte, blickte Thal das Gebäude hinauf. Der Putz war angeschmutzt, die Fenster brauchten dringend eine neue Lackierung. Im Erdgeschoss, rechts vom Eingang, bewegte sich die Gardine. Die soziale Kontrolle schien zu funktionieren, Thal konnte nicht erkennen, wer nach draußen gespäht hatte. Der Türsummer ertönte ohne Nachfrage über die Sprechanlage und Berg und Thal liefen die Treppen in den zweiten Stock hinauf. Die Tür, an der eine Holzscheibe mit dem eingebrannten Namen »Wilms« hing, war geschlossen. Thal hatte gerade die Hand gehoben, um zu klopfen, als sie einen Spalt geöffnet wurde. Im Halbdunkel der dahinter liegenden Wohnung erschien das Gesicht einer Frau, Thal schätzte sie auf Mitte vierzig, mit zerzausten, wild in alle Richtungen abstehenden, dunkelblonden Haaren und einem verwischten Lidstrich. Er überließ es Bettina, sie vorzustellen und konzentrierte sich auf das Verhalten der Frau. Fast immer reagierten Menschen erschrocken, wenn Kriminalpolizisten unangemeldet vor der Tür standen. Entweder hatten sie ein schlechtes Gewissen oder fürchteten eine üble Nachricht. Aus welchem anderen Grund sollten Polizisten in Zivil zu Besuch kommen? Melanie Wilms, die zierliche Frau hinter dem immer noch höchstens zwanzig Zentimeter breiten Türspalt, reagierte panisch. Ihre Unterlippe begann zu zittern, als sie mit zusammengekniffenen Augen auf den Dienstausweis starrte, den Bettina ihr entgegenhielt. Ihr Atem beschleunigte sich und Thal meinte, ein deutliches Rasseln zu hören.

»Frau Wilms? Melanie Wilms?« Bettina steckte den Ausweis zurück in ihre Handtasche. Die Angesprochene nickte hektisch.

»Dürfen wir reinkommen?«

Die Frau rührte sich nicht. Thal legte seine Hand auf die Tür und drückte sie auf, was sie widerstandslos geschehen ließ. Sie dreht sich wie in Zeitlupe um und verschwand in der Dunkelheit des Flurs. Bettina schaute Thal erstaunt an, der mit den Schultern zuckte und durch die Tür trat. In der Wohnung war es einige Grad kühler als im Treppenhaus. Thal brauchte einen Moment, sich zu orientieren. Von den drei Türen waren zwei geschlossen. Er ging auf die geöffnete zu, durch die der Ton eines Fernsehers zu hören war. Es lief eine Talkshow, ein Saalpublikum beklatschte frenetisch eine übergewichtige Frau, die weinend in einem für sie viel zu kleinen, unbequemen Stuhl saß.

Melanie Wilms hatte sich in einen breiten, mit dunkelblauem Cord bezogenen Sessel gesetzt, dessen Armlehnen abgewetzt waren. Sie zog gierig an einer Zigarette. Filterlos, registrierte Thal und sah sich anschließend im Zimmer um. Es gab einen zweiten Sessel, gleiche Form, dem fast jungfräulichen Zustand nach zu urteilen, aber vor Kurzem mit einem sandfarbenen Stoff bezogen. War blauer Cord nicht mehr zu bekommen gewesen? Oder war die Zweifarbigkeit Ausdruck eines individuellen Einrichtungsstils? Auf dem Boden lagen drei kreisrunde Sitzkissen in verschiedenen Rottönen, der riesige Flachbildschirm hing an der Wand, die Kabel waren hinter einer Plastikleiste versteckt. Das Auffälligste im Raum war ein Acrylgemälde, Thal schätzte die Größe auf zwei Meter mal einen Meter. Es war eine Art Triptychon, eine abstrakte, in rot und gelb gehaltene Komposition aus von wilden Strichen gekreuzten Farbflächen. Thal war zwar kein Kunstsachverständiger, aber als Witwer einer bedeutenden Gegenwartskünstlerin wusste er, dass Bilder wie dieses beim »Kunst-Aldi«, wie Leah die diversen Versandhändler von dekorativem Wandschmuck spöttelnd nannte, für fünf- bis sechshundert Euro verkauft wurden. Angesichts der ansonsten eher schäbigen und abgenutzten Einrichtung schien ihm das eine Stange Geld. Hier versuchte jemand, die eigene Spießigkeit zu übertünchen, was allerdings gründlich schief gegangen war.

Bettina trat an einen niedrigen Beistelltisch, nahm die Fernbedienung zur Hand und schaltete den Fernseher aus, was Melanie Wilms mit einem Stoßseufzer quittierte, als wäre die lärmende Unterhaltungssendung eine Art Rettungsanker gewesen. Sie drückte die Zigarette in einem überquellenden Zinkaschenbecher aus und zündete sich sofort die nächste an. Kein Wunder, dass ihre Bronchien bei jedem Atemzug rasseln, dachte Thal. Ohne ein Wort zu sagen, öffnete er ein Fenster und blieb unmittelbar daneben stehen.

»Haben Sie eine Tochter, Frau Wilms?«

Bettinas Frage ließ die Frau im Sessel in sich zusammensacken. Thal erwartete, dass sie zu weinen begann, aber sie führte mit leicht zitternder Hand die Zigarette zum Mund, zog kräftig und behielt den inhalierten Qualm einige Sekunden in den Lungen, bis sie den Rauch durch die Nase ausatmete und dabei nickte. »Annika«, sagte sie mit erstaunlich klarer Stimme, wobei ihr auch aus dem Mund eine kleine Rauchwolke entwich.

»Wo ist sie?« fragte Bettina weiter.

Die Mutter überlegte einen Moment, dabei legte sie ihre Stirn in Falten, als müsse sie eine schwierige Rechenoperation durchführen. »Nicht da«, lautete schließlich die knappe Antwort, auf die Bettina sofort die nächste Frage stellte. »Wo können wir sie finden?«

Diesmal kam die Antwort sofort, klang allerdings nicht überzeugend. »In der Schule, vermute ich.«

Bettina nahm im Sessel Platz und schlug die Beine übereinander. »Sie müssen doch wissen, wo ihre Tochter ist. Wie alt ist sie?«

»Fünfzehn.« Melanie Wilms griff erneut zur Zigarettenschachtel und zündete sich einen weiteren Glimmstängel an, obwohl der andere nur halb aufgeraucht im Aschenbecher lag. Mit leicht verschleiertem Blick ergänzte sie: »Genau ist sie fünfzehn einhalb, darauf legt sie wert.«

»Gut, Frau Wilms. Ihre Tochter ist also noch ein Kind und sie wissen nicht, wo sie sich aufhält?«

Melanie Wilms rauchte schweigend. Thal sah, wie Bettina in die Tasche griff. Er ahnte, was sie vorhatte und wollte das Gespräch zuvor auf eine sachliche Ebene bringen. »Wo ist Annikas Vater?«

Ruckartig hob Melanie Wilms den Kopf und blickte Thal mit versteinertem Gesicht an. In ihrem Blick erkannte er Wut, vielleicht sogar Hass. »Hat sich aus dem Staub gemacht, der feine Herr Wilms. Das Einzige, was er nicht mitgenommen hat, ist sein Name. Der hängt mir immer noch an.«

Thal sah ein, dass es keinen Sinn hatte, das Unvermeidliche länger hinauszuschieben und er nickte Bettina zu, die daraufhin das Foto des toten Mädchens aus der Tasche zog und Melanie Wilms hinhielt. Sie wollte gerade die Zigarette zum Aschenbecher führen, hielt aber in dieser Bewegung inne und starrte auf das Foto. »Wer hat das Bild gemacht? Wo ist Annika? Was ist mit ihr geschehen?« Die Hand mit der Zigarette begann zu zittern und die Asche fiel auf die Armlehne des Sessels. Thal beschloss, die Gesprächsführung zu übernehmen. Er ging neben dem Sessel in die Hocke, es gelang ihm aber nicht, Augenkontakt herzustellen, denn Melanie Wilms Blick irrte ziellos umher. Sie atmete deutlich hektischer als zuvor, das Rasseln in ihrer Brust war nicht mehr zu überhören. Thal räusperte sich, um ihre Aufmerksamkeit zu bekommen. »Wann haben Sie Ihre Tochter zuletzt gesehen?«

»Übermorgen ist es genau drei Wochen her, dass sie weggelaufen ist.«

»Sie glauben also, dass Ihre Tochter ausgerissen ist?«

»Natürlich, was denn sonst?«

»Warum sind Sie sich so sicher, könnte es nicht auch sein, dass ihr etwas zugestoßen ist?«

»Mütter wissen so etwas!« Sie stieß den Satz zwischen den Zähnen hervor. »Aber jetzt sagen Sie mir endlich, wo Sie das Foto herhaben?«

Thal nahm ihr das Bild aus der Hand. »Sie sind sicher, dass dieses Mädchen ihre Tochter ist?«

»Natürlich! Glauben Sie, ich erkenne mein Kind nicht?«

Thal drückte sich aus der Hocke nach oben und trat einen Meter zurück. »Das Mädchen auf dem Foto ist tot, Frau Wilms.«

Sie senkte den Blick und starrte die inzwischen verloschene Zigarette in ihrer Hand an. Bettina stand auf und legte Melanie Wilms die Hand auf die Schulter. »Noch wissen wir nicht, ob es sich bei dem Mädchen tatsächlich um ihre Tochter handelt, dazu müssen wir erst noch einen DNA-Abgleich machen. Aber … .«

Sie konnte den Satz nicht fortsetzen, denn Melanie Wilms schrie auf und erhob sich aus dem Sessel. Sie hielt sich die zur Faust geballte Hand vor den Mund und rannte aus dem Raum. Berg und Thal folgten ihr in das gegenüberliegende Zimmer. Die von einem Heulkrampf geschüttelte Frau stand mitten im Raum und sah sich mit hektischen Kopfbewegungen um, ehe sie zurück zur Tür lief und Thal beinahe umstieß. Zwei Sekunden später erreichte sie die Toilette und die Polizisten hörten, wie sie sich übergab.

Thal schaute sich um. Anscheinend war es Annikas Zimmer. Naturholz dominierte bei den Möbeln. Ein aufgeräumter, fast leerer Schreibtisch, ein schmales Bett, ein weißer Sitzsack und ein Bücherregal, auf dem einige Schulbücher und ein paar Romane standen, die den Titeln nach von mutigen Mädchen und Prinzessinnen handelten. Von einem Poster an der Wand lächelte ein dünner, junger Mann mit bloßem Oberkörper. Thal glaubte, das Gesicht schon einmal gesehen zu haben, aber der Name fiel ihm nicht ein. Irgendetwas fehlte, und als er noch darüber nachdachte, sagte Bettina. »Komisch, kein Computer, kein Notebook.« Sie verließ das Zimmer und klopfte an die Toilettentür, die nicht verschlossen war, aber es kam keine Antwort. Thal glaubte, den sauren Geruch von Erbrochenem riechen zu können. Bettina schaute ins Wohnzimmer. »Frau Wilms?« Als auch hier niemand antwortete, klopfte Thal an die dritte Tür, die vermutlich ins Schlafzimmer führte. Auch hier keine Reaktion. Er drückte die Klinke herunter und öffnete die Tür. Melanie Wilms kniete vor dem Bett, neben sich eine geöffnete Reisetasche. Sie atmete flach und schnell, ihr Gesicht war kreidebleich. »Ach du Scheiße«, rief Bettina, die neben Thal getreten war. Sie rannte in die Küche und er hörte, wie sie Schubladen öffnete und schloss. Nach wenigen Augenblicken stürmte sie ins Schlafzimmer, kniete sich vor Melanie Wilms und hielt ihr eine geöffnete Plastiktüte vors Gesicht. »Ganz ruhig! Atmen Sie ganz ruhig hier rein.« Thal erinnerte sich dunkel an den Erste-Hilfe-Kurs, der Jahre zurücklag. Bettina wusste anscheinend noch genau, was man bei einem hyperventilierenden Menschen zu tun hatte. Er zog das Smartphone aus der Jackentasche und forderte einen Notarzt an.

Eine Minute später lag Melanie Wilms auf dem Bett und atmete ruhig. Schweiß lief ihr von der Stirn und sie zitterte. Thal nickte ihr beruhigend zu. »Eine Frage noch Frau Wilms. Besitzt Annika keinen Computer?«

Sie legte den Kopf leicht schief, als müsse sie über die Antwort nachdenken. »Doch, natürlich. So einen kleinen zum Zusammenklappen.«

»In ihrem Zimmer habe ich aber kein Notebook gesehen, wissen Sie, wo es sein könnte?«

Wilms schüttelte den Kopf. »Das hat sie mitgenommen.«

»Dürfen wir uns ein bisschen in der Wohnung umsehen, Frau Wilms?«

Bettina stellte die Frage fast beiläufig und nahm die durch stummes Nicken geäußerte Zustimmung ohne weitere Reaktion entgegen, denn im gleichen Moment klingelte es an der Tür. Thal ließ den Notarzt in die Wohnung, der nach einer äußerst oberflächlichen Untersuchung feststellte: »Wir müssen sie mit ins Krankenhaus nehmen.« Er streichelte Frau Wilms über den Handrücken und ergänzte mit einem unüberhörbaren Vorwurf in der Stimme: »Ein Herzinfarkt ist nicht ausgeschlossen.«

Eine Minute später trugen zwei Sanitäter die Frau auf einer Trage aus der Wohnung. Sie hielt die Reisetasche krampfhaft auf ihrem Bauch fest. »Gut, dass ich ein paar Sachen gepackt habe.«

Eine Viertelstunde später verließen auch Berg und Thal die Wohnung. Die entscheidende Frage, warum Melanie Wilms ihre Tochter nicht als vermisst gemeldet hatte, hatten sie nicht stellen können. Auffälliges hatten sie auch nicht entdeckt, sah man davon ab, dass die Frau eine Kollektion edler und teurer Dessous besaß.

Fünfter Juni, dreizehn Uhr zwanzig

Was für ein schönes Zimmer! Sie schaute sich um und konnte sich nicht sattsehen an den warmen Farben, in denen die Wände gestrichen waren. Honiggelb wechselte mit tomatenrot. Dazwischen einige himmelblaue Streifen, die strahlten, als wären Goldfäden hineingewirkt. Kerzen leuchteten in einem hohen, fünfarmigen Leuchter. Die Flammen standen ruhig, ohne das geringste Flackern. Sie fühlte sich wohl unter der flauschigen Decke, über die sie mit der Hand fuhr. Seide dachte sie und streichelte den angenehm kühlen Stoff. Das Bett war weich und breit. Erst jetzt wurde ihr bewusst, dass sie nicht mehr angekettet war. Sie bog den Hals und schaute hinter sich. Da war ein eisernes Bettgestell, dahinter eine Wand, die aber mindestens zwei Meter entfernt war. Wie in einem Fünf-Sterne-Hotel, dachte sie und wunderte sich über diesen Einfall, denn sie hatte noch nie in so einem luxuriösen Haus übernachtet. Wenn ich wollte, könnte ich fliegen, dachte sie. Wegfliegen. Weit, weit weg. Sie breitete die Arme aus und bewegte sie wie Flügel. Sie kicherte über ihre albernen Bewegungen, schloss die Augen und atmete tief ein. Es roch nach Seife und Shampoo. Hatte sie gebadet? Sie konnte sich nicht erinnern, aber sie fühlte sich frisch, wie neugeboren. Da! Stimmen! Für einen Moment verkrampfte sie, die Härchen auf ihren Armen richteten sich auf. Aber die Menschen klangen freundlich. Sie redeten leise und lachten. Sie erkannte Jans Stimme. Sie konnte sie aus Tausenden heraushören. Ihr Jan! Bestimmt kam er jetzt zu ihr und dann flogen sie gemeinsam davon. Er hatte es ihr schon vor langer Zeit versprochen. Auf die Seychellen wollte er mit ihr reisen. Er hatte ihr vom kristallklaren Wasser erzählt, von weißen Sandstränden in kleinen, von runden Felsen begrenzten Buchten. Sie würden Schildkröten bei der Eiablage beobachten und mit Delfinen schwimmen. Jan hatte ihr ein Poster geschenkt, das sie sich übers Bett gehängt hatte, um jede Nacht davon zu träumen. Jetzt würde es Wirklichkeit werden.

Die Menschen kamen näher, die Stimmen wurden lauter und deutlicher. Sie überlegte, ob sie die Augen öffnen sollte, aber die Leute sprachen über sie und da war es besser, sich schlafend zu stellen.

»Wir sollten sie wegbringen, was meint Ihr?«

Am liebsten hätte sie Jan umarmt für diese Frage.

»Ist sie schon soweit?«, fragte eine nasale Stimme.

»Bald«, antwortete Jan. »Ich bin dabei, sie vorzubereiten.«

»Gut«, stimmte der Nasale zu. »Aber erst brauchen wir sie noch für einen Test. Morgen kommt eine neue Lieferung.«

»Okay. Aber wir sollten aufpassen, sie ist zu gut, als dass sie dabei drauf geht.«

»Du weißt, wie das ist, mit den Tests. Bei neuer Ware weiß man nie. Mal geht es gut, mal … . Aber du machst das schon.«

Ja, dachte sie. Jan würde alles richtig machen. Jan würde sie glücklich machen.

Fünfter Juni, dreizehn Uhr fünfundvierzig

»Irgendetwas stimmt mit der Frau nicht!« Thal hielt Bettina die Eingangstür zum Präsidium auf.

»Besser könnte ich es auch nicht formulieren«, gab sie lachend zurück. Wie konnte eine Mutter mehrere Wochen das Verschwinden ihrer Tochter totschweigen? Warum war sie nicht zur Polizei gegangen, selbst wenn sie glaubte, dass Annika freiwillig abgehauen war? Der Fall wurde immer mysteriöser, hier passte nichts zusammen. Auf der einen Seite die fast hysterischen Mütter zweier Mädchen, die aller Wahrscheinlichkeit nach ausgerissen waren, und auf der anderen Seite die Mutter eines gestorbenen, möglicherweise ermordeten Kindes, die dem Verschwinden ihrer Tochter tatenlos zugesehen hatte.

Frank Auer und Stephanie Bohlmann saßen über Akten gebeugt am kleinen, runden Besprechungstisch, als Berg und Thal das Büro betraten.

»Ihr seid unsere Hoffnung!« Bettina Berg seufzte und ließ sich auf einen Stuhl fallen.

»Darauf würde ich mich nicht verlassen«, sagte Stephanie und kaute auf einem Bleistiftstummel. Sie war mit dem Kollegen die Tour des Müllwagens abgefahren, die zum größten Teil durch ein Gewerbegebiet führte. Auer kreiste die Gegend auf dem Stadtplan mit einem Filzstift ein. »Hauptsächlich kleinere Handwerksbetriebe. Zwei davon benutzen auch Metalle.«

Thal verstand nicht, was er mit dieser Anspielung meinte. »Ja und?«

»Na, wegen der Späne am Körper der Toten« klärte ihn Stephanie Bohlmann ohne den geringsten Ton von Tadel oder Überheblichkeit auf. Diese Sachlichkeit schätzte Thal besonders an der jungen Kollegin. Wenn sich alle in Frotzeleien oder kleinen Hahnenkämpfen verloren, blieb sie immer auf dem Boden der Tatsachen. Allenfalls garnierte sie ihre Sätze so wie jetzt mit einem strahlenden Lächeln.

Auer nahm den Faden auf. »Die beiden Metall verarbeitenden Betriebe lassen ihren Abfall aber nicht von der Stadt entsorgen, sondern haben ein Privatunternehmen beauftragt. Die wertvollen Materialien lassen sich vom anderen Müll trennen und der Wiederverwertung zuführen, deshalb ist das für sie finanziell lukrativ. Die haben nur kleine Tonnen für den Müll, der im Büro anfällt.«

»Und da passt unsere Leiche unmöglich hinein«, fiel Stephanie dem Kollegen ins Wort, der das klaglos akzeptierte. Lediglich drei Betriebe auf der Route des Müllwagens besaßen Müllcontainer, die von der Größe infrage kamen. Auer und Bohlmann hatten die Mitarbeiter dieser Firmen befragt, aber keiner kannte die Tote und niemandem war etwas aufgefallen.

»Es wäre ja auch zu schön gewesen, wenn wir mal gleich am Anfang einer Ermittlung brauchbare Zeugenaussagen hätten.« Bettina stand auf und nahm eine Flasche Mineralwasser vom Sideboard. Stephanie reichte ihr eines der Gläser, die in der Mitte des Tisches standen. »Wir wissen ja nicht mal, ob der Tatort überhaupt an der Route des Müllwagens liegt. Möglicherweise wurde die Leiche einfach zufällig in einen der Müllcontainer gelegt.«

Auch Auer nahm sich ein Glas und hielt es Bettina entgegen. »Wie dem auch sei, Grendel und seine Leute nehmen sich die größeren Müllgefäße an der Strecke vor und suchen sie Zentimeter für Zentimeter nach Spuren ab. Das kann allerdings noch Tage dauern.«

Thal wollte nicht so schnell aufgeben. »Was haben wir sonst für Anhaltspunkte?«

Bettina trank einen großen Schluck und öffnete ihre feine Schreibmappe. Ehe Auer, der jedem sein iPad als einzig wahres Notizbuch anpries, sich über die analoge Steinzeit auslassen konnte, sagte sie kurz angebunden. »Wenig bis nichts. Genau genommen wissen wir nicht einmal, ob wir es überhaupt mit einem Tötungsdelikt zu tun haben, oder ob das Mädchen an einem selbst gesetzten goldenen Schuss gestorben ist.«

Stephanie Bohlmann winkte ab. »Das scheint mir unwahrscheinlich, denn wie erklärst du dir bei einem derartigen Junkieunfall die Verletzungen am Kopf und die vielen Wunden am Körper?«

»Klar, sie war Gewalt ausgesetzt. Aber das muss mit ihrem Tod in keinem Zusammenhang stehen.«

Bettina hatte recht, allerdings ließ sich die Zerstörung des Gesichts damit nicht erklären. Der Rechtsmediziner hatte sich gestern Zeit ausgebeten, um die Verletzungen noch einmal genauer zu untersuchen. Thal wählte seine Nummer aus dem Adressspeicher seines Handys, schaltete den Lautsprecher an und legte es mitten auf den Tisch. Restle meldete sich in seinem weichen, schwäbischen Tonfall und erklärte sachlich und kurz angebunden, dass die Blessuren im Gesicht von Schlägen mit einem stumpfen Gegenstand herrührten. Genauer konnte er ihn nicht beschreiben. »Eins steht allerdings fest.« Er machte eine seiner berüchtigten Pausen, mit denen er seine Zuhörer gerne peinigte. »Die Wunden wurden dem Opfer auf jeden Fall nach dem Tod und innerhalb kurzer Zeit beigebracht. Warum das so ist, könnt ihr in meinem Bericht nachlesen, jetzt darf ich mich verabschieden. Hier liegen die Kühlboxen voll.«

»Immerhin etwas«, brummte Thal, obwohl er wusste, dass sie diese Erkenntnis nicht weiterbrachte. Sie brauchten dringend eine Hypothese und er forderte die anderen auf, drauflos zu spekulieren. Manchmal fand man auf diese Weise die Nadel im Heuhaufen. Bettina begann. »Nehmen wir an, das Mädchen starb an einem goldenen Schuss. Sie lag tot bei irgendjemandem in der Wohnung, der sie loswerden wollte. Dieser Jemand wollte auf keinen Fall, dass man sie identifiziert.«

»Warum?« Thal schoss die Frage geradezu heraus.

»Weil er ihr Dealer war und fürchtete, wir kämen ihm sonst auf die Schliche?«

Bettina formulierte die Hypothese als Frage, was Stephanie konterte: »Die Antwort könnte Wagner kennen.«

Das eisige Schweigen bei Klaus Wagners Erwähnung ließ die Temperatur im Raum gefühlt um einige Grad fallen. Der ehemalige Kollege hatte sich vor Monaten vom Kommissariat 1 zu den Drogenermittlern versetzen lassen. Nach Leahs Tod hatte Thal lange mit sich gerungen, ob er in den Polizeidienst zurückkehren sollte. Sein Ausscheiden hätte Wagners Karrieresprung bedeutet. Nach Thals endgültiger Rückkehr und Bohlmanns Beförderung zur Kommissarin fühlte er sich als fünftes Rad am Wagen. Bei der Drogenfahndung sah er seine letzte Chance, Kommissariatsleiter zu werden. Ehrlich gesagt weinte ihm niemand eine Träne nach, lediglich Thal fehlte an manchen Tagen Wagners von Misslaunigkeit begleiteter Zynismus. Jetzt stellte er mit breitem Grinsen fest, dass niemand Anstalten machte, den ehemaligen Kollegen aufzusuchen. »Lass uns bei Klaus vorbeigehen und anschließend zu Donato gehen und etwas essen, Bettina.«

Er vergewisserte sich, dass die Kollegin keinen Einspruch erhob, und wandte sich an Stephanie Bohlmann und Frank Auer. »Ihr könnt euch noch einmal die Vermisstenakten von Pia Kindler und Nasrin Amahdi vornehmen. Vielleicht fällt euch irgendeine Gemeinsamkeit auf.«

Wagner saß an seinem Schreibtisch und kaute missmutig auf einem sichtlich pappigen Brötchen herum. Die Begrüßung beschränkte sich auf ein »Hallo! Wie geht es dir?« – »Danke gut, und selbst?«

Thal hätte fast losgelacht. Wagner war knurrig wie eh und je. Bettina, die eine Zeit lang sehr unter den mürrischen Launen des Kollegen gelitten hatte, zeigte ihm einige Tatortfotos und Aufnahmen aus der Rechtsmedizin, darunter fünf Bilder der eingebrannten »Tätowierung«. Während Wagner sich die Fotos ansah, fasste sie den Sachstand in dürren, aber treffenden Worten zusammen. Anschließend tippte sie auf das »Brandzeichen«.

»Sagt dir das was?«

»Nach dem, was du mir erzählt hast, tippe ich auf einen Unfall in der Szene. Möglicherweise hat jemand zu reinen

Stoff verkauft und ein Junkie ist dabei draufgegangen. Kein Drama, wenn ihr mich fragt.«

Thal spürte, dass Bettina kurz davor war, zu explodieren. Sie konnte mit Wagners Zynismus noch nie umgehen. Jetzt war keine Zeit für eine Abrechnung und deshalb mischte er sich ein.

»Uns interessiert vor allem deine Meinung zu diesem Zeichen.«

Wagner zog die Schultern hoch. »So was ist in der Szene eher unüblich, sieht keinem unserer Kunden ähnlich.« Er machte eine Pause und sah Bettina herausfordernd an. Als er merkte, dass sie sich wieder im Griff hatte, setzte er beinahe enttäuscht hinzu: »Unsere starken Jungs wollen möglichst unauffällig bleiben. Sie signieren ihre Leichen nicht.«

Siebter Mai

Ich hasse Mama! Endgültig! Es tut mir nicht mal leid, dass ich das schreiben muss. Es ist einfach so und das bleibt auch so. Für immer und Ewig!

Gestern hat sie Noah und mich erwischt. Sie hatte Spätschicht und normalerweise ist sie dann niemals vor zehn Uhr zu Hause. Nach der Schule waren Noah und ich einkaufen. Er hat mir zwei Blusen und zwei Röcke gekauft. Ich wollte erst nicht, weil ich so teure Geschenke von ihm nicht will und außerdem sind die Röcke kurz. Also wirklich sehr kurz! Aber Noah meint, ich hätte die schönsten Beine, die er je an einer Frau gesehen hat. Und dann waren wir noch bei »Hautnah«, ich hätte nie gedacht, dass ich den Laden mal von innen sehe. Bei den Preisen! Noah hat nur gelacht, als ich ihm gesagt habe, dass ich mir das nie und nimmer leisten kann. Er hat gesagt, das Beste und Teuerste ist gerade gut genug für mich. Er hat die Unterwäsche für mich ausgesucht. Unterwäsche, ach was! Wie heißt noch einmal das französische Wort dafür? Egal! Er kaufte und kaufte. BH und Höschen. Schwarz und weiß. Mit Strümpfen und allem. Warum ich das hier schreibe? Weil ich genau das gestern anhatte, als wir im Bett lagen und gekuschelt haben. Ich habe Mama nicht kommen hören. Die Tür war geschlossen und was kommt sie auch einfach so rein, ohne anzuklopfen! Sie selbst macht immer ein Riesentheater, wenn ich ihre Schlafzimmertür öffne, ohne dass sie es mir erlaubt hat. Sie will wohl nicht, dass ich sie eines Tages mit einem ihrer kaputten Typen im Bett erwische. Anders kann man Männer ja wohl nicht bezeichnen, die mit so einer hässlichen Schlampe wie meiner Mutter ins Bett ge-

hen. Sie stand also gestern wie aus dem Nichts plötzlich in meinem Zimmer. Zum Glück waren wir noch beim Knutschen. Sie hat mich wie eine Furie angeschrien und hat Noah aus dem Bett gezerrt. Ich war so froh, dass er noch seine Shorts anhatte! Als sie ihn rausgeschmissen hatte, zwang sie mich, duschen zu gehen. Danach müssten wir reden. Ich habe im Bad so langsam wie möglich gemacht, denn es war ja eh klar, was sie sagen würde. Als ich ins Zimmer kam, hatte sie sich ein großes Glas eingegossen. Ich vermute, es war Whisky oder irgendein anderes Zeug. Ich musste mich setzen und dann kam es richtig dick, viel schlimmer, als ich gedacht habe. Ab sofort hätte ich Hausarrest, hat sie gebrüllt. »Ich werde schon dafür sorgen, dass du dich nicht mit diesem Typen rumtreibst, der ist doch garantiert zehn Jahre älter als du! Stell dir mal vor, was passiert, wenn du schwanger wirst. Dein ganzes Leben wäre zu Ende. Und dann auch noch diese Nuttenklamotten!«

Sie hat sich richtig in Rage geredet und die ganze Zeit nur rumgebrüllt. Irgendwann bin ich einfach in mein Zimmer gerannt. Sie ist wie eine Furie hinter mir her gekommen und hat mich eingeschlossen!

Ich hasse sie! Ich hasse sie! Ich hasse sie! Ich muss hier weg! Wenn Noah noch immer mit mir wegfahren will, bin ich auf jeden Fall dabei! Am besten gleich morgen!

Fünfter Juni, vierzehn Uhr fünfzig

Bis auf eine ältere, der Kleidung nach zu urteilen gut situierte Dame, die sich von Donato die verschiedenen Schinkensorten erklären ließ, war kein Kunde im Lokal. Der Padrone nickte Berg und Thal kurz zu und rief in die Küche, dass der »commissario« mit seiner schönen Kollegin gekommen sei. Die Kundin drehte sich um und beäugte, pikiert, Donatos Aufmerksamkeit verloren zu haben, die beiden Neuankömmlinge mit verkniffenem Blick. Alexander deutete auf den Stehtisch in der hinteren Ecke des Raumes. »Da sind wir ungestört.«

»Um die Uhrzeit ist doch eh nicht viel los«, sagte Maria lachend, als sie aus der Küche kam. Sie umarmte Bettina und Alexander und stellte zwei Gläser auf den Tisch. »Für die Pasta seid ihr leider zu spät.«

Die beiden Ermittler bestellten einen Antipastiteller. Donato hatte die Kundin inzwischen herauskomplimentiert und trat mit einer Flasche Rotwein an den Tisch, was Bettina und Alexander unkommentiert ließen, denn sie wussten, dass jeder Einwand zwecklos war. Während sie sich zuprosteten und Donato ihren Vorspeisenteller richtete, fragte Maria nach den verschwundenen Mädchen. »Die Eltern von Nasrin kennen wir gut«, sagte sie und nippte an einem Glas Wasser. »Die Augenarztpraxis von ihrem Vater ist ja gleich hier schräg gegenüber und er kommt deshalb häufig in der Mittagspause zum Essen. Sein Vater war in der Opposition gegen den Schah und musste den Iran Mitte der sechziger Jahre verlassen. Farin Amahdi kam schon in Deutschland auf die Welt. Seine Frau Bianca stammt aus einer alteingesessenen Konstanzer Familie. Ihr könnt euch vorstellen, dass die nicht begeistert waren, als sie einen Perser heiratete.« Sie lachte auf und Thal fragte sich, ob sie als Spanierin oder ihr Mann als Italiener jemals zur Zielscheibe ausländerfeindlichen Spotts geworden war. Ehe er den Gedanken äußern konnte, trat Manuel an den Tisch. Anscheinend hatte der Sohn des Hauses mitbekommen, worüber seine Mutter gesprochen hatte, denn während er Bettina mit Wangenkuss und Alexander mit Handschlag begrüßte, sagte er bestimmt: »Nasrin ist eine Schönheit«.

Maria lächelte und der Stolz in ihrem Blick war unverkennbar. »Und darin ist er Experte. Aber Manuel hat recht, Nasrin ist ein hübsches und nettes Mädchen. Nur ein bisschen schüchtern.«

»Nicht schüchtern«, wandte Manuel ein, »sondern überbehütet. Sie darf doch gar nichts zu Hause. Ich habe mal mitbekommen, wie ihre Clique darüber diskutierte, welchen Film sie sich ansehen sollten. Als ein Mädchen Nasrin fragte, was sie am liebsten sehen würde, zuckte sie nur mit den Schultern und meinte traurig, sie dürfe doch eh nicht raus.«

»Genug geredet.« Donato stellte einen riesigen Teller voller Köstlichkeiten mitten auf den Tisch. »Buon appetito!«

Die nächsten Minuten aßen Bettina und Alexander schweigend. Als nur noch einige Stückchen Parmigiano auf dem Teller lagen, nahm Thal den Gesprächsfaden wieder auf. »Gibt es wirklich keine Gemeinsamkeiten zwischen den Mädchen? Und damit meine ich jetzt die beiden Vermissten und die Tote.«

Bettina tupfte sich mit der Serviette den Mund ab. »Zumindest keine, die man auf den ersten Blick erkennt. Nasrin Amahdi geht aufs Gymnasium, Pia Kindler und Annika Wilms auf die Realschule, allerdings auf unterschiedliche. Die Mädchen kannten sich untereinander nicht, soweit wir das bisher ermitteln konnten«.

»Irgendwelche Hinweise auf Drogen?«

»Fehlanzeige. Nur Pia Kindler wurde vergangene Fastnacht im Vollrausch ins Krankenhaus eingeliefert.«

»Was auch wieder nichts Besonderes ist.«

Bettina nickte stumm, aber Thal war noch nicht zufrieden. »Ich glaube es einfach nicht. Es muss irgendwelche Übereinstimmungen geben!«

»Nicht unbedingt«, sagte Bettina. »Schon zeitlich passen die Fälle nicht zusammen, Pia Kindler verschwand immerhin bereits vor fünf Monaten.«

Das wusste Thal und trotzdem wurde er das Gefühl nicht los, dass sie irgendetwas übersahen. Er bat Bettina, die wichtigsten Fakten noch einmal zusammenzufassen, während er den letzten Schluck seines Weins trank. Sie sammelte sich einen Augenblick und referierte dann erstaunlich präzise aus dem Gedächtnis. »Es deutet alles darauf hin, dass Pia Kindler ausgerissen ist. Ihre Mutter Daniela machte zwar von Anfang an viel Rabatz, aber als wir genauer nachfragten, kam raus, dass es einen heftigen Streit zwischen ihr und ihrer Tochter gegeben hatte. Pia war kurz zuvor zwei Mal beim Ladendiebstahl erwischt worden, es ging immer um Klamotten. Ihre Mutter hat sie danach mehr oder weniger eingesperrt, sie durfte das Haus nur noch zu bestimmten Anlässen und in Begleitung ihres großen Bruders verlassen.«

Thal schob das leere Weinglas auf dem Tisch hin und her, als wäre es eine Figur auf einem imaginären Spielfeld. »Mit dem sollten wir auf jeden Fall auch mal reden, möglicherweise ist ihm etwas aufgefallen.«

Bettina nickte. »Auf jeden Fall erschien Pia eines Morgens nicht zum Frühstück. Sie hatte ihren Kleiderschrank fast vollständig geleert und zwei Koffer mitgenommen. Seitdem fehlt von ihr jede Spur. Wir haben das komplette Fahndungsregister gezogen, ohne Erfolg. Niemand hat sie seitdem gesehen, niemand konnte sich vorstellen, wohin sie gegangen ist. Die einzige Spur war ein Typ namens ... «, Bettina machte eine Pause, und kramte in ihrem Gedächtnis nach dem Namen, aber Thal half ihr auf die Sprünge, denn er konnte sich gut an den arroganten, vom Bodybuilding gestählten Typen erinnern: »Marko hieß der Zeuge.«

Bettina klopfte anerkennend auf die Tischplatte. »Genau, Marko Kepplin, seines Zeichens Sohn des Rechtsanwalts Gert Kepplin, der uns gleich eine ganze Meute seiner Kollegen auf den Hals hetzte, als wir seinen Sohn nur befragen wollten. Auf jeden Fall war dieser Marko anscheinend eine Zeit mit Pia Kindler befreundet, ihre Mitschülerinnen waren sich uneinig, ob da mehr war, als nur Händchenhalten. Er bestritt allerdings, mit ihr etwas gehabt zu haben.«

»Es wäre ja auch eine anrüchige Beziehung, oder? Schließlich ist dieser Marko zehn Jahre älter als sie.«

Bettina wiegte den Kopf hin und her, als sei sie sich nicht sicher, ob sie widersprechen sollte. Sie beließ es am Ende bei einer sachlichen Information. »Angeblich gab er ihr Gitarrenunterricht.«

Thal verteilte den letzten Rest Mineralwasser auf ihre Gläser. »Wie dem auch sei, mit dem sollten wir noch mal sprechen. Was ist mit der anderen Vermissten?«

»Nasrin Amahdi ging vor knapp fünf Wochen nachmittags aus dem Haus, um sich mit einer Freundin zu treffen, mit der sie aber gar nicht verabredet war und wo sie auch nie ankam. Nach Aussage der Eltern gab es davor keinen einzigen Hinweis, dass sie weglaufen wollten.«

»Was Eltern ja auch wohl nicht gerne zugeben«, sagte Thal.

Manuel kam die Treppe von der Küche hinauf. »Es ist noch eine Portion Tiramisu da. Wie wär's?«

Bettina winkte dankend ab, während Thal prüfend an sich herunterschaute. »Da sage ich nicht Nein.« Manuels Tiramisu genoss einen geradezu legendären Ruf als das beste italienische Dessert der Stadt. Bettina wartete, bis Thal mit genießerisch verklärtem Blick die Süßspeise löffelte. »Kannst du mir überhaupt noch zuhören, oder verlangen deine Geschmacksnerven deine vollständige Aufmerksamkeit?«

»Ob du es glaubst oder nicht, auch Männer sind multitaskingfähig.« Lächelnd schob er sich einen weiteren Bissen in den Mund.

»Nun denn«, sagte Bettina lachend. »Zwischen den Mädchen gibt es auch sonst keine Gemeinsamkeiten. Nasrin ist in Konstanz geboren, während Pia erst vor acht Monaten hergezogen ist. Nasrin hat zwei oder drei gute Freundinnen, Pia scheint schwer Anschluss zu finden. Nasrin ist eine exzellente Schülerin, Pia schafft es so gerade, die Realschule zu halten. Hier passt wirklich nichts zusammen.«

Thal kratzte den letzten Rest Tiramisu aus dem Glas. »Ich denke, wir übersehen da was.« Süßes setzte bei ihm fast immer kreative Schübe frei und auch jetzt hatte er eine Idee, wie er den Ermittlungen auf die Sprünge helfen konnte. Er lächelte angesichts der Tatsache, dass sich auf diese Weise das Angenehme perfekt mit dem Nützlichen verbinden ließ, Bettina führte seinen fröhlichen Gesichtsausdruck auf das köstliche Dessert zurück. Er leckte sich noch einmal über die Lippen und deutete Donato an, dass er bezahlen wollte. »Am besten gehst du gleich zu Pia Kindlers Bruder und stattest anschließend ihrem angeblichen Freund oder Gitarrenlehrer Marko Kepplin einen Besuch ab. Nimm Frank mit, bei diesem Macho erreichst du als Frau alleine vermutlich nichts. Wenn Ihr damit fertig seid, solltet Ihr euch Melanie Wilms vornehmen. Wenn sie nicht mehr im Krankenhaus ist, ladet sie am besten ins Präsidium vor. Ich bin sicher, dass sie uns etwas verheimlicht, es schadet also nichts, wenn wir sie etwas unter Druck setzen. Bis dahin bin ich aber wahrscheinlich schon wieder zurück.«

Bettina sah ihn fragend an, schwieg aber. Er würde ihr schon noch erzählen, was er vorhatte.

Fünfter Juni, fünfzehn Uhr zwanzig

Ihr Körper wurde von Krämpfen geschüttelt. Die Schmerzen kamen in Wellen, waren sie einen Moment erträglich, steigerten sie sich danach fast bis zur Ohnmacht. Sie fror. War es so kalt geworden? Ein Schüttelfrost warf ihren Körper auf dem Bett hin und her. Sie versuchte, die Decke über sich zu ziehen, konnte sie aber nicht erreichen. Bei jeder Bewegung quietschten die Sprungfedern und die Fesseln scheuerten an ihren Handgelenken. Sie drehte den Kopf nach hinten, um ihre Hände sehen zu können. Blut tropfte unter der stramm sitzenden Eisenschelle, mit der sie an den Stahlrahmen des Betts gekettet war. Es war dämmerig im Raum, als schluckten die schwarzen Vorhänge den letzten Rest Licht. Ein Grollen ließ sie den Atem anhalten. Was war das? Donnerte es? Sie schaute auf den Boden. Tatsächlich. Dicke Wassertropfen fielen in eine Lache aus Erbrochenem und blutigem Schleim. Es stank und der üble Geruch stammte nicht nur von ihrer Kotze. Sie selbst stank. Sie richtete ihren Oberkörper einige Zentimeter auf und beugte den Kopf nach vorne, um an sich herunterzusehen. Sie war nackt. An ihren Oberschenkeln zogen sich verkrustete Striemen von rechts nach links. Ihre Haut wirkte fast ledern, ihre Brüste hingen schlaff nach unten. War sie in einen Zeittunnel geraten? Sie sah aus wie eine alte Frau. Tränen rannen ihr übers Gesicht.

»Aber, aber, meine Kleine!«

Jan. Sie ließ den Kopf nach hinten fallen und schloss die Augen. Er musste sich angeschlichen haben, sie hatte weder das Kreischen der Stahltür noch seine Schritte gehört. Oder war er die ganze Zeit hier gewesen? Sie fühlte seinen warmen Atem, der ihre Stirn streichelte und unmittelbar darauf den sanften Druck seiner Lippen auf ihren. Er legte eine Decke über ihren Körper. Sie war dankbar. Wegen der Wärme, aber auch, weil er sie seinen eigenen Blicken entzog. Er sollte sie so nicht sehen. Sie versuchte, es ihm zu sagen, aber ihre Stimme versagte, sie brachte nicht mehr als ein unverständliches Krächzen heraus.

»Ist schon gut«, sagte er. »Morgen hole ich dich hier raus. Versprochen.«

Morgen! Schon morgen würde Jan sie erlösen. Ganz sicher. Sie glaubte ihm. Wollte ihm glauben. Musste ihm glauben. Er war der Mann, den sie liebte, er würde sie retten. Täte er es nicht, müsste sie sterben, davon war sie überzeugt.

»Erst musst du aber noch einmal schlafen.« Seine Stimme klang sanft, fast schmeichelnd, wie die eines Vaters, der seiner Tochter die verhasste, bittere Medizin schmackhaft machen wollte. Sie öffnete die Augen und guckte zur Seite. Warum schaute er sie so nachdenklich an, als er die Spritze aufzog? Oder lag Besorgnis in seinem Blick?

War es wieder das gleiche Medikament, das er ihr gestern gespritzt hatte? Dann war alles gut, es würde sie wieder glücklich machen.

Der kurze Schmerz des Einstichs ließ sie zusammenzucken. Als er den Kolben hineingedrückt und die Flüssigkeit in ihre Vene gespült hatte, merkte sie sofort, dass es diesmal anders war. Ganz anders. Hitze durchflutete ihre Adern, sie hatte das Gefühl, von innen zu verbrennen. Es war, als schlüge ein Blitz in ihr Gehirn, wobei einige Sicherungen durchbrannten. Ihr Körper versteifte sich, es fühlte sich an, als läge ein zentnerschwerer Sack auf ihrer Brust. Sie schaffte es kaum noch, Luft zu holen, so sehr drückte das Gewicht ihren Brustkorb zusammen. Sie hörte nicht mehr richtig, als hätte jemand ihre Gehörgänge verklebt. Geräusche nahm sie nur noch wie durch Watte wahr. Oder wurde der Lärm der Welt auf dem Weg ins Gehirn heruntergefahren? Sie dachte darüber nach, als ein Blitz vor ihren Augen explodierte. Es roch nach Schwefel. Der Gestank war real, das konnte keine Einbildung sein. Die Welt um sie herum versank in Dunkelheit und Stille. Absolute Dunkelheit und totale Stille. Todesstille.

Fünfter Juni, sechzehn Uhr zehn

Bettina hatte ihr Auto vor dem schmucken Vier-Familienhaus abgestellt, in dem die Kindlers wohnten. Sie wartete auf Frank Auer und blinzelte in die Sonne, die nach dem kurzen Regenschauer, der die Luft angenehm gereinigt hatte, wieder von einem nahezu wolkenlosen Himmel schien. Der Konstanzer Vorort war ein Musterbeispiel für Gediegenheit. Direkt gegenüber der Insel Mainau und nicht weit von der Universität entfernt, siedelten sich gerne Lehrer, Universitätsdozenten und andere Menschen an, deren monatliches Einkommen hoch genug war, um die teilweise horrenden Mieten zu bezahlen. Erstaunlich, dass Daniela Kindler als alleinerziehende Mutter sich diese Wohnung leisten konnte. Unterhalb der Straße sah Bettina ihren Kollegen aus dem Bus der Linie 4 steigen, die als schönste Strecke der Stadt galt, bot sie doch über etliche Kilometer einen reizvollen Blick auf den Überlinger See. Auer schlenderte die Straße zu ihr hinauf, während sie den Wagen abschloss. »Gute Idee von dir, mit dem Bus zu kommen, so können wir nachher zusammen weiterfahren.«

Der junge Polizist schnaufte wie ein älterer Herr. Komisch, dachte Bettina, bisher war er immer gut in Form gewesen. Kam er eigentlich immer noch mit dem Fahrrad zum Dienst? Sie verkniff sich die Frage, um sich auf die kommende Befragung zu konzentrieren.

Auf ihr Läuten wurde sofort geöffnet. Daniela Kindler erwartete sie bereits an der Wohnungstür im ersten Stock und bat sie herein. Bettina überkam augenblicklich das eigenartige Gefühl, das sich immer einstellte, wenn sie die Angehörigen eines vermissten Menschen besuchte. In den Blicken der Familienmitglieder spiegelte sich eine Mischung aus Hoffen und Bangen, wobei das Entsetzen immer schon im Hintergrund lauerte. In einem Vermisstenfall kann niemand den Gedanken verdrängen, der Verschwundene könne tot sein. Auch Daniela Kindler musste sich diesem Albtraum in den vergangenen fünf Monaten oft gestellt haben. Wie alle würde sie versucht haben, diese Möglichkeit nicht zu akzeptieren. Wie immer in solchen Fällen begann Bettina das Gespräch mit der Erklärung, dass es nichts Neues gäbe. Frau Kindler atmete hörbar auf und die Spannung entlud sich in einem Seufzer. Frank Auer fragte nach Pias Bruder und die Mutter klopfte an seiner Zimmertür.

Sebastian Kindler war bereits achtzehn Jahre, sah aber wesentlich jünger aus, was Bettina zu der Überlegung brachte, ob Mädchen und Jungs auch hier grundverschieden waren, weil die weiblichen Teenager meistens älter aussahen als sie waren und dies auch durch Kleidung und Make-up unterstrichen. Sebastian lag auf einem schmalen Bett, das die gesamte Längsseite des kleinen Zimmers einnahm. Er hatte das Klopfen nicht gehört, riss sich erschrocken die Kopfhörer herunter, aus denen satte Beats tropften, und schoss in die Höhe. »Was ist los?« Wieder dieses Erschrecken beim Eintreffen der Polizei. Frank Auer hob beruhigend die Hand. »Alles in Ordnung, wir wollen nur mit Ihnen reden.« Er erklärte dem Jungen, dass sie versuchten, den Tag von Pias Verschwinden möglichst auf die Minute genau zu rekonstruieren. »Warst du mit ihr zusammen?«

Sebastian Kindler gewann innerhalb weniger Sekunden seine Lässigkeit zurück, die Bettina für eine Fassade hielt. Er stand auf und klemmte die Kopfhörer auf einen Styroporkopf, dessen weißen Schädel eine rote Wollpudelmütze zierte. Langsam drehte er sich zu Berg und Auer um. »Ja, am Nachmittag, ich habe Pia zum Gitarrenunterricht gebracht.«

»Konnte sie dorthin nicht alleine gehen?« Bettina kannte die Antwort, wollte sie aber von Pias Bruder hören.

»Sie konnte schon, durfte aber nicht.« Er setzte sich aufs Bett, schlug die Beine unter und wartete auf eine Reaktion oder Frage der Polizisten. Als sie ausblieb, ergänzte er: »Sie hatte Hausarrest, weil sie in einem Klamottenladen das Bezahlen vergessen hatte. Raus durfte sie nur in meiner Begleitung.«

Bettina zog einen unbequem aussehenden Holzstuhl vom Schreibtisch, setzte sich und registrierte mit Vergnügen, dass der junge Mann ihre Beine anstarrte, die sie mit elegantem Schwung übereinanderschlug.

»Ist Ihnen an diesem Nachmittag etwas aufgefallen? Jede Kleinigkeit kann uns helfen.«

»Was soll da schon gewesen sein? Pia war gut drauf, aber das war sie immer, wenn sie Gitarrenstunde hatte.« Sebastian Kindler dehnte das Wort Gitarrenstunde und Bettina meinte, einen zweideutigen Unterton herauszuhören.

»Du meinst, es ging nicht nur um Musik?«

Der Junge grinste.

»Nun komm schon«, forderte ihn Auer auf.

Pias Bruder schob die Unterlippe vor, was ihm einen trotzigen Gesichtsausdruck gab. Er war sich wohl nicht sicher, wie viel und was er diesen Polizisten erzählen sollte. Schließlich legte er den Kopf leicht schief und senkte die Stimme. »Dieser Gitarrenlehrer ist ein komischer Typ. Steht anscheinend auf kleine Mädchen.«

Bettina ließ ihm keine weitere Zeit zum Nachdenken, sondern hakte sofort nach. »Wie meinst du das?«

»Ich habe ihn mal mit einer anderen Tusse gesehen. Die war genauso ein Kind wie meine Schwester. Die beiden haben ganz schön rumgemacht im Strandbad.« Ein Grinsen schlich sich in sein Gesicht. »Die Kleine sah aber auch lecker aus.«

Schweigend zog Bettina ein Foto von Nasrin Amahdi aus der Tasche und hielt es Sebastian Kindler hin. Er warf einen kurzen Blick darauf und winkte dann ab. »Vergessen Sie's. Das Bild musste ich mir schon dutzende Male anschauen. Die Kleine habe ich noch nie gesehen.«

Frank Auer zog das Foto von Annika Wilms aus der Innentasche seines Sakkos. »Das hier hast du aber noch nicht gesehen.«

Sebastian erhob sich wie in Zeitlupe vom Sofa und schlenderte betont lässig zum Polizisten hinüber, der immer noch in der Tür stand und sich an den Türrahmen lehnte, als langweile ihn das Gespräch. Bettina verkniff sich ein Lächeln. Frank war ein Meister darin, Zeugen auf Augenhöhe zu begegnen, wie alt oder jung sie auch sein mochten. Pias Bruder nahm das Bild in die Hand und schaute es sich konzentriert an. Er wog den Kopf hin und her. »Nö, die sieht ihr vielleicht ein bisschen ähnlich, aber die Kleine im Strandbad hatte lange, blonde Haare.« Er reichte Auer das Foto zurück und drehte sich breit grinsend zu Berg um. »Und richtige Hupen, wenn Sie verstehen … .« Er hielt sich die zu Schalen geformten Hände vor die Brust. Bettina widerstand dem Reflex, ihm ins Gesicht zu schlagen.

Zehnter Mai

Gestern Abend hat Noah mich wieder besucht. Diesmal war das Risiko klein, überrascht zu werden, denn Mama hatte Nachtschicht. Das hieß, dass sie auf keinen Fall vor sechs Uhr am nächsten Morgen nach Hause kommen würde. Nach ihrem letzten Auftritt war das Noah aber trotzdem nicht ganz geheuer und wir sind zu ihm gegangen. Unterwegs hat er gemeint, ich dürfte mich nicht so von ihr unterdrücken lassen.

Ich hatte von Anfang an ein schlechtes Gefühl. Nicht wegen Noah, der war so süß und lieb wie immer, sondern wegen Mama. Sie kann echt durchdrehen, wenn ich nicht tue, was sie will. Ich weiß nicht, ob es daran gelegen hat, dass ich ständig daran denken musste, was passiert, wenn sie herausbekommt, dass ich über Nacht weg war, auf jeden Fall ist der Abend echt beschissen gelaufen. Dabei hat alles am Anfang so gut angefangen. Noah war zärtlich, hat mich gestreichelt und meinte, er würde mir an diesem Abend zeigen, wie schön es mit einem Mann im Bett sein könnte und ich sollte meinen ersten Orgasmus erleben. Als ob ich den nicht schon vorher und ohne ihn gehabt hätte, wenn ich es mir selbst gemacht habe. Ich habe ihm seine Meinung gelassen und es war auch tatsächlich voll schön. Gekommen bin ich allerdings nicht, na ja, zumindest nicht wirklich, aber ich hab so getan als ob, er wollte es doch so gerne. Er war danach auch sehr glücklich und hat zur Feier des Tages eine Flasche aufgemacht, so einen klebrigen, süßen Likör. Wir haben getrunken und gelacht und getrunken. Dann hat er mir gezeigt, wie ich ihn streicheln soll, damit es für ihn am schönsten ist. Und dann haben wir weiter getrunken. Ich hatte den ganzen Tag nichts gegessen und irgendwann wurde mir schlecht. Ich bin dann aufs Klo gerannt und habe alles ausgekotzt. Als ich zurück ins Zimmer gekommen bin, lümmelten da noch zwei andere-Typen rum. Ich hatte die beiden Jungs vorher noch nie gesehen, ich schätze, sie waren so alt wie Noah. Sie haben Wodka aus der Flasche getrunken und ich sollte mitmachen. Okay, ich habe dann auch ein paar Schlucke getrunken und bald hat sich alles um mich herum gedreht. Wenigstens musste ich von dem Zeug nicht wieder kotzen. Die Typen haben dann noch irgendwas geraucht, das ganz komisch gerochen hat, und plötzlich fing einer an, meinen Busen zu begrapschen. Es war so ein Strohblonder mit wässrig blauen Augen, die mich anglotzten, als hätte er noch nie ein Mädchen gesehen. Echt eklig. Ich war stinkwütend, Noah meinte aber nur, ich soll mich nicht so anstellen, das wären seine besten Freunde, da wäre doch nichts dabei. Ich wäre am liebsten völlig ausgerastet, aber weil ich immer noch betrunken war und sich alles um mich herum gedreht hat, bin ich einfach nur aufgestanden und habe gesagt, dass ich nach Hause will.

Noah hat mich ganz lieb in den Arm genommen und beruhigt. Es wäre alles gut, er hätte mich lieb und würde auf mich aufpassen. Wir haben uns zusammen in einen Sessel gesetzt und gekuschelt, während die anderen weiter getrunken haben. Die wurden immer besoffener. Als dieser blonde Widerling seinen Pimmel rausgeholt und mich die ganze Zeit angestarrt hat, bin ich aufgesprungen und aus der Wohnung weggerannt. Noah kam hinterher. Auf der Straße hat er mich dann eingeholt. Er war so lieb und hat sich entschuldigt. Ich soll das nicht so ernst nehmen, die Jungs wären manchmal ein bisschen komisch drauf, aber es wären nun mal seine Freunde und er hätte da auch noch ein Problem. Als ich ihn gefragt habe, um was es denn geht, hat er nur den

Kopf geschüttelt und gesagt, dass er mich damit nicht belasten will.

Er hat mich dann nach Hause gebracht. Vor der Tür hat er mich in den Arm genommen und ganz zärtlich geküsst. Ich glaube, dass ich seit dem Augenblick weiß, dass ich ihn wirklich liebe.

Ich konnte die ganze Nacht nicht schlafen, weil ich immer nur an Noahs Problem gedacht habe. Ich werde ihm helfen, was auch immer ich tun muss. Das sage ich ihm nachher, wenn er mich von der Schule abholt. Ich liebe ihn!

Fünfter Juni, siebzehn Uhr fünf

»Ziemlich nobel für einen Studenten.« Frank Auer konnte sich den Kommentar nicht verkneifen, als sie Marko Kepplins Wohnung betraten. Sie lag in einem relativ neuen Quartier am Seerhein, das in den letzten Jahren auf einer Industriebrache entstanden war. Die Häuser, oder besser ihre Bewohner, schafften es gelegentlich auf die Titelseite der Lokalzeitung, weil sie sich über den Lärm der am Ufer des Rheins sitzenden und feiernden Jugendlichen beschwerten. Sie hatten sogar einen privaten Sicherheitsdienst engagiert, um für Ruhe zu sorgen, was die Konstanzer Bevölkerung in zwei Lager spaltete. Während die einen Verständnis für die Bedürfnisse der Anwohner zeigten, sahen die anderen darin den Versuch wohlhabender Bürger, der Allgemeinheit das Recht streitig zu machen, sich auf öffentlichen Plätzen aufzuhalten.

Kepplin konnte seine Überraschung über Bergs und Auers unangekündigten Besuch nicht verbergen. Mit bemühter Lässigkeit führte er sie ins Wohnzimmer. Die Tür zum Balkon, von dem man über den Rhein Richtung Altstadt blickte, stand offen und vom Garten schallte Kinderlachen herauf. Die Wohnung war komplett in Weiß eingerichtet und wirkte wie der Ausstellungsraum eines Möbelhauses, in dem sich die Reichen und Schönen ihre Villen im Tessin einrichteten. Der Preis jedes einzelnen Möbelstücks dürfte den BAföG-Satz eines Studenten um ein Vielfaches übersteigen. Kepplin bot Bettina und Frank mit fahriger Geste einen Sitzplatz auf dem riesigen Ledersofa an, das die Raummitte beherrschte. Er selbst lehnte sich an ein Sideboard und stützte sich mit beiden Armen ab, wodurch sich die Muskeln an seinen von einem Muskelshirt nicht bedeckten Oberarmen deutlich abzeichneten. Bettina erkannte die Provokation in Mimik und Gestik und erwiderte seinen Blick mit versteinerter Mine.

»Was wollen Sie denn jetzt noch von mir? Ich habe doch schon vor Monaten alles ausgesagt, was ich über Pia Kindler weiß. Oder gibt es Neuigkeiten?«

Bettina hatte das unbestimmte Gefühl, dass Kepplin die Antwort kannte, bemühte sich aber um einen sachlichen Ton. Sie durfte sich nicht provozieren lassen. »Wir versuchen, den Tag, an dem Pia Kindler verschwand, genau zu rekonstruieren. Sie war am Nachmittag bei Ihnen zur Gitarrenstunde?«

Kepplin seufzte. »Auch das habe ich schon mehrfach erzählt. Einmal in der Woche kam Pia Kindler zu mir. Es war im Grunde sinnlos, denn sie war völlig unbegabt.«

»War?«, hakte Bettina ein, aber Kepplin ließ sich nicht aus der Fassung bringen.

»Na ja, im Moment ist es ja vorbei mit den Stunden, oder?«

»War sie an dem fraglichen Nachmittag anders als sonst? Ist ihnen irgendetwas aufgefallen?«

Kepplin drückte sich mit Schwung von der Kante des Sideboards ab, ging langsam auf die Sitzgruppe zu und ließ sich in einen dem Sofa gegenüberstehenden Sessel fallen. »Sie vertun hier nur Ihre Zeit, Frau Kommissarin. Wenn mir etwas aufgefallen wäre, hätte ich es doch längst mitgeteilt.«

»Wie es sich für einen braven Bürger gehört«, warf Auer ein. Kepplin ging auf den Spott nicht ein, sondern nickte Bettina zu und konterte. »Nehmen Sie sich ein Beispiel an Ihrem Kollegen, Frau Kommissarin. Der hat die Situation genau erkannt.«

Es fiel ihr schwer, ruhig zu bleiben, aber sie wollte die entscheidende Frage so beiläufig wie möglich stellen. »Hatten Sie etwas mit ihr?«

Bettina bemerkte zufrieden, dass Kepplin kurz seine zur Schau gestellte Gelassenheit verlor. Es war ihm nicht viel anzumerken, aber das leichte Zittern seines rechten Augenlides reichte, um ihr das Gefühl zu geben, ins Schwarze getroffen zu haben. Nach einer Sekunde hatte der junge Mann sich wieder im Griff. »Wie kommen Sie bloß darauf? Sie ist doch noch ein Kind!«

»Sie sieht aber nicht so aus!« Auer beugte sich vor, als wolle er Kepplins Reaktion auf seinen Einwurf aus größerer Nähe beobachten. Der lächelte aber nur und straffte seinen Körper. »Glauben Sie wirklich, ich hätte das nötig?«

Bettina überlegte, ob sie ihn mit der Aussage von Pias Bruder konfrontieren sollte, ließ es aber bleiben. Vielleicht hatte Sebastian Kindler sich ja auch getäuscht, und wenn nicht, konnten sie diese Information zu einem späteren Zeitpunkt eventuell besser gebrauchen, um Kepplin unter Druck zu setzen.

Auf dem Weg zum Auto machte Auer seiner Verärgerung Luft. »Was für ein Arsch!«

Bettina lachte auf, Frank bediente sich nur selten der Gossensprache. »Du hast recht, er ist ein unsympathischer Zeitgenosse, aber ist er deshalb auch verdächtig?«

Schweigend überquerten sie die Straße und betraten das Parkhaus eines Lebensmittelmarktes, in dem sie den Wagen abgestellt hatten. Bettina zog ihr Handy aus der Tasche. »Ich rufe Stephanie an, wenn ich mich richtig erinnere, steht irgendwo in den Akten etwas über das Studio, in dem er seinen Astralkörper stählt. Dem könnten wir doch noch rasch einen Besuch abstatten.«

Fünfter Juni, siebzehn Uhr fünfzig

Sie öffnete die Augen. Es war stockdunkel Sie wartete auf einen Lichtschimmer, der sich einstellen würde, wenn ihre Pupillen sich angepasst und geweitet hätten, aber nichts geschah. Die Finsternis blieb. Sie fror. Sie schlang die Arme um ihren Körper und stellte im gleichen Augenblick überrascht fest, sie bewegen zu können. Angestrengt versuchte sie, sich ins Gedächtnis zu rufen, was geschehen war, erinnerte sich aber nur noch an die Spritze und die heiße Welle, die sie in die Ohnmacht geschleudert hatte. War sie tot? Fühlte sich so das Jenseits an? Herrschten dort totale Dunkelheit und eisige Kälte? Und Freiheit! Sie atmete tief ein. Was war das für ein Geruch? Es duftete nach Lavendel und Seife. Sie zog eine Hand unter dem Körper hervor und streckte den Arm aus. Eine weiche, flauschige Decke bedeckte sie. Sie zog das wärmende Stück Stoff enger um sich, aber die Kälte blieb. In der Hölle gab es also Daunendecken, dachte sie und ein glucksendes Lachen kam aus ihrem Mund, der sich eine Sekunde später mit bitterer Galle füllte. Sie würgte. Nein! Sie wollte sich nicht übergeben, nicht dieses makellose Bett beschmutzen. Sie schob die Beine unter der Decke hervor und erhob sich in eine sitzende Position. Langsam stellte sie die Füße auf den Boden. Er war kalt. Vorsichtig bewegte sie einen Fuß von rechts nach links. Quadratische Fliesen mit deutlich fühlbaren Fugen. Sie drückte sich mit den Händen hoch und stellte sich auf. Ihre Beine zitterten, trugen sie aber. Auch wenn sie nichts sah, musste sie sich auf die Suche nach einer Toilette machen. Und wenn sie keine fand? Würde sie sich eben auf den Boden erbrechen, aber wenigstens nicht in die sauberen Laken. Behutsam setzte sie den rechten Fuß vor den linken. Die fast übermenschliche Kraftanstrengung, die sie dieser erste Schritt kostete, ließ sie heftig atmen. Der zweite Schritt war zu viel und sie brach zusammen. Der Raum begann sich zu drehen und ihr Mageninhalt stieg die Speiseröhre hinauf. Nein, dachte sie. Bitte nicht! Sie robbte, den Mund fest zusammenpressend, über den Steinfußboden. Die Fliesen unter ihren Händen fühlten sich glatt wie Marmor an. Sie zog sich Zentimeter für Zentimeter voran. Minuten schienen vergangen, bis sie endlich eine Wand erreichte. Himmel oder Hölle, beides wäre unbegrenzt, da war sie sich sicher. Sie wusste nicht, woher sie die Gewissheit nahm, aber ihr Atem ging ruhiger. Der Raum war nicht unendlich, der Raum war begrenzt, damit war bewiesen, dass sie lebte. Als wäre sie ihr geschenkt worden, überkam sie eine unerwartete Zuversicht. Sie bot allen Willen auf, über den sie verfügte, drehte sich um, setzte sich auf und lehnte sich an die Wand, die deutlich wärmer war, als der Fußboden. Die Karussellfahrt war zu Ende, der Raum kam zur Ruhe. Die Übelkeit verschwand zwar nicht, aber der Würgereiz ließ nach. Sie schluckte. Der gallige Geschmack war noch da, aber sie konnte ihn ertragen. Vorsichtig tastete sie ihr Gesicht ab. Nein, sie hatte keine Maske auf den Augen, der Raum war tatsächlich so dunkel. Er musste fensterlos sein und das hieß, dass man sie in ein anderes Gefängnis gebracht hatte. Mit Daunendecken und Marmorboden. Sie sehnte sich nach den Regentropfen, die von der Decke fielen.

Fünfter Juni, achtzehn Uhr fünf

Bettina rümpfte die Nase und versuchte, möglichst flach durch den Mund zu atmen, als sie den Trainingsraum des Fitnessstudios betraten. Zu viel Testosteron in der Luft, dachte sie und erinnerte sich an einen Artikel, den sie vor Kurzem gelesen hatte. Angeblich roch das männliche Hormon im Schweiß für achtzig Prozent der Frauen nach Urin, während die Minderheit einen angenehmen Vanilleduft wahrnahm. Sie gehörte der größeren Gruppe an. Das Studio war gut besucht, die meisten Geräte waren besetzt, vor allem an den Gewichten arbeiteten sich muskelbepackte Typen ab.

»Kann ich Ihnen helfen?«

Mit federnden Schritten kam eine Frau Mitte zwanzig, die Haare zu einem fröhlich auf- und abwippenden Pferdeschwanz gebunden und den trainierten Körper in einen roten Trainingsoverall gekleidet, auf sie zu. Bettina bemerkte im Augenwinkel, dass Auer den Rücken durchbog und sich streckte. Sie blinzelte, um das Namensschild zu entziffern.

»Guten Abend, Frau Neitzel.«

»Nadine«, sagte die Frau mit der professionellen Heiterkeit einer Animateurin und streckte Bettina die Hand entgegen. Ihr Händedruck war wie erwartet fest. Auer wartete darauf, auf die gleiche Art begrüßt zu werden und Bettina hatte das Gefühl, dass er die Hand der jungen Frau eine Sekunde zu lange hielt, deshalb sagte sie in möglichst sachlichem Ton: »Wir würden gerne die Chefin sprechen, wären Sie so gut … .«

Nadine ließ sie nicht aussprechen. »Die Chefin steht vor ihnen.«

Bettina war überrascht. So kann man sich täuschen, dachte sie und schwor sich, in Zukunft dem äußeren Schein eines Menschen weniger Aufmerksamkeit zu schenken. Frank nutzte ihre Verblüffung aus und riss das Gespräch an sich. »Kennen Sie einen gewissen Marko Kepplin?«

Nadine Neitzel strahlte Auer an und nickte. »Klar, der ist Stammgast hier. Kommt fast jeden Tag am Vormittag und trainiert zwei Stunden. Typisch Student mit reichem Papa.«

Bettina hörte die Geringschätzung in der Stimme der jungen Frau, die in ihrer Achtung von Sekunde zu Sekunde stieg. Nadine drehte sich um und ging in Richtung einer Bar, die sich im hinteren Teil des Raumes, der fast einer Halle glich, befand. »Ich muss etwas trinken. Darf ich Ihnen auch etwas anbieten?«

»Ein Wasser wäre toll«, antwortete Auer, der den Blick nicht vom wohlgeformten Hintern der Fitnessstudiobesitzerin nahm, während Bettina die Blicke der Männer spürte, die ihren Weg an den Folterinstrumenten vorbei beobachteten. Nadine füllte große Gläser Mineralwasser für Berg und Auer, trank selbst einen Schluck aus einer undurchsichtigen Flasche und wischte sich den Mund mit dem Handrücken ab. »Ah, das tat gut! Warum fragen Sie nach diesem Kepplin? Hat er was angestellt?«

Auer hatte schon zur Antwort angesetzt, aber Bettina fiel ihm ins Wort. »Hat er besondere Freunde im Studio? Uns interessiert vor allem, ob er mit den Damen flirtet, vielleicht sogar mit einer Kundin ein Verhältnis hat.«

Nadine schraubte die Flasche zu und formte mit den Lippen einen Kussmund, was ein Grübchen an ihrem Kinn hervortreten ließ. Kein Wunder, dass Frank auf sie fliegt, schoss es Bettina durch den Kopf. Die Kleine war wirklich süß. »Mit Kundinnen fängt er garantiert nichts an.«

»Warum sind Sie sich da so sicher?«

»Unser Mindestalter liegt bei achtzehn Jahren und Kepplin ... .«

Bettina beendete den Satz: »Steht mehr auf junge Mädchen.«

»Ich würde eher sagen, er steht auf Kinder.« Nadine hatte den letzten Satz leise und mit einer Art verschwörerischem Unterton gesprochen, als verabredeten sie ein Komplott. »Erst vor ein paar Tagen ist er mit einer aufgetaucht, die war dreizehn, höchstens vierzehn, aber aufgedonnert wie eine Achtzehnjährige.«

Auer griff in seine Jacketttasche und zog die Fotos hervor. Er legte sie nebeneinander auf den Bartresen. »Schauen Sie sich die Bilder bitte genau an. Kennen Sie eines dieser Mädchen?« Als Nadine ihn fragend ansah, nickte er. »Es ist wirklich sehr wichtig.«

Nadine Neitzel ließ sich Zeit, sie nahm jedes Bild in die Hand, schaute es konzentriert an und legte es dann wieder hin. Mit dem Zeigefinger tippte sie auf das Foto von Pia Kindler. Bettina hielt die Luft an. Konnte es sein, dass sie in diesem Fitnessstudio den entscheidenden Hinweis bekamen? »Er war mit diesem Mädchen hier?«

»Ganz sicher«, sagte Nadine und unterstrich ihre Aussage mit einem kräftigen Lächeln.

Bettina beugte sich über den Tresen und suchte den Augenkontakt mit der jungen Frau. »Wann war das?«

»Das ist schon länger her. Vielleicht ein halbes Jahr.«

Die Enttäuschung ließ Bettinas Körperspannung in sich zusammenfallen. Sie waren also wieder in eine Sackgasse gelaufen. »Und die anderen Mädchen kennen Sie nicht?«

Noch einmal schaute Nadine sich die Fotos genau an. »Irgendwie sehen die Mädchen in dem Alter ja alle gleich aus, aber … . Nein, die anderen habe ich noch nie gesehen.«

Auf dem Parkplatz vor dem Studio saugte Bettina die frische Luft ein. Da drin waren eindeutig zu viele Männer in einem Raum, hier draußen ließ es sich entschieden klarer denken. Das Ergebnis wurde dadurch aber auch nicht besser. Nadine Neitzel war sich zwar sicher, dass Marko Kepplin mit Pia Kindler im Studio gewesen war, allerdings vor ihrem Verschwinden. Damit wäre Kepplins Aussage, er habe sich nie abseits der Gitarrenstunden mit Pia getroffen, zwar widerlegt, aber das brachte sie im Augenblick nicht weiter. Bettina wollte Auer fragen, welches weitere Vorgehen er vorschlage, als der Kollege sich umdrehte und wortlos im Fitnessstudio verschwand. Bettina öffnete das Auto und setzte sich hinters Steuer. Eine Minute später erschien Auer mit strahlendem Lächeln.

»Na, wandelst du auf Freiersfüßen und hast ein Rendezvous vereinbart?

Auer ließ sich auf den Beifahrersitz fallen. »Ich wollte schon immer mal eine Probestunde in einem Fitnessstudio absolvieren.

Dreizehnter Mai

Mir geht es schlecht und das hat nicht nur damit zu tun, dass ich in den letzten zwei Tagen viel zu viel getrunken habe. Was dabei komisch ist: Ich bin gleichzeitig so glücklich, wie ich es noch nie in meinem ganzen Leben war. Noah liebt mich. Er will mich hier rausholen und mit mir leben. Als er zum ersten Mal davon gesprochen hat, wollte ich es ihm nicht glauben. Aber er meint es wirklich ernst, er spricht immer wieder davon, dass wir das ideale Paar sind und er noch nie mit einer Frau so glücklich gewesen ist wie mit mir. Wenn da nur nicht diese blöden Geldprobleme wären. Ich habe ihn vorgestern direkt darauf angesprochen. Er hat erst rumgedruckst, und gemeint, er will mich damit nicht belasten. Aber ich habe nicht lockergelassen und dann ist er irgendwann doch damit rausgerückt. Er hat mir erzählt, dass er in eine ganz blöde Sache reingeraten ist. Angeblich ging es um ein todsicheres Geschäft, irgendwas mit Autos, so genau habe ich das nicht verstanden. Auf jeden Fall schuldet er jetzt ein paar Leuten Geld. Viel Geld, mehr als zwanzigtausend Euro. Wenn er die Summe nicht bis zum Ende des Monats aufbringt, muss er untertauchen.

Ich war völlig fertig, als er mir das erzählt hat. Ich weiß, dass ich es nicht aushalte, wenn er nicht mehr da ist. Ich liebe ihn so sehr. Ich kann nicht mehr ohne ihn leben. Ich habe ihm gesagt, dass ich ihm helfen will. Erst hat er es abgelehnt, aber dann hat er gemeint, wenn ich es wirklich will, hätte er eine Idee.

Nun ja, gestern Abend war es so weit. Ich habe mich wieder aus dem Haus geschlichen. Noah hat im Auto gewartet und wir sind zu seiner Wohnung gefahren. Er war so lieb zu mir, richtig süß. Ich habe mir die Unterwäsche angezogen, die er mir geschenkt hat, und dann haben wir getrunken und geschmust und getrunken. Und dann .... . Nein, ich kann es nicht schreiben. Es war ekelhaft, aber es ist vorbei. Ich konnte es überhaupt nur aushalten, weil ich die ganze Zeit daran dachte, dass ich Noah helfen muss und dass er mich nicht verlassen wird, wenn wir das Geld aufbringen.

Hinterher habe ich geheult wie ein Schlosshund. Noah hat mich getröstet und mir zwei Tabletten gegeben. Die haben wirklich geholfen, es ging mir gleich viel besser. Zu Hause habe ich stundenlang geduscht. Ich fühle mich immer noch schmutzig. Aber die Tabletten sind gut. Noah hat mir eine ganze Packung gegeben. Wenn es mir schlecht geht, soll ich eine schlucken. Manchmal nehme ich auch zwei.

Außerdem dauert es nicht mehr lange und alles wird gut. Schon morgen wird Noah mich abholen. Wir fahren in die Ferien, hat er gesagt. Ferien mitten in der Schulzeit, er ist so herrlich verrückt.

Ich werde mit ihm gehen, egal, was passiert. Hauptsache ich komme weg von meiner Mutter, dieser dummen Schlampe!

Fünfter Juni, achtzehn Uhr zwanzig

Thal löste sich vorsichtig aus Madlainas Umarmung. Sie hatten zehn Minuten eng umschlungen auf der Sitzbank des Chevrolets gesessen, den sie auf einem einsamen Parkplatz zehn Kilometer außerhalb von St. Gallen abgestellt hatten, von dem aus man einen grandiosen Blick auf den Bodensee hatte. Wie pubertierende Schulkinder, dachte Thal. Als gäbe es eine geheime Übereinkunft, an diesem Tag nicht miteinander zu schlafen, hatte Madlaina das Auto aus der Stadt chauffiert, was Thal richtig und angemessen vorkam. Auf dem Weg hatten sie sich über die Einsamkeit unterhalten, die sie nach den rauschhaften vierzehn, gemeinsam verbrachten Tagen überfallen hatte. Sie vermissten sich und dieses Eingeständnis schien Thal wertvoller als mancher Liebesschwur, den sie in Italien, berauscht von der Freiheit der Ferien und dem Negroamaro Apuliens, ausgetauscht hatten. Sie waren in der Normalität angekommen und es tat ihrer Liebe keinen Abbruch. Auch Madlaina rückte einige Zentimeter von Thal ab und sah ihn lächelnd an. »Wie geht es mit dem Fall voran, von dem du erzählt hast?«

Thal schilderte die wichtigsten Fakten in dürren Worten, er brauchte nichts auszuschmücken, denn Madlaina war Profi durch und durch. Wenn man bei der Ausbildung zur Fallanalytikerin des FBI etwas lernte, dann einen Sachverhalt aus wenigen Fakten zu rekonstruieren. Und sie war eine herausragende Profilerin, die ihr Talent, wie Thal fand, bei der Kantonspolizei St. Gallen verschwendete. Er würde aber einen Teufel tun und ihr das sagen, denn eines Tages würde ihre pflegebedürftige Mutter sterben und dann gäbe es für sie keinen Grund mehr, nicht in die USA zurückzukehren. Was würde er dann tun? Er verdrängte den Gedanken und konzentrierte sich auf seine Darstellung des Falls. Denn deshalb war er hier. *Auch* deshalb, korrigierte er sich innerlich. »Unser Problem ist, dass wir bisher keine Gemeinsamkeiten erkennen, weder bei den beiden vermissten Mädchen, noch bei der Toten und schon gar nicht zwischen den drei Fällen.«

»Wie sieht es mit der häuslichen Situation der Mädchen aus? Gibt es da irgendwelche Übereinstimmungen? Prügelnde Väter, Missbrauch oder etwas Ähnliches?«

Thal wusste nicht, worauf sie hinauswollte, schüttelte aber den Kopf. »Die Familien könnten unterschiedlicher nicht sein. Pia Kindler stammt aus einfachen, aber geordneten Verhältnissen, Nasrin Amahdis Vater ist ein gut betuchter Augenarzt und Annika Wilms lebt fast in einer prekären Situation.«

»Was ist mit den Sozialkontakten der Mädchen? Gibt es gemeinsame Freunde, eine Clique, in der sie sich getroffen haben können? Schulfreundschaften?«

»So weit wir wissen, nein. Pia ist erst vor Kurzem nach Konstanz gezogen und hat nicht viele Freunde, Nasrin hingegen war beliebt. Über Annika wissen wir noch nicht genug.«

Madlaina beugte sich über die Lehne der Sitzbank und öffnete eine Kühltasche. Thal lächelte, weil er wusste, was sie suchte. Ohne ihre Cola Zero war sie niemals unterwegs. Die dunkle Brause war ihr Treibstoff, ohne den sie nicht auf Touren kam. Sie öffnete eine Flasche und hielt sie Thal entgegen, der lachend ablehnte. Sie trank einen kräftigen Schluck. »Das habe ich jetzt gebraucht.« Sie hielt sich die kühle Flasche an die Wange. »Ich sehe den einzigen Ansatz in der persönlichen Situation der Mädchen. Wenn ich dich vorhin richtig verstanden habe, befanden sich alle drei in einer Umbruchphase. Bei der Toten haben sich die Eltern getrennt, sie wohnt bei ihrer Mutter und ist hin- und hergerissen. Pia Kindler ist erst vor einigen Monaten nach Konstanz gezogen, hat hier noch keine Freunde. Sie ist bei einem Ladendiebstahl erwischt worden, richtig?«

Thal nickte und versank dabei fast in ihren dunklen Augen. »Die Mutter hat sie danach quasi in Arrest genommen.«

»Bleibt Nasrin Amahdi«, nahm Madlaina den Faden unmittelbar wieder auf. »Was hat Donatos Sohn gesagt? Sie fühlte sich von den Eltern in ihrer Freiheit eingeengt?«

»Du meinst, die Mädchen sind weggelaufen?« Thal war enttäuscht wegen dieser naheliegenden Schlussfolgerung, aber Madlaina wiegte den Kopf. »Das wäre eine Möglichkeit, aber ich denke da an etwas anderes? Hast du schon mal von Loverboys gehört?«

Thal war verwirrt. »Du meinst Männer, die es mit Frauen für Geld tun?«

Madlaina lachte laut auf und legte ihm die Hand auf den Unterarm. »Nein, mein Lieber, was du meinst, sind Gigolos. Bei Loverboys geht es nicht um Liebe, auch wenn sich die Bezeichnung so anhört.« Sie machte eine Pause, es sah aus, als suche sie nach möglichst präzisen Worten, um einen komplexen Sachverhalt zu beschreiben. »Loverboys sind junge Männer, meistens zwischen zwanzig und dreißig Jahren, die sich an wesentlich jüngere Mädchen heranmachen, ihnen Liebe versprechen und sie nach und nach in eine Hörigkeit zwingen, in der sie buchstäblich alles tun. Meistens spielen auch Drogen eine Rolle, die Mädchen werden abhängig gemacht, gehen für den Loverboy auf den Strich.

Prostitution, Drogenhandel, Menschenschmuggel. Loverboys spielen bei den großen Jungs mit.«

»Und du meinst, unsere Mädchen könnten Opfer von solchen Typen geworden sein?«

Madlaina trank noch einen Schluck, verschloss die Flasche und verstaute sie wieder in der Kühltasche. »Ich weiß es natürlich nicht, aber es wäre möglich.«

»Und wie sollen wir das herausgekommen? Sie werden ihre Beziehung zu diesen Männern ja wohl kaum ihren Eltern auf die Nase gebunden haben.«

»Ganz sicher nicht, aber die meisten der betroffenen Mädchen zeigen bestimmte Verhaltensmuster. Es gibt da inzwischen gute Untersuchungen vor allem aus Holland, wo das Phänomen schon seit Jahren die Kollegen beschäftigt.«

Thal nickte und sagte mehr zu sich selbst: »Ob dein Vorgesetzter wohl einverstanden ist, wenn du uns bei dem Fall berätst?«

Er hatte nicht damit gerechnet, aber Madlaina antwortete sachlich: »Warum nicht, schließlich haben wir es hier mit einer Form von Kriminalität zu tun, die ganz gewiss grenzüberschreitend ist. Das nächste Mädchen könnte auch aus Kreuzlingen, Romanshorn oder St. Gallen kommen. Wir könnten ihn unter dem Aspekt der Prävention fragen.«

Thal lächelte und rückte näher an sie heran. »Okay, das klärst du. Ich kümmere mich darum, dass du morgen die Eltern der Mädchen befragen kannst.«

»Hallo, meine Kleine! Geht es dir gut? Bist du glücklich, weil ich dich aus dem dreckigen Loch geholt habe?«

Sie hielt ihre Augen geschlossen und atmete den Duft des Parfums ein, das sie so gut kannte. Jan streichelte ihr über die Wange. Sie hatte das Gefühl, er lege Eis auf ihr Gesicht.

»Ich habe dir versprochen, dass ich mich um dich kümmern werde, und siehst du: Ich habe es getan. Du brauchst keine Angst zu haben.«

Vorsichtig öffnete sie die Augen. Sie lag auf dem Bett. Wie war sie hier hierhergekommen? Hatte sie geschlafen? Sie schaute sich im Raum um. Das Zimmer war kärglich eingerichtet, neben dem Bett bestand das Mobiliar nur aus einem Ohrensessel, einem kleinen Tisch und einer Kommode. An den Seiten eines kleinen Fensters hingen schwarze, in zahlreiche Falten gelegte Samtvorhänge bis auf den Boden. War dieses schlichte, aber dennoch auf eigenartige Weise wohnliche Zimmer die schwarze Zelle, in der sie heute Nacht erwacht war? Hatte sie nur geträumt? Oder war die dunkle Kammer die Wirklichkeit und sie erwachte gerade jetzt in einem Traum? Sie kam sich vor wie ein Wesen von einem anderen Stern, das in dichtem Nebel über einen unbekannten Planeten wanderte. Weder wusste sie, wo sie war, noch, was auf sie wartete. Sie brauchte einen Kontakt zur Realität und konzentrierte sich auf Jan, der sich bückte und eine Tasche vom Boden hob. Er nahm eine schwarzhaarige Perücke heraus und setzte sie ihr auf den Kopf. »Es ist wirklich eine Sauerei, was die Schweine mit deinen Haaren gemacht haben.«

Sie hob die rechte Hand und legte sie sich auf den Kopf. Die Haare fühlten sich künstlich an, sie waren fremd und gehörten nicht zu ihr. Tränen schossen ihr in die Augen. Jan setzte sich aufs Bett, nahm sie in den Arm und wiegte sie langsam hin und her. »Alles wird gut, meine Kleine, ich verspreche es dir. Ich hole dich hier raus, und dann gehen wir weg. Gemeinsam.«

Sie presste die Augen zusammen, um den Strom der Tränen zu stoppen, die ihre Wangen herunterliefen. Sie atmete tief ein. »Wann?« Sie erschrak vor ihrer Stimme, die wie die eines Automaten klang. Jan streichelte ihr über den Kopf. »Bald«, flüsterte er in ihr Ohr. Seine Hand streichelte seinen Rücken, sie presste ihren Oberkörper an seinen und fühlte die Wärme, die von ihm ausging.

»Bevor wir gehen können, müssen wir die Typen ruhigstellen, die dir das angetan haben.« Er legte ihr die Hand auf den Kopf. »Die haben mich in der Hand, weißt du. Und dich auch.«

Sie wusste nicht, was er meinte. Was hatten sie gegen sie in der Hand? Aber sie wollte nicht fragen, genoss den Moment in seinen Armen, wiegte sich langsam hin und her. Sie liebte ihn. Und Jan liebte sie.

»Noch eine Woche, vielleicht auch zwei«, sagte er und begann, die Tränen auf ihren Wangen wegzuküssen. »Du wirst sehen, dieser Club ist nicht der schlechteste. Die Männer sind hier eigentlich ganz okay. Mach dir keine Sorgen.«

Er nahm ihr Gesicht in beide Hände. Seine Augen bohrten sich in ihre und sein Blick fuhr ihr ins Herz. Sie schaute ihn an. Er lächelte. Sie vertraute ihm. Er würde ihr helfen. Er war der Einzige, der es konnte.

Er bückte sich, holte eine kleine, silberne Dose aus der Tasche und klappte sie auf. Sie war voller kleiner, kreisrunder roter Tabletten. »Wenn es dir mal nicht so gut geht, schluck einfach eine oder zwei von den Dingern. Sie helfen sofort.« Er schloss die Dose und schob sie unter ihr Kopfkissen. Anschließend holte er eine Spritze aus der Tasche.

»Jetzt schenke ich dir erst noch ein paar schöne Träume. Schlaf gut, meine Kleine!«

Fünfter Juni, neunzehn Uhr zwanzig

Diese beiden Polizisten gingen ihr auf die Nerven. Diesen jungen Schnösel Frank Auer hatte sie von Anfang an nicht gemocht, aber Bettina Berg war gefährlicher, da war sie sich sicher. Die hatte ihr von Anfang an nicht geglaubt. Wie hieß der andere Beamte noch mal, der ihr die Nachricht von Annikas Tod gebracht hatte. Grund? Nein, Thal, genau. Berg und Thal. Wäre sie nicht so angespannt gewesen, hätte sie gelächelt, das war schon ein eigenartiges Pärchen und dann noch diese Namen. Sie musste sich konzentrieren. Vor allem dieser Auer ließ nicht locker, fragte sie immer wieder nach dem Tag, an dem Annika verschwunden war.

»Kommen Sie, Frau Wilms, es hat doch keinen Sinn. Irgendwann bekommen wir ja doch raus, was vorgefallen ist. Nur, dass es dann vielleicht zu spät ist und noch ein Mädchen sterben muss.«

Was für ein Quatsch! Am liebsten hätte sie ihm das genauso vor den Kopf geschleudert, aber Melanie Wilms versuchte, ruhig zu bleiben. Sie durfte sich jetzt keine Blöße geben, so sehr es auch innerlich in ihr brodelte. Sie wusste, dass Annika nichts mit den anderen Mädchen zu tun gehabt hatte. Sie hatte keine Ahnung, was bei denen vorgefallen war, vielleicht waren sie einfach abgehauen. Es spielte auch keine Rolle, Annika hatte nichts mit dieser Pia und dieser Perserin, deren Namen sie sich nicht merken konnte, gemein.

Sie musste Zeit gewinnen und bat um ein Glas Wasser. Die Polizistin Berg war sichtlich besorgt um sie. Eine Frau fühlte eben anders mit einer Mutter, die erst vor wenigen Stunden erfahren hat, dass ihre Tochter tot aufgefunden worden ist. Sie trank das Wasser in langsamen Schlucken. Wenn sie an Annika dachte, kamen ihr sofort die Tränen. Berg streichelte ihr über die Schulter. Sie ließ es geschehen, obwohl es ihr unangenehm war Sie wollte kein Mitleid von dieser Polizistin. Sie konnte ihr nicht helfen. Mit den Schuldgefühlen musste sie für den Rest ihres Lebens alleine fertig werden, die verschwanden nie, da war sie sich sicher.

»Haben Sie nie bemerkt, dass Annika Drogenprobleme hatte?«

Melanie Wilms riss den Kopf nach oben. Am liebsten hätten sie Auer angebrüllt, ihn gefragt, was er sich eigentlich einbilde? Annika und Drogenprobleme! Niemals! Anstatt etwas zu sagen, schüttelte sie nur den Kopf. Bettina Berg hörte endlich auf, sie zu streicheln und setzte sich neben Auer. »Ihre Tochter ist an einer Überdosis Heroin gestorben, Frau Wilms. Daran gibt es keinen Zweifel.«

Keinen Zweifel! Keinen Zweifel! Wenn sie das schon hörte. Es gab an so vielen Dingen keinen Zweifel und am Ende stellte sich alles als Irrtum heraus. Erst vor einer Woche hatte Marlon ihr erklärt, dass es nicht Osama Bin Laden war, der diese Türme in New York zum Einsturz gebracht hatte, sondern die Amerikaner selbst. Darüber stand natürlich nichts in der Zeitung. Aber es war trotzdem wahr. Warum sollte es mit ihrer Tochter nicht genauso sein. Annika hatte niemals Drogen genommen, das hätte sie gemerkt, so etwas entgeht einer Mutter nicht. Aber was sollte es für einen Sinn haben, es zu bestreiten. Die Polizisten würden ihr nicht glauben, das stand fest. Die hatten ihren Bericht, dem vertrauten sie, nicht ihr, der trauernden Mutter. Wieder schossen ihr die Tränen in die Augen. Berg und Auer schwiegen, starrten sie aber an. Sie musste hier raus.

Annika war tot, daran konnte niemand mehr etwas ändern. Mit den anderen beiden Mädchen hatte das nichts zu tun. Annika hat sich einfach nur in einen Typen namens Noah verknallt. Uns was hatte sie, Melanie Wilms, in dieser Situation getan? Sie hatte die Rabenmutter gegeben, anstatt das Mädchen ernst zu nehmen, ihr zu helfen und sich ein bisschen darüber zu freuen, dass sie zum ersten Mal verliebt war. Angebrüllt hatte sie ihre Annika, eingesperrt hatte sie ihre Tochter. Am Schluss war Annika einfach davongerannt mit diesem Noah. Die Schuld aber, die Schuld trug niemand außer ihr, der Mutter. Sie nahm ein Taschentuch, das Bettina Berg ihr reichte, und wischte sich die Tränen von den Wangen. Sie schnäuzte sich gerade, als Alexander Thal den Raum betrat. Unsicher schaute sie auf, der Polizist lächelte sie an und nickte zur Begrüßung. Der Mann strahlte in diesem Moment eine große Ruhe aus. Für einen Augenblick glaubte sie sogar, ihm vertrauen zu können. Im Grunde genommen wünschte sie sich, dass man die entführten Mädchen fand und vielleicht würde man ja auch herausfinden, wer dieser Noah war. Sie musste mit ihm reden, musste wissen, was geschehen war. Warum war ihre Annika tot? Wer war schuld daran? Der letzte Gedanke rüttelte sie wach. Sie durfte sich nicht gehen lassen, die Schuldige stand doch längst fest. Es ging nur noch darum, ob man sie öffentlich an den Pranger stellte: Seht her, da ist die Rabenmutter, die ihre Tochter eingesperrt hat, statt sie zu beschützen. Sie ist schuld. Wegen ihrer Hartherzigkeit ist das Mädchen weggelaufen. Wegen ihr musste sie sterben. Sie wollte nicht öffentlich durch den Dreck gezogen werden und genau das würde geschehen, wenn man erfuhr, was passiert war. Annika war tot, die brachte ihr niemand zurück. Dieser Thal war gefährlich. Melanie Wilms wappnete sich innerlich gegen das Verhör, das er beginnen würde. Sie senkte den Kopf und starrte auf die Tischplatte. Thal sprach leise mit seiner Kollegin, Melanie Wilms verstand nicht, was er sagte. Warum wandte er sich nicht an sie? Sie durchschaute es nicht, aber was spielte es schon für eine Rolle? Sie gewann Zeit, das zählte. Sie musste sich selbst auf die Suche machen. Sie musste den Jungen finden, mit dem ihre Annika weggegangen war. Vielleicht hatte die Polizei recht und ihre Tochter war ermordet worden. Vielleicht war dieser Noah sogar der Mörder. Es lag im Bereich des Möglichen, aber es konnte auch alles ganz anders sein. Wie die Ereignisse vom 11. September. Sie würde die Wahrheit herausfinden. Sie musste kühl und konzentriert sein, während alle anderen dachten, sie wäre eine leidende Mutter. Die Eltern der verschwundenen Mädchen konnten ihr dabei helfen, bestimmt nahmen sie die Leidensgenossin in ihren Kreis auf.

Wie gut, dass dieser Thal Annikas Tagebuch nicht gefunden hatte. Er hätte sofort eins und eins zusammengezählt. Zum Glück hatte sie es rechtzeitig in ihre Tasche gepackt und mit ins Krankenhaus genommen, als die Polizisten ihre Wohnung durchsuchten.

Fünfter Juni, zwanzig Uhr zehn

Die Musik hatte einen merkwürdigen Rhythmus, stampfend und rollend zugleich. Sie versuchte sich darauf zu konzentrieren, herauszufinden, um welches Stück es sich handelte, vielleicht sogar mitzusummen oder den Kopf im Takt zu bewegen. Musik hatte ihr immer geholfen. Wenn es ihr schlecht ging, setzte sie die Kopfhörer auf und schottete sich ab von der Welt. Laut und wild musste sie sein, dann war sie gut. Diese Klänge kannte sie nicht. Sie waren nicht so fremdartig wie die Musik, die ihr Vater hörte, wenn er traurig war, aber sie erreichten ihre Seele nicht, waren etwas, das nur außerhalb, aber nicht in ihrem Inneren Bedeutung zu haben schien. Eventuell irritierten sie auch nur die Hände, die sie in einem ganz anderen Takt berührten, streichelten, drückten. Überall. An allen Stellen ihres Körpers. Die Musik schien aus einem anderen Raum zu kommen, wenn nicht gar aus einem anderen Universum. Sie war überlagert vom Stöhnen und Keuchen um sie herum.

Jan hatte sie hergeführt. Wie lange war das her? Sie hatte jedes Zeitgefühl verloren. Als sie das kleine, enge, nur mit einem kreisrunden Bett in der Mitte möblierte Zimmer betreten hatten, war ihr zuerst der Geruch aufgefallen. Es duftete nach Vanille, nicht streng, sondern angenehm. Vor ihrem inneren Auge tauchten Bilder ihrer Mutter auf, die sich über die Klappe des Backofens beugte und mit einer Stricknadel in die Plätzchen stach. »Sie brauchen noch drei Minuten«, sagte sie und lachte dabei. In ihrer Erinnerung brauchten die Plätzchen immer noch drei Minuten, wenn ihre Mutter sie kontrollierte.

Jan berührte sie am Arm und führte sie zum Bett, über dem ein exakt gleich großer Spiegel hing, als würde jede

Abweichung von dieser Norm die Welt auf den Kopf stellen. Er zog sie aus und bekleidete sie anschließend mit Dessous. Er streichelte sie, küsste ihren Hals, ihre Brüste. »Du bist so schön, meine Kleine!« Er führte seine Hände über ihren Körper, der sich anspannte wie eine Bogensehne kurz vor dem Schuss. Sie breitete die Arme aus und entspannte ihre Oberschenkel, wartete darauf, dass er sie liebte, aber er ließ von ihr ab. Als er ihr die hochhackigen Schuhe anzog, wusste sie, dass er sie nur für die anderen angekleidet hatte. Trotz der edlen Stoffe konnte die Unterwäsche ihren Zweck nicht mehr verleugnen. Alles diente einzig und allein dazu, die Geilheit der Männer zu steigern, die sich jetzt an ihr entlud. Sie hatten den Raum nur wenige Minuten, nachdem Jan gegangen war, betreten. Sie hielt die Augen geschlossen, wollte die Gefühle nicht noch mit Bildern verschlimmern. Es reichte, wenn alles andere an ihr weit geöffnet war. Sie hatte keine Schmerzen, spürte nur die Berührungen ihrer Haut, ohne dass sie ihre Seele erreichten. Sie ließ sich von kräftigen Armen drehen und wenden. Würde Jan sie wieder in das gemütliche Zimmer bringen, wenn die Männer endlich fertig wären. Es konnte nicht mehr lange dauern, sie hatte inzwischen genug Erfahrung, um das zu wissen.

»Nun mach schon mit, du Schlampe!«

Sie spürte den Schlag auf ihre Lippen. Sie wusste nicht, woher er kam, wer ihn ihr versetzt hatte. Eine Flüssigkeit rann ihr warm das Kinn hinab. Sie leckte sie ab. Der Eisengeschmack ließ sie würgen.

»Jetzt blutet die Sau auch noch!«

»Dreh sie um, dann müssen wir wenigstens nicht in ihr blödes Gesicht sehen.«

Sie hoben sie hoch, drehten sie und warfen sie zurück auf die Matratze. Sie landete auf dem Bauch, jemand presste ihr das Gesicht in eine Decke, die in zwei nahezu parallele Falten gelegt war.

»Nun mach schon!«. Der Typ grunzte eher, als das er sprach. »Ich will auch mal ran.«

Es konnte doch noch lange dauern. Heute würde sie es ertragen, aber morgen musste sie gehen. Sie durfte hier nicht bleiben.

Zum ersten Mal war ihr klar, dass sie darüber nicht mit Jan reden durfte. Auf keinen Fall.

Fünfter Juni, zwanzig Uhr fünfzig

»Ein bisschen Glück können wir wirklich gebrauchen.« Thal lächelte Bettina an, als er dem kleinen Buddha aus grüner Jade, der auf der Kommode im Flur stand, über den Bauch streichelte. Er hatte ihr erzählt, dass Leah ihm die Figur in Hongkong geschenkt hatte. Der Verkäufer hatte in einem lustigen Mix aus Englisch und Deutsch gesagt. »Über Bauch streicheln. Every day. For good luck!« Sie war geraume Zeit nicht mehr in Alexanders Wohnung gewesen. Als sie sich umschaute, konnte sie keine Veränderungen feststellen. Er führte sie ins Wohnzimmer und sie setzte sich auf die Ledercouch, die, wie alles im Raum, ein edles Designerstück war. Das Mobiliar bestand aus Einzelstücken, die Freunde von Leah entworfen hatten. Nur die Wände waren kahl.

»Ich hatte noch keine Zeit, mich um Bilder zu kümmern.« Anscheinend hatte Thal ihren prüfenden Blick bemerkt. »Vielleicht lasse ich es auch so.«

Er ging in die Küche und kam mit einer Flasche Rotwein und drei Gläsern zurück. Sie hatten sich mit Tobias verabredet, der sie unbedingt sprechen wollte. Worum es ging, könne er am Telefon nicht sagen, hatte er geheimnisvoll getan. Als Thal die Flasche entkorkte, klingelte es an der Tür. »Machst du mal auf?« Bettina spürte eine nervöse Anspannung, als sie den Türöffner betätigte, die sich löste, als ihr der Bote des Asia-Imbisses eine Plastiktüte in die Hand drückte, aus der es verführerisch duftete. Zwei Minuten später saßen Alexander und Bettina einander entspannt gegenüber und genossen gebratene Nudeln und in Teriyaki marinierte Ente.

»Ich war heute Nachmittag in St. Gallen und habe mit Madlaina gesprochen. Sie könnte uns eine große Hilfe sein, wir brauchen dringend einen professionellen Blick von außen auf die Personen in unserem Fall.«

Bettina nickte und betrachtete ihn über den Rand des Pappbehälters, aus dem sie mit einem Stäbchen gekonnt ein Stück Ente fischte. Er strahlte, was sicher nicht mit Madlainas unbestreitbaren Fähigkeiten als Fallanalytikerin zusammenhing. Alexander war dabei, ein neues Glück zu finden, Leahs Tod schien lange genug zurückzuliegen. Sie sollte sich für ihn freuen, stattdessen spürte sie einen Stich. Sie war nicht auf Madlaina eifersüchtig, auch wenn mancher Kollege im Laufe der Jahre Berg und Thal eine Affäre angedichtet hatte. Nein, sie war auf Alexander eifersüchtig, auf seine Verliebtheit, die ihn so glücklich lächeln ließ. Bei ihr war es komplizierter. Vor ein paar Wochen hatte sie das erste Mal seit Langem bei Tobias übernachtet. Es hatte sich nach einem gemeinsamen Theaterbesuch ergeben, sie wollten nur noch ein Glas Wein trinken, aus dem zwei und dann drei wurden. Am Ende war es zu spät für den Nachtschwärmerbus nach Hause. Tobias richtete das Gästebett, aber als sie ihm eine gute Nacht wünschte, nahm er sie plötzlich und ohne Vorwarnung in den Arm. Es war, als lege er mit dieser Berührung einen Schalter um. Sie schliefen miteinander und es war gut. Schon am nächsten Morgen schlich sich eine seltsame Spannung in ihre Unterhaltung. Es kam ihr vor, als umging Tobias das Geschehen der Nacht. Er war durchaus liebevoll zu ihr, vermied aber jede körperliche Berührung. Als sie ihn beim Abschied in den Arm nahm, spürte sie, dass sich seine Muskeln anspannten, als wären sie in Alarmbereitschaft.

Seit dieser Nacht hatten sie sich ein paar Mal getroffen, aber nie waren sie allein. Es kam ihr vor, als ging Tobias jeder Situation aus dem Weg, die sich für ein intimeres Gespräch eignen könnte. Mehrmals hatte sie das Telefon in die Hand genommen, mit dem festen Willen, ihn anzurufen und zur Rede zu stellen. Jedes Mal hatte ihr die Kraft gefehlt. Auch als er jetzt, Thal hatte gerade die Reste des Essens entsorgt und ihnen ein weiteres Glas Wein eingegossen, die Wohnung betrat, fühlte sie eine unerklärliche Schwäche in sich, für die es nur den Begriff Willenlosigkeit gab. Nie zuvor hatte sie sich so ratlos gefühlt. Sie wusste nicht, was sie wollte. Zum Glück kam Tobias gleich zur Sache, nachdem er sie mit einem Wangenkuss begrüßt hatte. Der Hautkontakt schien ihr eine Zehntelsekunde länger gewesen zu sein, als üblich. Bevor sie darüber ins Grübeln kam, drückte er ihr und Alexander einen verkleinerten Computerausdruck einiger Seiten der morgigen Lokalausgabe in die Hände. Es handelte sich um eine vierseitige Sonderbeilage, in der die mageren Erkenntnisse über die vermissten Mädchen journalistisch aufbereitet waren, was, wie Bettina entsetzt feststellte, vor allem hieß, dass man sie aufgebläht hatte. Ein Artikel brachte zudem den Tod von Annika Wilms mit Pias und Nasrins Verschwinden in Zusammenhang. Es wurde zwar als Frage formuliert aber das war der alte Journalistentrick, so viel hatte Bettina von Tobias gelernt. Wie hatte er es treffend formuliert? »Wenn du etwas nicht behaupten kannst oder darfst, kleide es in eine rhetorische Frage und der Leser nimmt es für bare Münze.« Als Aufmacher prangte ein Foto auf der ersten Seite der Sonderbeilage. Es zeigte ein Graffiti, dass ein Unbekannter an die Wand von Annikas Schule gesprüht hatte.

»Tote Mädchen weinen nicht« stand dort in riesigen Lettern, darunter ein Herz, aus dem Blut floss.

Während Bettina und Alexander die Berichte mit zunehmendem Entsetzen lasen, erklärte Tobias in aufgekratzter Stimmung, dass die Zeitung die Geschichte groß aufziehen wolle. Sie hätten ein eigenes Callcenter eingerichtet, wo die Leute anrufen konnten, wenn sie sachdienliche Hinweise hatten.

Thal ließ die Blätter zu Boden fallen. »Was soll das, Tobias? Wollt ihr eine Hexenjagd veranstalten?«

Sein Sohn reagierte pikiert, anscheinend hatte er nicht mit Widerstand gerechnet. »Wir wollen euch nur unterstützen, sonst nichts. Die kleine Kindler ist jetzt seit fünf Monaten verschwunden, wie hoch ist die Wahrscheinlichkeit, dass Ihr sie noch lebend findet? Fünf Prozent? Zwei Prozent? Eher weniger, wenn man den Tod von Annika Wilms mit ins Kalkül zieht.«

Tobias hatte recht, es bestand nach so langer Zeit kaum noch Hoffnung, Pia Kindler lebend zu finden. Ihr war klar, dass Thal nicht anders dachte, aber er konnte eine solche öffentliche Aktion genauso wenig gutheißen wie sie. Niemand wusste, welche Geister man damit rief, die man eventuell später nicht mehr zurück in ihre Flasche bekam. Dementsprechend zornig klang Alexander. »Möglicherweise ist das Mädchen einfach ausgerissen. Was für ein Recht habt ihr, darum so ein Theater zu veranstalten?«

»Und wenn schon!« jetzt war auch Tobias verärgert. »Die Not der Eltern bleibt die gleiche. In Gefahr ist eine Sechzehnjährige, die sich mutterseelenallein in Deutschland durchschlägt, doch auf jeden Fall!«

Bettina hatte das Bedürfnis, einen Streit zwischen Vater und Sohn zu verhindern, ihr lag zu viel an diesen beiden

Menschen. Sie schluckte die aufkommende Emotion herunter und bemühte sich um einen sachlichen Tonfall. »Kein Grund, sich zu streiten. Vielleicht bekommen wir aufgrund der Aktion ja wirklich ein paar brauchbare Hinweise. Ist ja nicht so, dass wir die nicht nötig hätten, oder?«

Sie schaute Thal direkt in die Augen, der murrend zustimmte. »Ich muss aber darauf bestehen, dass wir einen Beamten in eurem Callcenter haben. Sollte wirklich ein interessanter Hinweis dabei sein, gehen wir dem nach und sonst niemand!«

Fünfter Juni, zweiundzwanzig Uhr zehn

Was für eine schöne Schrift Annika gehabt hatte! Klar, ohne Schnörkel, so wie sie als Mensch auch war, geradeheraus eben. Der Gedanke setzte sich in Melanie Wilms Kopf fest. Als ihr bewusst wurde, dass sie an ihre Tochter in der Vergangenheitsform dachte, legte sie den Kopf auf die Tischplatte und gab sich dem Weinkrampf hin, dessen Wellen tief in ihrer Seele entstanden waren, als sie vor zwei Stunden begonnen hatte, das Tagebuch zu lesen, und die jetzt über ihr zusammenschlugen und sie erdrückten. Annika war tot. Daran gab es keinen Zweifel mehr. Sie hatte die Fotos gesehen und morgen würde ein Polizist mit ihr nach Freiburg fahren, damit sie ihre Tochter identifizierte. »Das ist nur eine Formsache«, hatte der Beamte gesagt. Der grausame Tod eines fünfzehnjährigen Mädchens war eine Angelegenheit, die sich zwischen Aktendeckeln ablegen ließ. Es fehlte nur noch die Unterschrift der Mutter, um Annika Wilms endgültig aus dem Leben zu reißen. Sie hob den Kopf und wischte sich die Tränen mit dem Handrücken aus den Augen. Sie brauchte einen klaren Blick. Die Zigarette lag erkaltet im Aschenbecher, das Glas war leer. Sie fingerte einen neuen Glimmstängel aus der Packung, füllte eine Daumenbreite Scotch in das Glas und trank. Nur noch diesen Schluck, sie musste ihre Nerven beruhigen. Sie brauchte einen klaren Verstand, um zu tun, was sie tun musste. Sie blies den Zigarettenrauch aus und pustete dabei einen Tabakkrümel von Annikas letztem Tagebucheintrag. Sie hatte den Schlusssatz wieder und wieder gelesen. *»Ich werde mit ihm gehen, egal, was passiert. Hauptsache ich komme weg von meiner Mutter, dieser dummen Schlampe!«* Wegen ihr war Annika weggelaufen. Wegen ihr hatte sie sich diesem Noah an den Hals geworfen. Wegen ihr musste sie sterben. Sie, Melanie Wilms, hatte ihre Tochter Annika auf dem Gewissen. Mit dieser Schuld musste sie leben, aber niemand sonst durfte es wissen. Nicht einmal Marlon, obwohl er ihr vielleicht helfen könnte, denn er kannte Leute, die nicht unbedingt zur anerkannten Gesellschaft der Stadt gehörten. Sie drückte die Zigarette im Aschenbecher aus, trank den Schluck Whisky und nahm den Notizblock zur Hand. Sie musste die Einträge ordnen. Die Namen von Annikas Freundinnen und Mitschülerinnen auf ein Blatt, die Orte, an denen sie zusammen mit Noah war, auf ein anderes. Und dann waren da noch die Notizen über Noah selbst. Sein Aussehen, seine Kleidung, sein Auto, seine Wohnung. Alles Indizien, die sie aus dem Tagebuch zusammengetragen hatte und die ihr helfen konnten. Es musste Zeugen geben, die Annika und Noah zusammen gesehen hatten. Bestimmt kannte jemand diesen Mann, wusste möglicherweise sogar, wo er wohnte. Sie musste ihn finden. Vielleicht war er wirklich nur der Freund ihrer Tochter. Vielleicht aber auch ihr Mörder. Dann würde er büßen!

Sechster Juni, acht Uhr zehn

»Ist Ihr Sprössling jetzt von allen guten Geistern verlassen?«

Schobers Gesicht war leuchtend rot, was keinesfalls von einem ausgiebigen Sonnenbad herrührte. Thal hatte ihn selten so aufgebracht gesehen, wie in diesem Moment. Er wedelte mit der Sonderbeilage des Südkuriers, als wolle er damit einen ganzen Hornissenschwarm erschlagen. »Mein Sohn ist volljährig, Herr Kriminaldirektor. Der macht einfach seinen Job und wir machen unseren.«

Schober japste nach Luft, während er nach einer passenden Erwiderung suchte. Thal sah zufrieden, dass dem Imam nichts einfiel und er sich erschöpft in den Besucherstuhl seines Büros fallen ließ. Dabei war Alexander selbst entsetzt gewesen, als er beim Frühstück die Zeitung aufgeschlagen hatte. Warum hatte Tobias ihnen gestern verschwiegen, dass sie ihre Aktion ausgedehnt hatten? Bisher war immer nur die Rede von einer Belohnung für Hinweise über den Aufenthaltsort der vermissten Pia Kindler und Nasrin Amahdi die Rede gewesen. Jetzt waren auch für Hinweise, die zur Ergreifung des Mörders von Annika Wilms führten, fünfzigtausend Euro ausgesetzt. Dabei stand überhaupt nicht fest, dass überhaupt ein Tötungsdelikt vorlag, noch immer gab es die Möglichkeit eines »Goldenen Schusses«. Die Reaktion der Öffentlichkeit konnte man sich leicht ausrechnen. Alle Eltern von Mädchen im Teenageralter bekämen panische Angst. Lief in Konstanz möglicherweise ein Kindermörder frei durch die Gegend? Und war es vor diesem Hintergrund nicht wahrscheinlich, dass auch Pia und Nasrin tot waren? Thal musste im Grunde Schober recht geben. Tobias hatte die journalistische

Sorgfaltspflicht, die er immer wie ein Banner vor sich hertrug, diesmal völlig außer Acht gelassen. Andererseits stand in der Zeitung, was alle dachten. Als hätte der Kriminaldirektor seine Gedanken gelesen, kam er darauf zu sprechen. »Was wissen wir schon über den Tod der Kleinen? War es ein Unfall beim Drogenkonsum oder war es Mord?«

Thal ging zum Sideboard mit der silbern glänzenden Espressomaschine und hob fragend eine Tasse. Schober nahm das Angebot mit einem Kopfnicken an. Da er wieder in seinen typischen Singsang verfiel, hatte sich seine Aufregung scheinbar gelegt. »Angesichts der Verletzungen müssen wir ja wohl eher von einem Tötungsdelikt ausgehen, oder?«

»Vermutlich«, antwortete Thal, obwohl er dem Chef zustimmte. Auch für ihn stand fest, dass Annika Wilms getötet worden war. Blieb nur zu hoffen, dass die Fälle nicht zusammenhingen und sie bald zwei weitere Mädchenleichen finden würden. Während er der Maschine einen perfekten Espresso entlockte, hörte er, wie Schober in seinem Rücken den Stuhl geräuschvoll zurückschob.

»Frau Veicht! Schön, Sie einmal wiederzusehen.«

Madlaina begrüßte den Direktor mit Handschlag, ehe sie Thal kurz die Hand auf die Schulter legte. »Machst du mir auch einen Espresso?«

Während er das Kaffeepulver für eine weitere Tasse in den Siebträger füllte, beobachtete Alexander aus den Augenwinkeln, wie Madlainas Erscheinen die Atmosphäre im Raum schlagartig veränderte. Er kannte keinen Menschen mit einer derart starken Präsenz, die keineswegs von ihrer auch heute wieder gewagten Aufmachung herrührte. Der Rock war noch eine Spur kürzer, die Bluse noch ein bisschen enger und die Absätze der Stiefel noch ein bisschen höher als sonst, trotzdem wirkte es nicht eine Spur unpassend. Im Gegenteil. Madlaina war sie selbst - genau darin lag das Geheimnis ihrer Ausstrahlung. Thal stellte die kleinen Tassen, aus denen ein verführerischer Duft aufstieg, auf den Tisch und sah amüsiert, dass Schober von einer Sekunde auf die andere die Rolle wechselte. Aus dem aufgebrachten Chef wurde der flirtende Gockel. »Was führt Sie zu uns, werte Kollegin?«

»Leutnant Steininger meinte, die Schweizer Polizei sollte den Fall der verschwundenen Mädchen präventiv begleiten.«

Schober nippte am Kaffee und schaute Madlaina über den Tassenrand an. »Ein kluger Mann, Ihr Chef! So viel Weitsicht wünschte ich mir auch von meinen Ermittlern!«

Thal ging das Gesülze auf den Wecker, deshalb lenkte er das Gespräch auf das weitere Vorgehen. »Wir haben beschlossen, dass die Kollegin Veicht die Mütter der Mädchen befragt. Möglicherweise fallen ihr Gemeinsamkeiten auf, die wir bisher übersehen haben.«

»Das scheint mir ein vernünftiger Plan!« Schober stellte die leere Tasse auf den Tisch, machte aber keine Anstalten, das Büro zu verlassen.

»Da gibt es nur ein Problem.« Madlainas tiefe, leicht vibrierende Stimme sorgte augenblicklich dafür, dass sich ihre Gesprächspartner konzentrierten. »Die Mütter wollen nicht mit uns reden, sondern die eingehenden Anrufe beim Südkurier verfolgen.«

Thal hatte das befürchtet. Die Eltern setzten alle Hoffnungen auf diese Aktion, sie würden sich nicht überreden lassen, den Raum zu verlassen.

Schober schlug mit der Hand auf den Tisch. »Dann lassen wir sie eben vorführen!«

»Und können morgen in der Zeitung lesen, wie wenig einfühlsam die Konstanzer Kriminalpolizei mit den leidenden Eltern umgeht.« Thal wusste, dass sein Einwand den Kriminaldirektor sofort zum Einlenken bringen würde. Nichts fürchtete der so sehr, wie eine schlechte Presse. Madlaina rettete die Situation und schlug vor, die Gespräche in der Zeitungsredaktion zu führen. Schober lächelte sie an. »Die Schweizer, immer für eine pragmatische Lösung gut!«

Zwanzig Minuten später lenkte Madlaina ihren Chevrolet auf den Parkplatz des Südkurier-Medienhauses, einem vierstöckigen Backsteinklotz im Konstanzer Industriegebiet. Unterwegs hatten sie sich fünf private Minuten auf dem Randstreifen einer viel befahrenen Straße gegönnt. Thal kam sich geradezu verrucht vor, als er Madlaina küsste und ihren Geruch aufsaugte. Seine Hormone tanzten noch immer Samba, als er das geräumige Büro betrat, in dem die drei Mütter und Nasrin Amahdis Vater die eingehenden Anrufe verfolgten. Außer den Eltern waren noch Tobias und Bettina im Raum. Sie war zehn Minuten vorher eingetroffen und sah Thal wegen seiner Verspätung fragend an. Er sparte sich jede Erklärung und setzte sich an den runden Tisch.

»Was soll dieses Großaufgebot an Polizei?« Pia Kindlers Aggressivität war unüberhörbar. »Sollten Sie nicht auf der Straße unterwegs sein, um die Verbrecher zu jagen, die unsere Mädchen entführt und Annika getötet haben?«

Bei der Erwähnung des Namens ihrer Tochter stöhnte Melanie Wilms auf. Sie sah erschöpfter aus, als die anderen beiden Mütter. Pia Kindler hatte noch nicht genug. »Dass sie es wagen, hier aufzutauchen, zeigt doch nur, dass sie keinen blassen Schimmer haben, was passiert ist und wo unsere Mädchen sind.« Als sie den Satz beendete, schaute sie zu Melanie Wilms hinüber und streichelte ihr über den Arm. »Oder welches kranke Arschloch Annika getötet und wahrscheinlich auch Pia und Nasrin in seiner Gewalt hat.«

Bettina wollte etwas entgegnen, aber Tobias Thal kam ihr zuvor. »So dürfen Sie nicht reden, Frau Kindler. Es ist doch großartig, dass die Polizei den Wert unserer Aktion anerkennt, die ja auch dem Ziel dient, neue Ermittlungsansätze zu ermöglichen.«

Thal nickte seinem Sohn dankbar zu. »Wir werden jedem Hinweis nachgehen, so vage er auch sein mag. Außerdem haben wir heute Verstärkung mitgebracht.« Er deute auf Madlaina, die neben ihm Platz genommen hatte. »Die Kollegin Veicht von der St. Galler Kantonspolizei ist eine der besten Profilerinnen Europas, die ihre Ausbildung beim FBI gemacht hat. Sie wird Ihnen selbst erklären, worum es geht.«

Madlaina stand auf und verbeugte sich leicht in Thals Richtung. »Der Kollege hat ein bisschen übertrieben, was meine Fähigkeiten angeht, aber ich hoffe, dass ich mit meiner Erfahrung dazu beitragen kann, Ihre Töchter gesund nach Hause zu holen.«

Melanie Wilms schluchzte auf, was Thal eine Spur zu theatralisch vorkam. Madlaina wandte sich sofort der Mutter zu. »Entschuldigen Sie, ich weiß, was sie durchmachen. Aber auch Sie wünschen sich doch, dass wenigstens Pia und Nasrin lebend gefunden werden.«

Melanie Wilms griff nach einer auf dem Tisch stehenden Papiertaschentuchbox und zog mit umständlichen Bewegungen ein Tuch heraus. »Natürlich«, flüsterte sie.

Madlaina erläuterte, dass sie mit jeder Mutter und mit Nasrins Vater ein Vier-Augen-Gespräch führen möchte, um eventuelle Gemeinsamkeiten der Fälle herauszufinden. Thal hatte Widerstand erwartet, trotzdem war er nicht überrascht, als dieser ausblieb, Madlaina war einfach zu überzeugend. Während sie sich mit Daniela Kindler in ein anderes Büro zurückzog, legte Tobias den beiden Ermittlern die Protokolle der bisher eingegangenen Telefonate sowie die empfangenen E-Mails vor. Die Telefone glühten schon seit dem frühen Morgen. Thal hatte nichts anderes erwartet, die Belohnung war hoch, da fanden sich immer Glücksritter, die auf den Zufall hofften. Bis jetzt war aber keine heiße Spur dabei. Lediglich eine Übereinstimmung lohnte eine nähere Überprüfung. Ein Anrufer wollte Pia Kindler im Club Cleopatra gesehen haben, einem Edelbordell, das von einem anderen Anrufer ebenfalls erwähnt wurde, der den Namen Nasrin gehört haben wollte, er konnte sich allerdings nicht mehr erinnern, von wem und in welchem Zusammenhang. Der Hinweis war so mager, dass Thal ihm normalerweise keine Beachtung geschenkt hätte. An diesem Morgen, in diesem Raum und in Anwesenheit der Mütter, wurde aber aus dieser winzigen Übereinstimmung ein hell leuchtender Hoffnungsschimmer.

Sechster Juni, neun Uhr fünfzig

Sie starrte die Dose mit den roten Pillen an. Verführerisch leuchteten sie ihr entgegen. Gestern Abend hatte sie zwei der runden Tabletten geschluckt. Sie hatte auf dem Bett gelegen, geheult und gewartet, dass die Tablette sie erlöste. Nach einer Stunde setzte die Wirkung endlich ein, aber sie war schwächer, als sie erwartet hatte. Eher wie bei einer Arznei, die das Leid etwas linderte, dem sie sich nicht mehr gewachsen fühlte. Die Schmerzen blieben, aber sie konnte sie halbwegs ertragen, hatte sogar ein paar Stunden geschlafen. Sie verlangte danach, dass der Brand, der ihre Seele in Schutt und Asche legte, gelöscht wurde. Mit zitternden Händen fingerte sie eine Tablette aus der Dose, dann noch eine zweite und spülte sie mit einem lauwarmen Schluck abgestandenen Wassers herunter. Sie lehnte sich an das Kopfende des Bettes und spürte, wie abgeschlagen und müde sie war. Ihre Gedanken kreisten seit Stunden nur um eins: Sie musste raus aus dieser Hölle. Einen weiteren Tag dieser Qual würde sie nicht überleben. Wie ein Blitz schoss ihr ein Gedanke in den Kopf. Was wäre, wenn sie die ganzen Pillen schlucken würde? Sie nahm die Dose und schüttete die Tabletten auf die Bettdecke. Wie Konfetti auf einem Brautkleid, dachte sie und begann zu zählen. Achtundzwanzig Stück. Reichte die Dosis, um ihr Leid endgültig zu beenden? Sie wusste es nicht und allein diese Tatsache hielt sie davon ab, die Handvoll Pillen in ihren Mund zu stopfen, denn wenn sie überlebte, würde sie bestimmt noch mehr gequält werden. Es musste eine andere Lösung geben. So oder so musste sie ihrem Gefängnis entfliehen. Sie blickte sich um. Bett, Schrank, Kommode. Hatte der Schreibtischstuhl, dessen Lederbezug an den Rändern abgewetzt war, schon vorher dort gestanden? Sie erinnerte sich nicht und das kam ihr seltsam vor. Vorsichtig verließ sie das Bett und wankte mehr, als dass sie ging, Richtung Fenster. Sie hatte das Gefühl, sich in Zeitlupe zu bewegen und auch ihre Gedanken waren in die Länge gezogen. Sie zog die Vorhänge zur Seite und war fast überrascht, dass sich dahinter tatsächlich ein Fenster befand. Es hätte sie nicht gewundert, auf eine Mauer zu blicken. Die Fensterbank war hoch und sie musste sich auf die Zehenspitzen stellen, um einen Blick hinauszuwerfen. Sie sah in einen Hinterhof, rechts standen ein paar Mülltonnen, daneben drei Autoreifen, an der gegenüberliegenden Wand lehnte ein Fahrrad ohne Lenker. Die Wände waren voller Graffiti, deren Sinn sie nicht erkannte. Figuren, Worte ohne Bedeutung, einzelne Buchstaben. Sie hatte diesen Platz noch nie gesehen, dessen war sie sich sicher. Sie reckte sich, um den Griff zu erreichen. Das Fenster war verschlossen. Sie drehte den Kopf zur Seite und schaute nach oben. Nichts als Mauern, den Himmel konnte sie nicht sehen. Trauer überflutete sie. Langsam drehte sie sich um und durchquerte das Zimmer, ständig auf der Hut, nicht das Gleichgewicht zu verlieren. Als sie vor der Tür stand, atmete sie tief ein. Sie würde verschlossen sein wie das Fenster. Trotzdem, und ohne zu wissen warum, versuchte sie es. Die Tür ließ sich öffnen, wobei sie ein schabendes Geräusch von sich gab. Vorsichtig vergrößerte sie den Türspalt, bis sie hindurchschlüpfen konnte. Sie verstand nicht, was geschah. War es tatsächlich so leicht? Konnte sie wirklich einfach gehen?

Sechster Juni, zehn Uhr fünfzig

»Es ist grotesk, findest du nicht?«

Bettina steuerte ihren altersschwachen Golf konzentriert über die vierspurige und wie immer stark befahrene Ausfallstraße aus der Stadt. Sie hatten beschlossen, dem Club Cleopatra sofort einen Besuch abzustatten. Bis jetzt war es der einzige konkrete Hinweis, ansonsten hatte der Aufruf des Südkuriers nur die üblichen Andeutungen und Behauptungen gebracht. Angeblich waren die Mädchen mal hier, mal dort gesehen worden. Wenn bei einem möglichen Verbrechen Kinder die Opfer waren, schnellten die Hinweiszahlen grundsätzlich in die Höhe, jeder, der glaubte, etwas gesehen oder gehört zu haben, wollte mithelfen, das Leben der Kleinen zu retten und die Täter festzunehmen. Kam dann noch eine derart hohe Belohnung ins Spiel, lief so eine Aktion schnell aus dem Ruder. Da mussten sie über den Tipp, sich das Bordell vorzunehmen, schon dankbar sein, so wenig konkret er auch war. Aber immerhin hatten ja zwei Anrufer ihn unabhängig voneinander geäußert. Bettina wechselte auf die linke Spur und beschleunigte, ehe sie ihre Einschätzung konkretisierte. »Die Eltern der verschwundenen Mädchen setzen ihre letzte Hoffnung in eine Aktion, die in erster Linie nur Glücksritter nach oben schwemmt, die auf die 50.000 Euro hoffen. Was würdest du an ihrer Stelle tun? Genauso handeln?«

Thal lächelte, denn Madlaina hatte ihm genau die gleiche Frage gestellt. Was hätte er getan, wenn Tobias im Altern von fünfzehn oder sechzehn Jahren von einem Tag auf den anderen verschwunden wäre? Er zog den Sicherheitsgurt ein paar Zentimeter vom Körper, weil er das Gefühl hatte, er enge ihn ein. »Ich weiß es nicht, aber wahrscheinlich wäre ich davon ausgegangen, dass er ausgerissen ist.«

Bettina musste einem ausscherenden Motorrad ausweichen und brauchte deshalb einen Moment, ehe sie entgegnete: »Tobias ist ein Junge, das kannst du nicht vergleichen.«

Thal wollte dazu etwas sagen, aber Bettina wechselte das Thema. »Weißt du, wie viele jugendliche Ausreißer es jedes Jahr in Deutschland gibt?« Sie wartete die Antwort nicht ab, sondern gab sie selbst. »Ungefähr hunderttausend Jugendliche werden Jahr für Jahr vermisst gemeldet. Die meisten davon tauchen nach einem oder zwei Tagen wieder auf. Nur in zwei Prozent der Fälle handelt es sich entweder um eine Entführung durch einen Elternteil oder ein anderes Verbrechen. Das hört sich wenig an, aber immerhin reden wir da von zweitausend Fällen im Jahr. Der größte Teil wird aufgeklärt, aber es bleiben genug Kinder dauerhaft verschwunden.«

Thal versuchte, die nackte Statistik in eine gefühlte Realität zu überführen. Zweitausend Fälle, in denen verschwundene Kinder nicht nach wenigen Stunden oder Tagen wieder zu Hause waren, bedeuteten zweitausend Familien, in denen es über Wochen, Monate oder Jahre kein anderes Thema gab, in denen ein Phantom das Leben bestimmte. »Gibt es Zahlen, nach wie vielen, schon über einen längeren Zeitraum vermissten Kindern jetzt gerade gefahndet wird?«

»Ich habe mir die Datenbank gestern angesehen, es waren genau eintausendachthundertsechsundvierzig.«

Bettina stoppte vor einer roten Ampel. Thal schaute aus dem Fenster, rechts von ihnen kam ein Mini-Cabrio zum Stehen, die Fahrerin schob ihre Sonnenbrille ins Haar und schaute zur Seite. Thal lächelte sie an, aber sie drehte ihr Gesicht ruckartig weg. Die Ampel sprang auf grün und die Frau gab Vollgas. »Idiotin«, sagte Bettina und fuhr gemächlich an.

Thal ging kommentarlos über ihren Gefühlsausbruch hinweg und fragte: »Ich weiß, dass wir bei Pia Kindler eine Entführung durch Verwandte ausschließen können, aber wie ist es bei Nasrin Amahdi?«

»Die Eltern leben zusammen und die Ehe scheint in Ordnung zu sein. Damit scheidet der übliche Hauptverdächtige aus, denn in den meisten Fällen ist der Vater der Entführer.«

»Nasrins Vater ist Iraner und steht der Opposition nahe, könnte es da nicht sein, dass es eine politisch motivierte Entführung ist, um ihn unter Druck zu setzen?«

»Darüber habe ich mit der Familie geredet, als du in Urlaub warst.«

Thal glaubte, einen leisen Vorwurf in diesem Satz zu hören, ging aber nicht darauf ein, zumal Bettina weiter sprach. »Es gibt keinen Hinweis auf eine Entführung, keinen Bekennerbrief, keine Forderung, nichts.«

Thal hatte im Grunde genommen selbst nicht daran geglaubt, aber die Ermittlungen waren derartig verfahren, dass er nach jedem Strohhalm griff. Bettina bog von der Hauptstraße ins Industriegebiet ab und wechselte das Thema.« Madlaina ist eine tolle Polizistin, ich fand es beeindruckend, wie sie die aggressive Haltung der Eltern geknackt hat. Am Ende waren sie fast glücklich, ihr Rede und Antwort zu stehen.«

Thal lag viel an Bettinas Urteil über Menschen, deshalb gefiel es ihm, dass sie seine Freundin lobte. Und er freute sich darüber, dass es ihn freute. »Ich bin gespannt, was sie aus ihnen herausholt.«

Bettina schaute aus dem Fenster und versuchte, die Hausnummern zu entziffern. »Es ist auf jeden Fall gut, dass jemand von außen auf die Fälle schaut. Möglicherweise geben ihr sogar die Akten Erkenntnisse preis, die wir in unserer Ermittlungsblindheit noch nicht gesehen haben.«

Die sechs Parkplätze vor dem Club Cleopatra waren leer, Bettina stellte das Auto direkt neben dem von einem auf Säulen ruhenden Dach geschützten Eingang ab. Thal rüttelte an der Tür. Geschlossen, wie hätte es um diese Uhrzeit auch anders sein können. Bettina schaute auf die Uhr und legte die Stirn in Falten. Ein Auto fuhr mit hoher Geschwindigkeit auf den Parkplatz, die Tür wurde aufgerissen und ein Mann, der Thal höchstens bis zum Kinn reichte, sprang heraus. »Entschuldigen Sie«, rief er eine Spur zu laut, »aber Sie wissen ja .... Der Verkehr in Konstanz!« Alexander hatte Mühe, ein Lachen zu unterdrücken. Der Mann, der sich als Maik Fenzl und Geschäftsführer des Etablissements vorstellte, bediente alle Klischees. Das Auto war ein Ferrari, am Handgelenk blitzte eine Rolex und um den Hals baumelte eine grobgliedrige Goldkette. Zudem sprach er mit deutlich österreichischem Akzent, was seinem Auftritt beinahe eine komödiantische Note gab. »Womit kann ich dienen?«, fragte er, als er die Eingangstür öffnete. Mit einer übertriebenen Verbeugung ließ er Bettina eintreten, Thal schien für ihn Luft zu sein, ihm fiel die schwere Eisentür fast vors Gesicht. Über einen Windfang gelangte man in eine Art Empfangsraum mit einem Rezeptionstresen in der Mitte. Links davon standen fünf Hocker vor einer Bar. Auf der gegenüberliegenden Seite führte eine breite Treppe in die oberen Stockwerke, von wo man das Geräusch eines

Staubsaugers hörte. Fenzl schaute nach oben. »Entschuldigen Sie, aber die Uhrzeit ist wirklich sehr ungünstig. Unsere Reinigungsfeen sind mitten bei der Arbeit und ich fürchte, sie wollen in Kürze unten weitermachen. Lassen Sie uns nach oben gehen, vielleicht finden wir in einem der Zimmer ein ruhiges Plätzchen. Gestatten Sie, dass ich vorausgehe?«

Bettina schaute Thal an und verdrehte die Augen. Die Treppe führte auf einen lang gezogenen Korridor. Die Atmosphäre ähnelte der eines besseren Hotels. Ein Teppich, in dem man fast versank, eine in zwei Rottönen längs gestreifte, garantiert teure Tapete, indirekte Beleuchtung. Einige Türen standen offen und Thal konnte einen Blick in die Zimmer werfen. Breite Doppelbetten, Sitzgruppen, in einem Zimmer sogar eine kleine Bar. Fenzl öffnete eine Tür und spähte in den Raum. »Wunderbar, hier ist schon geputzt.« Er winkte Berg und Thal heran. »Das hier ist unsere schönste Suite, hier haben wir unsere Ruhe.«

Als Thal den Raum betrat, war er überrascht. Was hatte er erwartet? Vermutlich etwas, das dem Klischee eines Bordells entsprach. Was er sah, war ein Luxusambiente für eine verwöhnte Klientel. Das Zimmer war mindestens vierzig Quadratmeter groß und mit Möbeln in modernem, aber zurückhaltendem Design eingerichtet. Hier deutete nichts auf einen Puff hin - sah man von einem riesigen Spiegel unter der Decke ab. Fenzl ging zu einer auf zierlichen Füßen ruhenden Truhe. Er schwang den Deckel nach oben und wie von Geisterhand erschien eine gut sortierte Bar. »Darf ich Ihnen etwas anbieten?« Berg und Thal schüttelten schweigend die Köpfe. »Ach ja, Sie sind ja im Dienst. Es ist zwar noch früh am Tag, aber ein guter Scotch schadet nie.« Fenzl ließ ein gutturales Lachen hören, ließ Eiswürfel klimpernd in ein Glas fallen und schenkte sich großzügig aus einer Kristallkaraffe ein. Thal ging durch den Raum und ließ seine Finger über den das Bett bis zum Boden bedeckenden Seidenstoff gleiten. »Wenn ich fragen darf: Was muss man für so ein Zimmer ausgeben?«

Fenzl sah ihn schmunzelnd an und Thal bedauerte seine Frage, konnte sie aber nicht zurücknehmen, weshalb er sich betont lässig auf das Bett hockte.

»Nun, es kommt darauf an, wie lange ein Herr diese Suite benutzen möchte. Eine Stunde mit einem unserer heißen Girls sollte ihm schon 300 Euro wert sein.«

»Und wie sieht es mit Spezialangeboten aus?« Bettina stellte die Frage fast beiläufig, Thal aber spürte ihre Anspannung.

»Was meinen Sie damit?« Fenzls Lächeln war einem steinharten Gesichtsausdruck gewichen.

»Junge Mädchen, sagen wir mal fünfzehn, höchstens sechzehn Jahre alt.«

»Daher weht der Wind.« Der Bordellgeschäftsführer stellte sein Glas geräuschvoll ab. »Ich lese Zeitung und weiß, was vor sich geht. Sie wissen sich keinen Rat, was die verschwundenen Mädchen angeht, was liegt da näher, als sie in einem Etablissement wie diesem zu vermuten, nicht wahr?« Er starrte Bettina Berg feindselig an, während er mit dem rechten Zeigefinger einen Tropfen Whisky von der Mahagoniplatte der kleinen Bar wischte. »Ich muss sie enttäuschen, Frau Kommissarin. Der Club Cleopatra ist ein völliges legales Unternehmen der Unterhaltungsbranche. Bei uns geschieht nichts, was die Gesetze verbieten.« Er drehte sich abrupt um, schloss schwungvoll den Deckel der Bar und sagte kalt und mit schnarrender Stimme. »Am bes-

ten fragen Sie Ihre Kollegen von der Sitte.«
»Worauf Sie sich verlassen können«, antwortete Bettina.

Sechster Juni, elf Uhr vierzig

Melanie Wilms hatte sich lange nicht mehr so unwohl gefühlt. Sie tigerte jetzt seit zehn Minuten am Rand des Schulhofs auf und ab und wartete auf die Pause. Musste es einem Lehrer nicht merkwürdig vorkommen, dass eine erwachsene Frau sich auf dem Pausenhof herumdrückte? Man hielte sie sicher für eine Mutter, beruhigte sie sich. Dann fiel ihr ein, dass genau das stimmte, sie war Annikas Mutter. Nur mit Mühe gelang es ihr, die Tränen zurückzuhalten. Als ein Gong endlich das Ende der Schulstunde anzeigte und die ersten Schüler aus dem Eingang strömten, wurde ihr bewusst, dass es keinen Sinn hatte, zu warten. Sie musste aktiv werden. Mit unsicheren Schritten ging sie auf ein Mädchen zu, von dem sie glaubte, es könne im gleichen Alter sein wie ihre Tochter. »Kennst du Annika Wilms?« Das Mädchen schüttelte den Kopf und drehte sich um, ohne sie weiter zu beachten. Am liebsten wäre Melanie weggerannt, aber sie hatte eine Aufgabe. Sie steuerte auf eine Gruppe von sechs Mädchen zu, die sich neben der Eingangstreppe versammelt hatten und die Köpfe zusammensteckten. Es dauerte einen Moment, bis eine von ihnen aufschaute. »Was wollen Sie?« Die Direktheit der Frage verschlug ihr den Atem, aber sie riss sich zusammen. »Kennt eine von euch Annika? Annika Wilms?« Die Mädchen schauten sich verunsichert an. »Lara«, sagte eine. »Lara kennt sie.«

»Kannst du mir Lara zeigen?«

»Die ist nicht da. Schon ein paar Tage nicht.«

»Warum, was ist passiert?« Sie merkte, dass sie die Frage viel zu hastig, fast atemlos gestellt hatte. Die Mädchen schauten zu Boden, bis eine sagte: »Die ist krank, weil ihre Freundin ermordet wurde.«

Melanie Wilms bemühte sich, so gelassen wie möglich zu wirken und steckte die Hände in die Taschen ihrer Jeans. Eines der Mädchen trat an sie heran. »Warum interessieren Sie sich für Lara? Ich habe Sie hier noch nie gesehen, wer sind Sie überhaupt?«

»Ich ... «, begann sie und merkte, wie sie schwitzte, »ich bin im Auftrag von Annikas Mutter hier. Ich ziehe Erkundigungen ein.«

Die Mädchen hoben die Köpfe und schauen sie teils neugierig, teils abweisend an. Gut so, dachte sie, habe ich wenigstens eure Lethargie durchbrochen. »Sie, also Annikas Mutter, wüsste gerne, ob manchmal Männer vor der Schule rumlungern.«

Eins der Mädchen lachte auf. »Pah, Männer! Grüne Jungs passt da besser.« Der Gong beendete die kleine Pause. Sie durfte die Mädchen noch nicht gehen lassen. »Aber das schmeichelt euch doch, wenn Jungs vor der Schule auf euch warten und mit euch flirten wollen, oder?«

»Wenn man darauf steht«, antwortete ein sehr dünnes, schlaksiges Mädchen. Es sollte klingen wie ein leicht dahin geworfener Satz der Verachtung und war doch voll unerfüllter Sehnsucht. Melanie Wilms schloss für den Bruchteil einer Sekunde die Augen. Dann fragte sie hastig: »Stand Annika Wilms darauf?« Es fiel ihr schwer, den Namen ihrer Tochter gelangweilt und ruhig auszusprechen, am liebsten hätte sie ihn herausgeschrien.

»Nein«, sagte das dünne Mädchen. »Annika stand mehr auf reife Typen, wenn Sie verstehen, was ich meine.«

»Du meinst Ältere?«

»Ja, das auch. Vor allem aber mussten sie Kohle haben. Sie bekam ja überhaupt nichts von zu Hause, konnte sich nicht mal ein Eis in der Pause leisten.«

Melanie Wilms kämpfte mit der Aufregung, die ihre Hände zittern ließ, und fragte lauter, als sie wollte: »Und, gab es da jemanden?«

Die Mädchen schauten sich an. »Keine Ahnung. Sie hat nur immer davon geredet, dass sie irgendwann mal einen reichen Arzt oder Anwalt heiraten will.«

Die Schülerinnen drehten sich um und stiegen die Treppe zur Eingangstür hinauf. Oben angekommen drehte sich das dünne Mädchen noch einmal um. »Wenn überhaupt, dann weiß Lara mehr von ihr. Mit der ist sie doch ständig rumgehangen.«

Sechster Juni, siebzehn Uhr vierzig

Madlaina schob sich die Lesebrille auf die Nase und setzte sich, die Beine überkreuzt, auf die Kante des Schreibtisches. In der Hand hielt sie ein Dutzend, eng beschriebener Blätter. »Ich hatte nur ein paar Stunden Zeit, was viel zu wenig für ein ernst zu nehmendes Profil ist. Trotzdem will ich es versuchen, denn Zeit ist das Letzte, was wir in diesem Fall haben.«

Madlainas Bemerkung fuhr Thal wie ein Peitschenknall durch die Glieder. Er hatte ihr bisher entspannt zugehört, jetzt richtete er sich auf und fokussierte ihre Augen. Er konnte keine Panik darin erkennen, auch wenn ihre Worte das nahelegten. »Meine Gespräche mit Pia Kindlers Mutter und Nasrin Amahdis Eltern waren äußerst intensiv, sie haben sich mir nach kurzer Zeit geöffnet und ich konnte einen guten Einblick in ihre familiäre Situation bekommen. Annikas Mutter dagegen verhielt sich seltsam. Ich hatte das Gefühl, sie kontrollierte genau, was sie sagte, ich habe es einfach nicht geschafft, zu ihr durchzukommen und ihre Dominanz zu durchbrechen.«

Thal spürte, wie enttäuscht Madlaina über ihr Versagen in diesem Punkt war. Er wollte ihr zur Seite springen und sagen, dass Melanie Wilms vermutlich den Tod ihrer Tochter nicht verarbeitet hatte und deshalb für niemanden, auch nicht für eine der besten Profilerinnen Europas offen war, aber sie fuhr ohne Pause fort.

»Deshalb beschränke ich meine Analyse auf Pia und Nasrin, weil ich bei ihnen deutliche Übereinstimmungen sehe.«

Sie machte eine Pause und schaute über den Rand ihrer Brille in die Runde. Auf Thal verweilte ihr Blick eine Winzigkeit länger, was er genoss wie eine Streicheleinheit.

»Pias und Nasrins Verhalten könnte tatsächlich darauf hindeuten, dass sie das Opfer von Loverboys geworden sind.«

»Von Gigolos?«, fragte Auer.

Madlaina lachte. »Ich habe schon deinem Chef erklären müssen, dass wir es hier mit etwas ganz anderem zu tun haben. Loverboys sind junge Männer, meistens zwischen zwanzig und dreißig Jahre alt, die wesentlich jüngere Mädchen von sich abhängig machen.«

»Und wie kommst du darauf, dass Pia und Nasrin mit solchen Typen zu tun hatten?«, fragte Bettina.

»Es gibt Verhaltensmuster, die in solchen Fällen häufig auftauchen und ein paar von denen zeigten unsere Mädchen auch.« Sie schaute auf, um zu kontrollieren, ob sie die ungeteilte Aufmerksamkeit hatte und begann aufzuzählen: »Die schulischen Leistungen haben sich verschlechtert, sie haben die Schule sogar beide ein paar Mal geschwänzt. Beide gaben plötzlich mehr Geld für Kleidung aus, Pia hat sogar gestohlen. Sie veränderten ihren Kleidungsstil, trugen aufreizend kurze Röcke. Sie tranken auf einmal Alkohol, obwohl vor allem Nasrin das bisher strikt abgelehnt hatte. Sie kamen ständig abends zu spät nach Hause. Sie logen beziehungsweise besorgten sich Alibis von Freundinnen, bei denen sie angeblich waren, obwohl sie in Wirklichkeit rumstromerten.«

»Moment«, rief Auer dazwischen. »Das sollen Indizien sein? Das hört sich für mich nach dem normalen Verhalten von pubertierenden Mädchen an.«

Madlaina war wegen der Unterbrechung keineswegs verärgert, sondern lächelnd ihn an und nickte mit dem Kopf. »Du hast recht, aber warte noch einen Moment. Daniela Kindler erzählte, dass ihre Tochter in den letzten Tagen vor ihrem Verschwinden auffallend reinlich gewesen wäre. Sie hätte ständig geduscht. Nasrin wiederum hatte an Armen und Beinen blaue Flecke. Angeblich war sie mit dem Fahrrad gestürzt, aber die Hämatome verschwanden nicht, ihre Mutter glaubte vielmehr, dass immer neue hinzukamen.«

Madlaina schaute Auer herausfordernd an, aber er schwieg. Sie schwang sich vom Tisch und ging im Raum auf und ab. »Es sind nicht die einzelnen Indizien für sich genommen, sondern ihre Gesamtheit. Dazu kommt die häusliche Situation. Pia war erst vor Kurzem mit ihrer Mutter nach Konstanz gezogen, sie fand schwer Anschluss, war viel allein. Zudem reagierte ihre Mutter über und verhängte einen strengen Hausarrest, als das Mädchen beim Ladendiebstahl erwischt wurde. Nasrin wurde überbehütet, ihr Leben war bis ins Kleinste reglementiert. Beides der perfekte Nährboden, auf dem Loverboys ihre Saat ausbringen. Die Mädchen gieren nach Anerkennung und nach Liebe, sie sind empfänglich für Geschenke, lassen sich ausführen, begehren die Zärtlichkeiten der viel erfahreneren Männer, was diese ausnutzen, um sie von den Familien zu entfremden.«

Madlaina blieb am Tisch stehen und nahm die Cola. Fast erwartete Thal, dass sie direkt aus der Flasche trank, aber sie goss sich ein Glas voll und leerte es in einem Zug. »Wenn ein Loverboy ein Mädchen durch vorgetäuschte Liebe emotional an sich gekettet hat, macht er es auf verschiedene Weise gefügig. Zum einen mit Drogen - anfänglich vor allem Alkohol -, aber auch damit, dass sie Fotos und Videos machen und drohen, sie online zu stellen oder an Freunde und Bekannte zu schicken.«

Bettina war noch nicht überzeugt. »Das klingt schlüssig, Madlaina, aber warum fällt ein intelligentes Mädchen wie Nasrin auf so einen Typen rein?«

»Warum lässt sich so manche intelligente Frau wieder und wieder von ihrem Ehemann verprügeln?«

»Aus Liebe«, antwortete Bettina.

»Genau. Und aus Abhängigkeit. Die Loverboys sind klug und bauen einen Käfig um die Mädchen, der zuerst golden ist.«

Thal klopfte mit zwei Fingern auf den Tisch. »Gut, das klingt plausibel. Aber inwiefern bringt uns das bei den Ermittlungen weiter?«

Madlaina sah in direkt an. »Du darfst nicht vergessen, dass der Begriff Loverboy im Grunde genommen verharmlosend ist. Loverboys sprechen von der großen Liebe, machen großzügige Geschenke, schleichen sich im Freundeskreis ein, suchen sich ihre Opfer vor Schulen, in der Nähe von Jugendtreffs oder im Web.«

Sie machte eine Pause, nahm die Colaflasche in die Hand und studierte das Etikett, als finde sie dort die Antwort auf eine wichtigen Frage.

»Und?«, fragte Thal ungeduldig.

»Loverboys sind als Don Juan verkleidete Zuhälter. Ihr einziges Ziel ist es, die Mädchen in die Prostitution zu zwingen.«

Niemand sprach, alle versuchten, mit der Tragweite von Madlainas letztem Satz fertig zu werden. Thal fasste sich als Erster. »Dann würden die Hinweise auf das Bordell also durchaus passen?«

Madlaina setzte sich auf den Stuhl Thal gegenüber. »Möglicherweise. Andererseits ist das Loverboy-Phänomen vielschichtig und es gibt die unterschiedlichsten Typen, da sind Verallgemeinerungen immer riskant. Aber es gab auch schon Fälle, in denen sie die Mädchen direkt auf den Markt warfen.«

»Markt?« Bettina schrie die Frage fast. Madlaina antwortete trotz des Entsetzens im Raum ruhig und sachlich. »Ich meine Menschenhandel. In der Regel dreht es sich um Prostitution. Wenn der Loverboy aber Kontakt zu einem Menschenhändlerring hat, wird es schwierig, die Mädchen überhaupt noch zu finden. Möglicherweise sind sie längst über Deutschland, wenn nicht gar über Europa verteilt.«

Thal versuchte vergeblich, die Gedanken in seinem Kopf zu ordnen. Wenn Madlaina recht hatte, was konnten sie dann noch tun? Pia Kindler war schon über ein halbes Jahr verschwunden. Madlaina blieb kühl und sachlich. »Ich habe mir mal die Akten angesehen, Ihr habt zwar die Freundinnen und Schulfreunde der Vermissten befragt, aber wie mir scheint, seid ihr dabei recht lax vorgegangen.«

Bettina schob den Stuhl geräuschvoll zurück. »Was meinst du mit lax? Sollen wir die Kinder unter Druck setzen?«

Thal spürte, dass Bettina in Madlaina auf einmal eine Art Rivalin sah. Die Schweizerin versuchte sofort, die Situation zu entspannen. »Ihr konntet nicht wissen, womit ihr es bei den Fällen zu tun habt. Eure erste, völlig richtige und logische Hypothese war, dass die Mädchen ausgerissen waren, denn es gab keine Hinweise auf ein Verbrechen. Das hat sich mit dem Tod von Annika Wilms geändert.«

Thal legte Bettina die Hand auf den Arm, wandte sich aber an Madlaina. »Und mit deiner Hypothese, die Mädchen könnten das Opfer von Loverboys geworden sein.«

Bettina schaute auf Thals Hand. »Stimmt, im Grunde dachten wir, dass es kein Wunder ist, dass die Mädchen davon gelaufen sind.« Sie machte eine kurze Pause und setzte dann hinzu: »Bei solchen Müttern.«

Thal schob seinen Stuhl zurück. »Also müssen wir noch mal von vorne anfangen. Ich spreche mit Schober, damit wir ein paar zusätzliche Leute für die Befragungen in den Schulen bekommen.«

Madlaina ordnete ihre Papiere auf dem Tisch. »Ihr solltet aber auf jeden Fall auch der Bordellspur nachgehen. Nicht zuletzt, weil die Eltern es von euch erwarten, schließlich ist das der einzige konkrete Hinweis, der bisher aus der Pressesaktion herausgekommen ist.«

Thal stand auf und ging zum Sideboard, um sich einen Espresso zuzubereiten, denn er spürte, dass sein Koffeinspiegel im Keller war. »Da hilft nur eine verdeckte Ermittlung.«

Als hätten sie sich abgesprochen, schauten alle Auer an, dessen Gesicht kreidebleich war. Er zuckte mit den Achseln. »Warum nicht? Ich wollte immer mal auf Spesen in ein Edelbordell.«

Sechster Juni, achtzehn Uhr fünfundvierzig

Warum hatte sie sich bloß keine Schuhe angezogen? Ihre Füße waren eiskalt und schmerzten, als wäre sie über Glasscherben gelaufen. Erschöpft legte sie sich aufs Bett. Wie oft war sie in den letzten Stunden über den Flur gegangen? Sie hatte ihre Ausflüge nicht gezählt, aber selbst wenn es zehn gewesen waren, wie viele Meter hatte sie dann zurückgelegt? Sie zermarterte sich das Hirn und versuchte, die Länge des Korridors abzuschätzen. Es gelang ihr nicht. Sie schaffte es nicht, sich zu konzentrieren, selbst die einfachsten Sachen misslangen. Sie drehte sich auf die Seite und legte den Kopf auf den Unterarm. Auf dem Nachttisch lag die Pillendose. Wie viele hatte sie heute genommen? Sie griff hinüber und öffnete sie. Da lagen sie, rot, rund, verheißungsvoll. Sie nahm eine Tablette zwischen Daumen und Zeigefinger und rollte sie langsam hin und her. Waren die kleinen Dinger schuld, dass sie nicht einmal mehr zehn mal zwanzig ausrechnen konnte? Oder waren es die Spritzen? Was gab Jan ihr da nur? War es möglicherweise ... ? »Nein!«, schrie sie und erschrak vor ihrer eigenen Stimme. Das war undenkbar. In der Schule hatten sie das Buch eines Mädchens gelesen, das Heroin spritzte und danach elendig mit den Pennern am Bahnhof rumlungerte, ständig nur auf der Suche nach Geld, damit sie sich Stoff kaufen konnte. Das würde Jan ihr niemals antun. Er liebte sie. Sie legte die Pille wieder zurück und schloss die Dose. Langsam drehte sie sich auf den Rücken und starrte die Decke an. Wenn Jan nur nicht erpresst würde. Er stand unter Druck, denn er schuldete Leuten Geld und sie bedrohten ihn. Sie wusste nicht, worum es wirklich ging, aber sie war eben nur ein Mädchen, das sich zu weit in die große Welt gewagt hatte.

Jan war ein Mann. Sie atmete tief ein. Was hatte sie da gerade für einen Blödsinn zusammenfantasiert? Sie war kein kleines, hilfloses Mädchen, im Gegenteil. Sie war zäh! Sie durfte sich jetzt nur nicht verlieren, wie es ihr in den letzten Wochen so oft passiert war. Dann hatte sie in den Tag geträumt von einer Zukunft mit Jan und den Kindern, die sie haben würden und dem großen Hund, der im Garten tollte. Daran durfte sie jetzt nicht denken. Sie musste stark sein, wenn sie ihm helfen wollte. Es gab nichts, was sie lieber tun würde, als das, aber dazu musste sie hier raus. Hier drin konnte sie nichts für ihn tun.

Sie dachte nach und spürte, wie die Kälte sich vom Boden nach oben ausbreitete. Sie schlug die Arme um ihren Oberkörper, um sich zu wärmen. Die Spaziergänge über den Gang waren nicht ermutigend gewesen. Sie war tatsächlich in einem Gefängnis. Auch wenn sie nicht wusste, wie ein Knast in Wirklichkeit aussah, stellte sie sich ihn vor, wie dieses Haus. Sie war über nackten Betonboden gelaufen. Wie weit war es bis zu der großen Stahltür, die mit mehren Schlössern gesichert war? Zwanzig Meter vielleicht. Die Tür sah seltsam aus, sie hatte noch nie einen ähnlichen Eingang gesehen. Sie war aus Metall und erinnerte sie an einen Safe in einem alten Schwarz-Weiß-Film. Statt einer Klinke gab es ein Rad mit fünf Speichen. Sie hatte versucht, es zu drehen, aber es ließ sich keinen Millimeter bewegen. Sie lächelte. Plötzlich gefiel ihr der Gedanke, dass man sie wie ein wertvolles Schmuckstück in einem Tresor gefangen hielt. Ein seltsamer Geldschrank war es allerdings. Fünf Türen, nicht so groß, wie das Haupttor, und mit einer normalen Klinke versehen, gingen von dem Gang ab. Sie hatte versucht, sie zu öffnen, aber sie waren verschlossen gewesen. Auch ein Blick durch die Schlüssellöcher war unmöglich gewesen, sie schienen verstopft zu sein oder jemand hatte sie auf der anderen Seite abgedeckt. An die Türen zu klopfen, hatte sie sich nicht getraut. So wusste sie nicht, ob sie alleine in diesem Gefängnis saß, oder ob es noch jemanden gab. Der Gedanke, dass in den anderen Räumen in unmittelbarer Nachbarschaft ihrer Zelle Menschen lebten, beruhigte sie. Sie hielt es für sehr wahrscheinlich, Mitbewohner zu haben, warum sollte es sonst mehrere Räume geben? Sie musste mutiger werden und an die Türen klopfen, vielleicht sogar rufen. Sie stützte sich auf die Unterarme und versuchte, sich aufzurichten, dabei stöhnte sie vor Anstrengung. Sie fror. Warum war es manchmal so kalt und dann wieder so warm in diesem Raum. Ihr Körper begann zu zittern, kalter Schweiß stand ihr auf der Stirn. Sie legte sich zurück, musste einen Moment ausruhen, bevor sie ihren Marsch beginnen konnte. Sollte sie eine der Pillen nehmen? Gaben sie ihr Kraft? Sie brauchte etwas, das ihr half. Langsam streckte sie den Arm aus und fixierte die Dose, als die Tür geöffnete wurde. Erschöpft sackte sie in sich zusammen.

»Na, meine Kleine. Geht es dir besser?«

Sie schloss die Augen und hörte den Nachhall seiner Stimme in ihrem Kopf. Sie überlegte, wie sie es am besten anstellte, aber ihre Gedanken fuhren schon wieder Karussell. Sie wollte es nicht, aber sie musste Jan doch erzählen, dass sie den Flur erkundet hatte, aber wo fing sie an. Sollte sie ihn nicht erst einmal umarmen und ihm sagen: Ich will dir helfen, Jan! Ich weiß, dass ich es kann, gib mir eine Chance!

Als hätte er ihre Gedanken gelesen, streichelte er ihr über den Kopf, auf den ihr nachwachsendes Haar kratzige Stoppeln gepflanzt hatte. »Nur noch ein Mal, meine Kleine, danach bringe ich dich hier raus. Warst du schon mal in Amsterdam?«

Sie schüttelte schweigend und mit geschlossenen Augen den Kopf. Aber wie gut das klang. Amsterdam. Sie sah sich an einem Kanal stehen, einen riesigen Strauß bunter Tulpen im Arm.

»Freust du dich auf Amsterdam? Es ist wunderbar dort.«

Sie nickte erneut, hob die Lider und hoffte, dass ihre Augen so strahlten wie ihre Seele.

Jan nahm eine kleine Flasche und eine Spritze aus der Tasche. Er zog die Flüssigkeit in den Kolben, klopfte anschließend mit dem Mittelfinger dagegen und ließ einen feinen Strahl aus der langen Nadel spritzen. Sie verfolgte jede seiner Bewegungen. Wie schön er war, wenn er sich auf etwas konzentrierte.

»Gib mir deinen Arm, meine Kleine. Das hier macht es dir leichter. Versprochen.«

Sie schob den Ärmel ihrer Bluse hoch und streckte den Arm. Jan schob ihr ein Gummiband bis über den Oberarm und zog es fest. Er klopfte auf ihre Armbeuge, ehe er die Nadel vorsichtig in die Vene stieß. Der Stich tat weh und sie zuckte leicht zusammen.

»Bist du bereit, meine Kleine?«

Sie schloss die Augen. Eine Sekunde später breitete sich eine wohlige Wärme in ihrem Körper aus. Alle Schmerzen lösten sich auf. Diese herrliche Ruhe. Nie zuvor hatte sie sich so wohl gefühlt. Sie drehte den Kopf und lächelte Jan an.

»Amsterdam«, flüsterte sie.

Er streichelte ihre Wange.

»Bald«, sagte er. Es gab kein schöneres Wort.

Sechster Juni, zwanzig Uhr vierzig

Auer blinzelte. Die Frau hinter der Bar stellte sich auf die Zehenspitzen, was angesichts der Pfennigabsätze, auf denen sie balancierte, fast eine zirzensische Leistung war. Er schätzte sie auf Mitte vierzig, womit sie die Mutter der Mädchen hätte sein können, die sich auf die Barhocker rechts und links von ihm lümmelten. Es waren noch nicht viele Kunden im Club Cleopatra und er hatte die Aufmerksamkeit der weiblichen Mitarbeiter des Etablissements fast für sich alleine, sah man von einem dickbäuchigen, aber in feinstes Flanell gekleideten Siebzigjährigen ab, dessen Hand auf dem Oberschenkel einer dunkelhäutigen Frau mit riesiger Oberweite lag. Gesprochen hatten die beiden noch kein Wort, anscheinend kommunizierten sie über Hand- und Schenkeldruck. Auer nahm das viel zu dicke Whiskyglas und trank einen Schluck. Die Flüssigkeit rann wie Feuer seine Speiseröhre hinunter. Entweder hatte ihm die Barfrau nicht den gewünschten Single Malt, sondern einen billigen Industriefusel eingeschenkt, oder er war nach seiner wochenlangen Abstinenz überempfindlich. Er musste aufpassen, nicht zu viel zu trinken, der Alkohol vertrug sich nicht mit seinen Medikamenten.

»Was trinkst du denn da?« Das Mädchen, das ihn von der Seite ansprach, war höchstens neunzehn Jahre alt. Sie trug einen BH und Tangaslip, der nicht nach Discounterware aussah, die Beine steckten in schwarzen Strümpfen und die Füße in Pumps. Sie schwang sie auf den Barhocker neben Auer und schlug die Beine übereinander.

»Highland Park, etwa so alt wie du«, antwortete Auer, obwohl er sich beim Whisky immer weniger sicher war, was er aber lieber für sich behielt. »Was darf ich dir anbieten?«

»Sollten wir uns nicht erst einmal vorstellen?« fragte das Mädchen und ließ eine Reihe glänzend weißer Zähne aufblitzen. »Ich heiße Sandy, und du?«

Auer räusperte sich, um Zeit zu gewinnen, denn er hatte sich keine Gedanken über ein Pseudonym gemacht. »Jonas«, sagte er und wunderte sich, wie ausgerechnet dieser Name den Weg durch seine Gehirnwindungen finden konnte. Er kannte niemanden dieses Namens.

»Was für ein schöner Name.« Sie schaute ihn mit leicht schief gestelltem Kopf an, was sie noch jünger aussehen ließ. »Champagner«, hauchte sie. »Ich trinke nur Champagner.«

Auer blickte die Barfrau an, die schon eine Flasche »Veuve Clicquot« aus dem Eiskühler nahm und ein schlankes Glas höchstens zur Hälfte füllte.

»Auf dein Wohl!« Sandy hob lächelnd das Glas und benetzte ihre Lippen. Auer glaubte kaum, dass sie auch nur einen Tropfen in den Mund genommen hatte. Sie beugte sich nach vorn. »Was hast du heute noch so vor, Jonas?«

Er hob die Augenbrauen und hoffte, dass diese Mimik vielsagend genug war. Sie hauchte ihm einen Kuss auf die Wange. »Das ist eine gute Idee, ich gehe dann schon mal vor.«

Sein Blinzeln war wohl eindeutig zweideutig genug, Sandy glitt von ihrem Hocker, streifte dabei mit der Hand wie zufällig über seinen Oberschenkel und verschwand mit einem eleganten Hüftschwung.

»Ist schon ein wilder Feger, die Sandy«, sagte die Barfrau. »Da hast du dir eines der besten Pferde im Stall angelacht.«

»Nun ja«, Auer überlegte einen Moment, aber es gab keinen Ausweg, er musste endlich zur Sache kommen, »wenn ich ehrlich bin, ist sie mir zu alt.«

Er hatte das Gefühl, der Dicke und die Dunkelhäutige unterbrachen ihre taktile Kommunikation und starrten ihn an. War die Musik nicht auch leiser geworden? Er nahm das Glas und sah, dass seine Hand leicht zitterte.

»So, so«, sagte die Barfrau und drohte mit dem Zeigefinger. »Frischgemüse möchtest du? Bei wem hast du denn bisher deine grünen Tomaten eingekauft?«

Da bin ich schön aufgelaufen, dachte Auer und versuchte, irgendwie seine Haut zu retten. »Ich bin nicht von hier, bin erst vor ein paar Wochen aus dem Norden hergezogen.«

»Ein Fischkopp«, sagte der Dicke, er konnte also sprechen. Zur Bestätigung nickte Auer mit dem Kopf.

Die Barfrau ließ sich davon nicht ablenken, sondern starrte ihn an. »Aber du wirst mir ja sagen können, welche Sorte Tomaten du bevorzugst?«

Jetzt nur nichts Falsches sagen, dachte Auer und antwortete: »Wenn du mir sagst, wo ich die frischesten Früchtchen finde.«

Er hatte einen Fehler gemacht, das wusste er sofort, denn die Barfrau beugte sich weit vor, stützte die Hände auf den Tresen und verengte die Augen zu Schlitzen. »Dumme Fragen mögen wir hier nicht.« Sie fuhr sich mit der Zunge über die Lippe und deutete mit dem Kopf zur Treppe. Die Sandy wartet auf dich.«

Auer trank sein Glas leer, legte einen Fünfzigeuroschein auf die Theke und ging. »Ein anderes Mal vielleicht.«

Sechster Juni, einundzwanzig Uhr dreißig

»Lara?«

Das Mädchen blieb wie angewurzelt stehen. Melanie Wilms stieg aus dem Auto und ging über die Straße. »Lara, warte!«

Das Mädchen drehte sich um und schaute direkt in ihre Richtung. »Was wollen Sie von mir?«

»Ich muss mit dir sprechen. Dauert auch nicht lange.«

Wilms hatte den Bürgersteig erreicht. »Wie siehst du denn aus?« Die Kleine war so alt wie ihre Tochter, das Gesicht hatte sie sich geschminkt wie eine Hure und der kurze Rock und die enge Bluse passten auch dazu. Sie roch nach abgestandenem Zigarettenqualm. »Hast du geraucht?«

»Was geht Sie das an? Sind Sie meine Mutter?« Lara kreischte fast und Melanie Wilms fürchtete, dass jemand sie hörte. »Psst, nicht so laut. Müssen ja nicht alle wissen, dass du jetzt erst nach Hause kommst.«

Das Mädchen starrte sie an. »Jetzt weiß ich es. Ja, ich erkenne Sie. Sie sind Frau Wilms, Annikas Mutter!« Ihr Brustkorb hob und senkte sich, sie schöpfte nach Luft, als hätte sie gerade einen Vierhundertmeterlauf hinter sich. »Sie hätten sich mal lieber um Ihre Tochter kümmern sollen!«

Melanie Wilms spürte, wie ihre Hand zuckte, am liebsten hätte sie ausgeholt und der kleinen Göre ins Gesicht geschlagen. Was bildete die sich ein, so mit ihr zu reden. Sie ballte die Fäuste in der Manteltasche. »Stimmt, Lara. Ich bin Annikas Mutter und deshalb muss ich mit dir sprechen.«

Lara machte Anstalten, sich umzudrehen und zu gehen, aber Melanie Wilms legte ihr die Hand auf die Schulter, was ihre Bewegung einfror. »Du weißt, was passiert ist?«

Lara bewegte sachte den Kopf von links nach rechts. »Nur, dass Annika tot ist. Wurde Sie ... ?«

»Ermordet, meinst du?«

Jetzt nickte Lara kräftiger.

»Die Polizei ist sich nicht sicher, aber ich weiß, dass Annika getötet wurde. Die Beamten eiern nur rum. Ich glaube nicht, dass sie jemals herausfinden, was wirklich passiert ist, aber ich muss das wissen, verstehst du. Deshalb bin ich hier.«

»Aber ich weiß doch auch nichts.«

Melanie Wilms fürchtete, dass Lara im nächsten Moment anfinge, zu weinen, und beschloss, den direkten Weg zu gehen. »Sagt dir der Name Noah etwas? Hast du den einmal im Zusammenhang mit Annika gehört? Hat sie vielleicht sogar einmal von einem Jungen mit dem Namen gesprochen?«

»Nun ja ... .« Sie machte eine Pause und Melanie Wilms spürte, dass sie mit sich rang. Sie war sich bestimmt nicht sicher, wie viel sie der Mutter ihrer besten Freundin erzählen sollte. Ihrer toten, besten Freundin, ergänzte Melanie Wilms in Gedanken und hatte plötzlich selbst Mühe, die Tränen zurückzuhalten. Zum Glück begann das Mädchen, zu sprechen. »Annika war in der letzten Zeit viel mit einem Mann zusammen.«

»Was für ein Mann?«

»Ein Mann eben. Kein Junge, sondern älter.«

»Wie viel älter?«

»Ich weiß nicht genau. Zehn Jahre vielleicht. Sie hat mir ständig von ihm vorgeschwärmt. Noah hier, Noah da, es gab gar kein anderes Thema mehr bei ihr. Wenn auch nur die Hälfte von dem stimmte, was Annika erzählte, hatte sie den Märchenprinzen getroffen.«

Lara senkte den Kopf. Sie wusste, dass sie etwas Dummes gesagt hatte angesichts der Tatsache, dass ihre Freundin tot war. Aber nun war dieser Satz in der Welt und Melanie Wilms sah den Trotz im Gesicht der Kleinen. »Ich glaube ja nicht, dass Märchen wahr und aus Fröschen Prinzen werden. Aber ganz nett muss er gewesen sein.«

Sie schaute Wilms aus ihren dunklen, vom Wasser heraufziehender Tränen leicht glänzenden Augen an. »So viel sie über Noah geredet hat, so sehr hat sie doch auch ein Geheimnis aus ihm gemacht. Ich hätte ihn ja gerne mal gesehen, aber das war nicht drin. Er wollte das nicht, hat Annika gesagt. Das gäbe nur Gerede, weil er doch älter wäre. Die Leute verstünden das nicht, dabei liebte er sie doch so.«

Das Wort Liebe zog eine brennende Spur durch Melanie Wilms Körper. Sie schluckte, ehe sie die entscheidende Frage stellte: »Du weißt also nicht, wer dieser Noah ist, wie er aussieht oder wo er wohnt?«

Lara verneinte. Melanie Wilms ließ den Kopf auf die Brust sinken. Der Boden bewegte sich unter ihr und sie musste sich an einem parkenden Auto festhalten.

»Geht es Ihnen nicht gut, Frau Wilms?«

Sie antwortete nicht, was sollte sie auch sagen?

»Vielleicht kann ich Ihnen ja doch helfen.« Lara wartete, dass die Mutter ihrer Freundin den Kopf hob.

»Ich habe einmal gesehen, wie sie vor der Schule von einem Mann abgeholt wurde. Ich denke, es war ein Freund von Noah.«

»Warum glaubst du, dass es nicht Noah war?«

»Ich glaube es nicht, ich weiß es.«

Melanie Wilms hielt den Atem an. Lara schaute sie an, ohne ein einziges Mal mit den Augen zu klimpern. Sie kämpfte sicher mit sich, wie viel sie sagen durfte, denn vermutlich hatte sie Annika versprochen, zu schweigen. Melanie streckte ihre Arme aus und legte ihr die Hände auf die Schultern. »Nun komm schon, Lara. Ich muss alles wissen. Annikas Freund kann mir vielleicht helfen, ihren Mörder zu finden.«

Lara atmete tief ein, und wischte sich eine Träne aus dem Auge. »Wie ich sagte, dieser Mann, zu dem Annika ins Auto stieg, war nicht ihr Freund. Sein Name ist auch nicht Noah.«

»Wie heißt er dann?«

Fünf Sekunden später hatte Melanie Wilms endlich einen konkreten Anhaltspunkt.

Siebter Juni, acht Uhr zwanzig

»Seid Ihr wirklich so naiv oder tut ihr nur so?« Lutz Matzke lachte schallend und sein beeindruckender Bauch hüpfte dabei auf und nieder. »Spazieren einfach so in das feinste Bordell der Stadt und fragen, ob man ihnen nicht mal so mir nichts dir nichts ein kleines Mädchen aufs Zimmer legt.« Er lachte immer noch und Berg befürchtete, er würde sich im nächsten Augenblick auf die Schenkel schlagen.

Lutz Matzke, Leiter des Kommissariats 4, zuständig für »Prostitution und den ganzen Dreck drum herum«, wie er sich auszudrücken pflegte, neunundvierzig Jahre alt, in dritter Ehe mit einer Ukrainerin verheiratet, die er bei einem Einsatz gegen organisierten Menschenhandel kennengelernt hatte, bei dem sie als Sonderermittlerin der ukrainischen Polizei beteiligt war, vier Kinder aus seinen zwei vorherigen Ehen, begeisterter Boulespieler und Rotweintrinker. Der typische Lebenslauf eines Polizisten, dachte Bettina, irgendwie immer am Rande der bürgerlichen Existenz. Berg, Thal und Auer hatten ihn heute Morgen, nachdem Frank sie über den gestrigen Fehlschlag im Club Cleopatra informiert hatte, sofort aufgesucht. Sie brauchten seine Hilfe, wenn sie den Ermittlungsansatz »Loverboys«, der ihnen nach wie vor als der erfolgversprechendste erschien, weiterverfolgen wollten. Wenn sie ehrlich waren, hatten sie weder im Fall der toten Annika noch bei den beiden vermissten Mädchen überhaupt eine andere Spur. Madlaina hatte ihre Personenprofile bis spät in die Nacht in den Computer gehackt, sodass sie wenigstens auf etwas schriftlich Niedergelegtes zurückgreifen konnten. Bettina vermutete, dass sie die Nacht bei Alexander verbracht hatte, denn er war strahlend und bester Laune zur Arbeit erschienen.

Matzke blätterte in den Aufzeichnungen. »Jetzt wollt ihr von mir wissen, ob wir es hier am See schon mal mit Loverboys zu tun hatten, richtig?«

»Sonst wären wir nicht hier«, antwortete Thal. Bettina fürchtete, der Kollege könnte wegen dieser Grobheit beleidigt sein, aber Matzke ging über die Bemerkung lächelnd hinweg. Entweder war er souveräner, als sie gedacht hatte, oder Thal kannte ihn und wusste, wie er ihn anfassen musste. Matzke legte die Akte auf den Tisch, lehnte sich in seinem Sessel zurück und schüttelte den Kopf. »Nein, solche Typen sind bisher in Konstanz nicht aufgetaucht und ich kenne auch keine anderen Fälle rund um den See.« Wie alle Einheimischen sprach Matzke einfach nur vom See, wenn er den Bodensee meinte, andere waren in den Augen der Anrainer nur unbedeutende kleine Gewässer. »Zum Glück«, ergänzte er. »Diese Loverboys sind nämlich wirklich übles Gesindel.« Er zog die Schublade auf, holte eine weiße Papiertüte hervor, öffnete sie und hielt sie Bettina entgegen. »Pralinen von Läderach. Etwas Besseres findest du nicht in der Schweiz!« Bettina lehnte dankend ab und Matzke schob sich ein großes, mit braunem Kakaostaub bedecktes Praliné in den Mund. »Dass wir bisher nichts damit zu tun hatten, will aber nichts heißen.«

»Was meinst du damit, *dass will nichts heißen*?«, fragte Bettina. Matzke kaute und schaute dabei in die Tüte, deren Öffnung er mit zwei Fingern spreizte. Seufzend verschloss er sie, was ihm anscheinend fast übermenschliche Kraft abverlangte. »Ich war vor drei Monaten auf einer Weiterbildungsveranstaltung des BKA. Thema: Neue Formen des Menschenhandels und der Zuhälterei. Und was glaubt ihr, worüber da ausführlich referiert wurde?« Er schaute auffordernd in die Runde, aber da niemand Anstalten machte, etwas zu sagen, gab er die Antwort selbst: »Genau, über das Loverboyphänomen. Ein Kollege aus Hamburg hielt ein äußerst interessantes Referat. Sind ja nicht alle Vorträge so spannend bei diesen Seminaren, aber das wisst ihr ja selber.« Bettina hätte Matzke am liebsten die Tüte mit den Pralinen aus der Hand genommen, denn er starrte sie schon wieder an, was ihn anscheinend außerstande setzte, zu sprechen. »Und worüber genau hat der Kollege aus dem Norden nun so vortrefflich geredet?« Matzke schaute auf, als hätte er die Frage nicht verstanden, legte dann aber zu Bettinas Erleichterung die Tüte zurück in die Schublade. »Die wichtigste Erkenntnis war, dass wir von einer extrem hohen Dunkelziffer ausgehen müssen. Oftmals kommt es nicht zur Anzeige, entweder bekommen die Eltern der Mädchen gar nichts mit, weil sie viel zu beschäftigt sind, um sich um ihre Sprösslinge zu kümmern, oder die kleinen Biester sind so clever, dass Mutter und Vater das Theater, das sie ihnen vorspielen, nicht durchschauen. Dabei sind die Signale ziemlich eindeutig. Hat die Kollegin ... «, er schaute auf die Akte »die Kollegin Veicht gut zusammengestellt. Wer ist sie überhaupt, den Namen habe ich noch nie gehört.«

»Madlaina Veicht ist eine Fallanalytikerin aus St. Gallen, die uns in diesem Fall zuarbeitet.«

Respekt! , dachte Bettina, denn Thal klang sachlich und unbeteiligt. »Kommt es denn nicht vor, dass die Opfer später zur Polizei gehen?«

Matzke legte die Akte wieder zur Seite. »Äußerst selten. Erstens lieben sie diese Typen wirklich und zweitens haben die Männer sie in der Hand. Ihr müsst euch vorstellen, dass so eine Beziehung über Monate läuft und langsam aufgebaut wird. Erst faseln die Männer von Liebe, sind zärtlich, überschütten die Mädchen mit Geschenken. Dann ziehen sie langsam die Zügel an. Sie zwingen ihre Opfer nicht sofort zu Sexualpraktiken, die sie nicht wollen, oder zu Sex mit anderen Männern, aber irgendwann ist es so weit. Meistens erzählen sie den Mädchen, dass sie eine Dummheit begangen haben und in Schwierigkeiten stecken. Nach und nach kommen sie damit heraus, dass sie Geld brauchen und die Mädchen ihnen helfen könnten, wenn sie z. B. mit einem guten Freund ins Bett gehen, der scharf auf sie sei und sie reich beschenken würde. Und dann beginnt der Kreislauf. Wenn die Mädchen irgendwann sagen, sie würden ihren Eltern erzählen, was passiert ist oder gar zur Polizei gehen, lachen die Loverboys nur. Sie besitzen genug kompromittierendes Material wie Videos oder Fotos, dass die Mädchen lieber bis zum Lebensende schweigen, als das in der Öffentlichkeit zu sehen.«

Matzke schielte erneut zur Tüte mit den Pralinen, wahrscheinlich beeilte sich Thal deshalb so, eine Frage zu stellen. »Was passiert denn anschließend mit den Mädchen? Sie sind vierzehn oder fünfzehn ... .«

Matzke ließ ihn nicht ausreden: »Wenn es hochkommt. Loverboys suchen sich oft noch jüngere Mädchen, das beginnt mit elf oder zwölf Jahren. Und ihr wisst ja selbst, dass es auf diesem Menschenmarkt Nachfrage nach allem gibt, nach Jungs und Mädchen und das Alter spielt keine Rolle. Selbst Kleinkinder lassen sich verkaufen, und zwar nicht nur an Paare, die sich nach einem Kind sehnen, sondern an Bordelle.«

Bettina brauchte einen Moment, den letzten Satz zu verdauen, aber dann brachte sie das Gespräch wieder auf den aktuellen Fall und fragte, ob der Club Cleopatra schon in diese Richtung aufgefallen wäre.

Matzke schaute Bettina bewundernd an und schlug die Beine übereinander. »Nicht so direkt, aber es gab mal Gerüchte in der Szene. Andererseits gehört der Laden einer Betreibergesellschaft, die überall in Deutschland Bordelle des oberen Preissegments betreibt. Damit wäre die optimale Infrastruktur gegeben, denn sie könnten die Mädchen in kurzer Zeit von einem zum anderen Club schicken. Da wären wir immer der Hase, der gegen den cleveren Igel chancenlos ist.«

Matzke griff in seine Jacketttasche und holte ein Tütchen Lakritz heraus, schüttete sich zwei schwarze Minibriketts in die Hand und steckte sie sich in den Mund. »Vielleicht hat ja der Kollege Auer gestern neue Erkenntnisse gewinnen können. Wie haben sie denn reagiert, als du ein besonders junges Mädchen wolltest?«

Auer erzählte in kurzen Worten, was passiert war. Bettina spürte, wie unwohl er sich fühlte.

Matzke lutschte geräuschvoll die scharfe Süßholznascherei. »Ich hoffe, du hattest wenigstens deinen Spaß, die haben ja ganz nette Mädels im Cleopatra.«

Als Auer keine Anstalten machte, auf die Fopperei einzusteigen, wurde der Kollege von der Sitte wieder sachlich. »Glaubt ihr im Ernst, die gewähren einem Unbekannten Zutritt in den illegalen Bereich ihres Geschäfts, so es den überhaupt gibt? Da kommt man nur rein, wenn man über die richtigen Kontakte verfügt, am besten hat man in der Szene schon ein bekanntes Gesicht.«

Thal richtete sich in seinem Stuhl auf. »Du meinst, dass wir für eine verdeckte Ermittlung einen V-Mann aus der Szene brauchen?«

»So ist es, Thal.«

»Und du hättest so einen Mann?«

Bettina wusste, dass sie am entscheidenden Punkt des Gesprächs angekommen waren. War Matzke bereit, ihnen den Kontakt zu einem V-Mann herzustellen? Anfangs sah es nicht so aus. »Ich opfere doch keinen meiner Leute für eure Schnapsidee. Am Ende sind die Mädchen einfach abgehauen und die Tote hat sich einen goldenen Schuss gesetzt.«

Thal blieb ruhig. »Gesetz den Fall, wir haben recht und eine Gang von Loverboys entdeckt den Bodensee als geeignetes Revier, dann dürftet ihr bald ein richtiges Problem haben.«

Touché!, dachte Bettina, denn Matzke riss die Schublade auf, nahm die Tüte heraus und stopfte sich eine Praline in den Mund. Er kaute geradezu mit Andacht, während er die verschiedenen Möglichkeiten in seinem Kopf hin und her wälzte.

»Gut, ich habe zwar keinen V-Mann in der Szene, der euch direkt weiterhelfen kann. Aber es könnte auch anders gehen.«

Er nahm einen Zettel aus einer Box, schrieb etwas darauf und reichte ihn Thal. »Der Mann war jahrelang in der Pädophilenszene unterwegs. Bevor ihr darüber die Nase rümpft: Er ist in meinen Augen integer. Er war krank und tut alles für seine Gesundung, er ist schon lange in Therapie und arbeitet hin und wieder für mich, weil er damit einen Teil seiner Schuld abtragen will.«

Matzke schaute in die Tüte, nahm das letzte Stück Schokolade heraus, steckte es sich in den Mund und zerknüllte das Papier mit geschlossenen Augen. »Ich muss euch allerdings warnen, er hat einen äußerst cleveren Anwalt. Den müsst ihr zuerst überzeugen, sonst läuft da nichts.«

Siebter Juni, neun Uhr fünf

Sie versuchte, sich zu konzentrieren. Was war das für ein dumpfer Knall? Da, schon wieder. Es war, als müssten alle Geräusche durch einen Filter, ehe sie in ihrem Kopf ankämen. Der Krach der Welt reduziert auf ein dumpfes Poltern, zusammengerührt zu einem Tonbrei, aus dem nichts herausragte. Ihr erster Gedanke war, dass ihr jemand etwas in die Ohren gesteckt hatte. Sie musste sechs oder sieben gewesen sein, als sie den Sommer bei den Großeltern verbrachte. Als sie eines Nachts fürchterliche Ohrenschmerzen bekam, stopfte ihr die Oma Watte in die Gehörgänge. »Du wirst sehen, mein Liebling, das hilft.« Tatsächlich war sie damals bald eingeschlafen, was allerdings vermutlich weniger an der heilenden Wirkung der Watte, sondern an der Stille lag, die sie Ruhe finden ließ. Heute war es anders. Sie hörte Menschen lachen und reden. Sie hörte, wie ein Glas klirrend auf dem Boden zerschellte und das Geräusch war lauter, als zuvor. Jemand rief ihren Namen, aber sie kannte die Stimme nicht. Sollte sie antworten? Sie schwieg. Wo war sie? Nicht in ihrem Zimmer, das stand fest. Man hatte sie weggebracht. Aber wann? Und warum? Und wohin? Sie musste sich erinnern, aber da war nur Nebel in ihrem Kopf. Jan war bei ihr gewesen, aber das war länger her. Er hatte ihr die Glücksspritze gegeben. Glücksspritze, woher kam dieses Wort auf einmal. Ein gutes Wort, denn danach war sie glücklich gewesen. Jan und sie waren weggegangen, aber sie konnte sich nicht erinnern, wohin. Am Morgen lag sie wieder in ihrem Bett. Sie hatte sich die Seele aus dem Leib gekotzt, sie roch noch immer den Gestank ihres eigenen Erbrochenen. Was hatte sie getan? War sie auf dem Gang spazieren gegangen? Sie war sich nicht sicher, aber es war möglich. Der Korridor faszinierte sie. Bestimmt hatte sie das Zimmer verlassen. Da! Wieder nannte jemand ihren Namen. Wenn sie doch nur sehen könnte. Sie blinzelte mit den Augen, aber es half nichts. Sie bewegte den Kopf hin und her und rauer Stoff kratzte über ihre Wangen. Sie atmete tief ein, um eine aufkommende Panik zu vermeiden. Man hatte ihr einen Sack über den Kopf gezogen. Natürlich, das war es, deshalb sah sie nichts und hörte die Geräusche gedämpft. So einfach war das. Ein grober, dreckiger, stinkender Sack. Ihr wurde übel von dem Geruch. Bitte nicht, dachte sie und konzentrierte sich auf die Geräusche. Es waren viele Stimmen und sie hörte sie deutlicher. Eine Horde Männer, dachte sie und wunderte sich zum zweiten Mal, was für seltsame Worte ihr heute einfielen. Sie hob den Kopf leicht an und richtete den Körper auf, dabei spürte sie einen Widerstand in ihrem Rücken. Sie stand an etwas gelehnt, das keine Wand war, denn es war schmal. Ein Pfahl! War er aus Eisen, Beton oder Holz? Sie wollte den Pfahl berühren, aber es ging nicht. Ihre Arme waren nach hinten gebogen und ihre Handgelenke zusammengeschnürt. Man hatte sie an diesen Pfahl gefesselt, auch die Füße waren daran gekettet, also musste sie dem Gefühl in ihrem Rücken vertrauen. Sie nutzte die wenigen Zentimeter Spielraum, die ihr für Bewegungen blieben, und rieb ihren Rücken und ihren Hintern an dem Pfosten. Ein Schmerz durchzuckte sie, wahrscheinlich hatte sich ein Splitter in ihre Haut gebohrt. Aber dann ..., dachte sie und von einer Sekunde auf die andere wusste sie, dass sie tatsächlich nackt sein musste. Sie fror entsetzlich und spürte das raue Material an jeder Stelle ihres Rückens. Die Männer lachten, sie feixten über irgendetwas, aber sie verstand sie nicht. Nur einer, dessen Stimme sie schon gehört zu haben glaubte, sprach laut genug. »Abhauen wolltest du, stimmt's? Gib's schon zu, wir haben doch gesehen, wie du über den Flur geschlichen bist!«

Das Entsetzen pirschte sich langsam und unbemerkt an, ehe es zum Sprung ansetzte und sie mit einer Macht traf, die ihr den letzten Rest Verstand raubte, der ihr noch geblieben war. Woher wussten sie das? Sie war alleine über den Flur spaziert, da war niemand außer ihr. Sie war sich so sicher gewesen, unbeobachtet zu sein Sie war keiner Menschenseele begegnet und hatte keine Kameras gesehen, darauf hatte sie geachtet und alles abgesucht, weil sie die Angst überkam, in einem Gefängnis zu sein und im Knast gab es sicher Überwachungsanlagen. In diesem Gang aber waren die Wände und Decken nackt, sie fand nicht einmal Risse im Mauerwerk. Wo sollte dort eine Kamera versteckt gewesen sein?

»Glaub ja nicht, dass du auch nur eine Sekunde ohne Bewachung bist. Wir sehen alles, was du tust.«

Die Stimme hatte den Satz gerade beendet, als sich ein Schwall eiskaltes Wasser über ihren Körper ergoss. Alle Muskeln zogen sich schmerzhaft zusammen und ihr blieb die Luft weg. Japsend versuchte sie, eine Ohnmacht zu verhindern. Stand sie unter einer Dusche? War es das, woran sie gefesselt war. Der nächste Guss raubte ihr erneut den Atem. Die Kälte wurde unerträglich schmerzhaft, der Kopf schien zu zerspringen. Wieder ein Guss, begleitet vom Lachen und Johlen der Männer. Sie versuchte, sich gegen den nächsten Schwall zu wappnen, aber es passierte nichts.

»Jetzt fängt es auch noch an zu regnen«, sagte eine andere Stimme, die bisher geschwiegen hatte.

»Gut«, sagte ein anderer. »Da lernt sie wenigstens gleich, dass sie darum bitten muss, wenn sie etwas möchte.«

Was meinte er damit? Worum sollte sie bitten?

Der Erste mischte sich wieder ein. »Hey, die Kleine ist ja noch gar nicht gebrandmarkt. Das wird aber Zeit, sie soll doch übermorgen auf den Transport, oder nicht?«

Sie hörte die Worte, aber sie erkannten keinen Sinn darin. Brandmarken. Transport. Worüber redeten sie? Sie hörte Schritte, jemand näherte sich. Ein strenger Schweißgeruch überdeckte den Gestank des Sacks über ihrem Kopf. Der Mann atmete rasselnd.

Ein brennender Schmerz ließ sie aufschreien. Was tat er da? Der Schmerz wiederholte sich mehrmals, steigerte sich dabei jedes Mal. Dazu dieser Gestank. Nein, nicht der Schweiß, etwas anderes, so intensiv, dass er alles überlagerte. Sie versuchte, sich auf ihren Atem zu konzentrieren. Nur jetzt nicht ohnmächtig werden! Wieder und wieder brannte es höllisch. Dazu ein zischendes Geräusch. Sie hielt es kaum noch aus. Sie sog die Luft ein. Es roch verbrannt, bis ihr der Mann Zigarettenrauch ins Gesicht blies. Der Gestank wurde immer penetranter. Verbranntes Fleisch. Jetzt wusste sie, was geschah. Sie drückten glühende Zigaretten auf ihren Oberschenkel. Die Ohnmacht kroch unwillkürlich näher. Dann war es vorbei. Hände fuhren über ihren Körper, berührten sie überall. Einer, seine Stimme war brüchig, als wäre er noch ein Knabe, sagte: »Es wird kalt heute und es wird regnen. Wenn du ins Warme willst, musst du darum bitten.«

Sie lachten. Und dann gingen sie fort.

Sie stand allein an einen Pfahl gefesselt. Unter freiem Himmel der Natur ausgesetzt. Wasser lief ihren Körper hinunter. Sie fror.

Was hatte der Mann gesagt? Übermorgen sollte sie auf einen Transport gehen? Was bedeutete das? Jan hatte von

Amsterdam gesprochen. Ging der Transport nach Amsterdam? Würde sie nicht in einem Meer von Tulpen an einer Gracht stehen?

In diesem Augenblick wusste sie, dass ihre letzte Chance gekommen war. Sie musste fliehen. Sie schrie.

Siebter Juni, neun Uhr dreißig

»Schön, dich zu sehen, Alexander!« Vince Abel streckte Thal die Hand entgegen. Die beiden verband eine lockere Freundschaft, seit sie sich im Mordfall »Schwör«, der vor ein paar Monaten die ganze Stadt in Aufruhr versetzt hatte, begegnet waren. In den letzten Wochen hatten sie sich allerdings nicht mehr getroffen, Alexander war zu sehr mit Madlaina beschäftigt gewesen und Abel schien ihn nicht vermisst zu haben.

»Dich zu treffen, ist natürlich ein besonderes Vergnügen, Bettina.« Er beugte sich hinunter und gab ihr Wangenküsse, was sie mit einem strahlenden Lächeln erwiderte. Der Anwalt sah besser aus, als bei ihrem letzten Treffen, er schien Thal noch etwas schlanker. Für Mitte fünfzig hatte er durchaus eine passable Figur. Er trug sein langes, schwarzes Haar wie immer zu einem dichten Pferdeschwanz gebunden, der obligatorische schwarze Leinenanzug mit dem offenen, weißen Hemd hatte etwas Bohemienhaftes. Er führte die Polizisten in das karg eingerichtete Büro seiner Kanzlei, wo Udo Tessloff bereits auf sie wartete. Thal war überrascht, einem großen, schlanken und gut aussehenden Mann vorgestellt zu werden, der ihn mit festem Händedruck und klarem Augenkontakt begrüßte. Er entsprach in keiner Weise dem Klischee vom verhuschten Pädophilen, der den Kontakt mit Erwachsenen scheute, wirkte vielmehr selbstbewusst und lässig. Thal hatte seine Polizeiakte in groben Zügen gelesen. Tessloff war vor fünf Jahren wegen Vergewaltigung eines zehnjährigen Mädchens verurteilt worden. Er hatte Merle Rapp über Wochen im Strandbad beobachtet, ehe er sie am Nachmittag der Tat unter dem Vorwand, ihr seinen gerade geborenen Hund zeigen zu wollen, in sein Auto lockte und mit ihr in ein Waldstück auf dem Bodanrück fuhr. Später brachte er das traumatisierte Mädchen zurück in die Stadt und setzte es in der Nähe einer Tankstelle aus, von wo aus sie ihre Eltern anrief. Die Kollegen hatten damals leichtes Spiel, denn Merle konnte eine gute Beschreibung des Täters und des Autos abgeben. Aufgrund eines Fahndungsaufrufs hatte sich zudem ein Rentnerehepaar gemeldet, dem der Mann und das Kind im Wald aufgefallen waren und die sich das Kennzeichen des Wagens notiert hatten. Die Tatsache, dass Tessloff keine Anstrengungen unternommen hatte, um seine Tat zu vertuschen, deutete der Gutachter im Prozess als Indiz, dass der Druck, seiner sexuellen Begierde nachzugeben, in diesem Fall zu groß war und eine bessere Planung zum Glück verhinderte. Tessloff war von Anfang an geständig. Er berichtete dem Gutachter, dass er seit Jahren gegen seinen Trieb ankämpfe. Er war ohne Wenn und Aber zu einer Therapie bereit, mehr noch, er sehnte sich geradezu nach Hilfe. Nicht zuletzt wegen des psychiatrischen Gutachtens, das ihm eine gute Prognose attestierte, und aufgrund seines »opferschonenden Geständnisses«, wie das Gericht in seiner Urteilsbegründung schrieb, wurde Tessloff nur zu zweieinhalb Jahren Haft verurteilt. Bereits im Gefängnis begann er eine Therapie, die er noch Jahre danach weiter fortsetzte. Immer noch besuchte er seinen Therapeuten hin und wieder, um sich Rat zu holen. Nach Aussage des Arztes konnte Udo Tessloff als unproblematisch eingestuft werden. Es bestünde keine Gefahr, dass er rückfällig würde.

»Kaffee?«

Während Berg und Tessloff dankbar annahmen, lehnte Thal Abels Angebot ab. So sehr der Anwalt einen guten Espresso schätzte, so wenig konnte er ihn selbst zubereiten. Alle setzten sich um den Tisch und Abel goss aus einer Thermoskanne dampfende, tiefschwarze Flüssigkeit in die Tassen seiner Gäste, zu der Thal nur der Begriff Brühe einfiel. »Sie wissen, worum es geht, Herr Tessloff?«

»Lutz, also Hauptkommissar Matzke hat mich informiert.«

Abel schob Bettina die Zuckerdose herüber und goss sich selbst einen großen Schluck Kaffeesahne in die Tasse, ehe er mit ruhiger Stimme sprach. »Bevor hier irgendwelche Absprachen getroffen werden, möchte ich einwenden, dass ich mit der Aktion ganz und gar nicht glücklich bin.« Er rührte mit einem viel zu kleinen Löffel in der Tasse herum und schaute nur Bettina an, als hoffte er, in ihr eine Verbündete zu finden. »Herr Tessloff, der seit dem Prozess mein Mandant ist, hilft euren Kollegen gerne, aus nachvollziehbaren Gründen hat er es aber bisher immer abgelehnt, dafür einen direkten, möglicherweise sogar körperlichen Kontakt mit minderjährigen Mädchen eingehen zu müssen.«

»Lass gut sein, Vince«, sagte Tessloff. »Ich brauch in diesem Fall keine Verteidigung.«

»Du weißt aber, dass auch Terzenbach ... .«

»Terzenbach ist ein überängstlicher Therapeut, der sich nach allen Seiten absichert.« Tessloff stellte seine Tasse geräuschvoll auf den Tisch. »Ich weiß selbst am besten, wie es mir geht und was ich mir zumuten kann, glaub mir.«

Er wandte sich Thal zu. »Sie möchten, dass ich in den Club Cleopatra gehe und nach Kindern frage, richtig?«

»Nach Mädchen, ja!«

»Wie stellen Sie sich den praktischen Ablauf vor?«

»Die Aktion startet heute Abend, wir wollen keine Zeit verlieren. Wie Sie sich im Bordell verhalten, ist Ihre Sache. Uns interessiert nur, ob man ihrem Wunsch nach einer minderjährigen Prostituierten nachkommt. Der Kollege Matzke geht davon aus, dass diese Mädchen den Freiern nicht im Club selber zugeführt werden. Wir hoffen, dass man Ihnen vertraut und sie entweder zum Treffpunkt bringt oder ihnen eine Adresse nennt. Wir werden Sie observieren und Ihnen folgen. Sobald Sie vor Ort sind, erfolgt der Zugriff.«

»Wir könnten Ihnen auch ein Mikrofon ….« Bettina konnte den Satz nicht beenden, denn Tessloff hatte sich ruckartig zu ihr umgedreht und fiel ihr ins Wort. »Auf keinen Fall. Ich habe durch die Arbeit für Matzke schon ein paar Mal mit der Szene Kontakt gehabt. Die sind misstrauisch, da sind Leibesvisitationen an der Tagesordnung.«

»Okay«, sagte Thal. »Kein Mikro. Wir werden genug Beamte vor Ort haben, um sie keinen Augenblick aus den Augen zu lassen.«

Abel klopfte mit den Fingern auf die Tischplatte und Thal wollte jedem weiteren Einwand zuvorkommen. »Es ist kein Risiko für Herrn Tessloff, vertraue mir.«

»Das Risiko liegt ganz woanders.«

Thal wusste, was Abel meinte. War Tessloff der Situation tatsächlich gewachsen? Was wäre, wenn sein Trieb erneut aufbräche? Er verdrängte den Gedanken und schob den Stuhl zum Zeichen des Aufbruchs zurück, als sein Handy klingelte. Schober war am Apparat. »Ich habe gerade einen Anruf aus Amsterdam erhalten. Wenn stimmt, was die holländischen Kollegen sagen, spitzt sich die Lage gerade zu.«

»Sprechen Sie nicht in Rätseln, Herr Kriminaldirektor.«

»Sie haben Pia Kindler gefunden.«

»Tot?«

»Nein.«

Thal atmete erleichtert aus, weshalb er Schobers Schlusswort fast nicht gehört hätte.

»Schlimmer.«

Siebter Juni, zwölf Uhr dreißig

Melanie Wilms starrte durch die Windschutzscheibe ihres alten Mazda. Ihr tat der Rücken weh, langes Sitzen war Gift für sie, hatte der Orthopäde gesagt. Aber heute musste sie durchhalten. Lara hatte ihr gestern Abend erzählt, dass der Typ, der Annika abgeholt hatte, gelegentlich mit seinem Porsche vor der Schule auftauchte. Die Mädchen fühlten sich geschmeichelt, dass sich ein zehn Jahre älterer Mann, der genug Geld hatte, sich so ein Auto zu kaufen, vor die Schule stellte, um eine von ihnen auf ein Eis oder eine Cola einzuladen. Aus ihrer Clique wäre fast jeder schon eingestiegen, sagte Lara.

»Du auch?«

Lara hatte den Kopf geschüttelt und dabei traurig ausgesehen. Sie hatte einen Moment gezögert, als überlegte sie, wie sie die Geschichte am besten verpackte, weshalb Melanie Wilms sich nicht hundert Prozent sicher war, ob ihre Erzählung in allen Details der Wahrheit entsprach. »Eine Freundin ist mal mit ihm rund um den See gefahren. Ich habe mich darüber aufgeregt und sie ausgeschimpft, weil das doch gefährlich ist, mit einem Wildfremden so eine Tour zu machen. Sie hat ihn verteidigt und dabei ist ihr der Name rausgerutscht.«

Es dauerte noch ein paar Sekunden, bis Lara sich ein Herz fasste, und ihn aussprach. »Der Mann heißt Bo.«

»Bo? Was ist das denn für ein Name?«

Lara zuckte mit den Achseln. »Keine Ahnung, aber das ist sein Name. Bo.«

Und jetzt saß Annikas Mutter hier und hoffte, dass dieser Mann namens Bo ausgerechnet heute auftauchte und dass er tatsächlich ein Freund von Noah war, und sie zu ihm führte. Ein paar Zufälle zu viel, die da zusammenkommen mussten, aber sie hatte keine andere Chance. Noah war ein Phantom, das bisher nur im Tagebuch ihrer Tochter existierte. Gestern hatte sich kurz der Verdacht in ihr Hirn geschlichen, Annika hätte diesen Jungen erfunden und alle Erlebnisse mit ihm hätten nur in ihrer Fantasie stattgefunden. Sie hatte den Gedanken sofort verdrängt. Hätte sie Lara von Noah erzählt, wenn er nicht existierte? Taten Mädchen in diesem Alter so etwas? Sie wusste es nicht, sie hatten keine Ahnung, wie sich pubertierende Fünfzehnjährige heute verhielten. Sie schaute auf die Uhr. In ein paar Minuten würde der Gong das Ende der letzten Stunde anzeigen. Im Radio lief »Belfast« von Boney M. Sie hasste den Song und drehte den Lautstärkeregler auf null. Aus der Seitenstraße bog im Schritttempo ein cremeweißer Porsche ein und blieb etwa hundert Meter von ihr entfernt stehen. Die Seitenscheibe fuhr herunter, der Fahrer ließ seinen Arm lässig heraushängen. Der Hemdsärmel war bis zum Ellbogen aufgekrempelt, die Haut gebräunt. Sie konnte das Gesicht des Mannes nicht sehen, das Glas der Windschutzscheibe spiegelte zu sehr. Auf jeden Fall trug er eine Sonnenbrille, obwohl es bedeckt war. Der Wetterfrosch im Radio hatte heute Morgen von einem Kälteeinbruch gesprochen.

Der Gong signalisierte das Ende der Stunde. Drei Minuten später schlenderten, gingen oder rannten die ersten Schüler aus dem Gebäude. Der Mann im Porsche tat nichts, saß nur da, sie konnte nicht einmal sehen, ob er die Mädchen anstarrte. Keine fünf Minuten später war der Schulhof und die Straße wie leer gefegt. Der Mann startete den Motor und fuhr auf sie zu. Sie widerstand dem Reflex, sich zu ducken, drehte stattdessen den Zündschlüssel und wendete. Zum Glück hielt er sich an das Tempolimit von dreißig Stundenkilometern und war noch nicht außer Sichtweise, als sie das Manöver beendet und die Straßenseite gewechselt hatte. Er kurvte scheinbar ziellos durch das Wohnviertel, ehe er auf die Mainaustraße abbog und beschleunigte. Hatte er gemerkt, dass sie ihm folgte? Melanie Wilms ließ den Abstand zum Porsche größer werden. Nach einer Minute sah sie seine Blinklichter. Er bog links in die Eichhornstraße ein. Wollte er zum Hörnle? Auch hier hielt er sich penibel an die Geschwindigkeitsbegrenzung und sie hatte fast Mühe, nicht zu nah aufzufahren. Rechts lag das Musikerviertel, eines der teuersten Wohngebiete der Stadt, er aber fuhr weiter geradeaus. Erst hinter dem funktionalen Bau einer Spezialklinik für Neurologie bog er rechts in eine kleine Straße ein. Nach zweihundert Metern hielt er vor einem dreistöckigen Gebäude aus Waschbeton. Sie fuhr an ihm vorbei, als er gerade die Autotür öffnete, stoppte den Mazda hundert Meter weiter und steuerte ihn in eine Parkbucht vor einem Pflanzkübel mit einem hohen Strauch. Im Außenspiegel konnte sie beobachten, wie der Mann das Auto verließ und das Haus betrat. Ihr Herz schlug derart kräftig, dass sie das Gefühl hatte, jemand boxe gegen ihre Brust. Sie schloss die Augen, und atmete mehrmals tief ein und versuchte, ihre Ruhe in den automatisierten Handlungen wiederzufinden. Tür öffnen, aussteigen, Tür schließen, abschließen. Langsam schlenderte sie auf das Haus zu, in dem der Porschefahrer verschwunden war. Nur kein Aufsehen erregen, vielleicht schaute er aus dem Fenster auf die Straße. Fieberhaft überlegte sie, wie sie vorgehen sollte. Einfach klingeln und ins Haus spazieren? Warten, bis jemand das Haus verließ und dann durch die Tür schlüpfen, bevor sie zufiel? Bei einem anderen Bewohner klingeln? In diesem Moment schoss ihr der Gedanke in den Sinn, dass sein Name möglicherweise gar nicht am Klingelbrett stand. Was dann? Sie verlangsamte ihre Schritte noch einmal. Als sie den Eingang erreichte, atmete sie erleichtert auf. Der Name sprang ihr geradezu entgegen. Bo Hendricks. Ihr Herz klopfte immer noch wie wild, ihre Finger zitterten. Bevor sie es sich anders überlegen und die Vernunft siegen konnte, drückte sie auf den Klingelknopf. Der Lautsprecher der Gegensprechanlage blieb stumm, stattdessen summte der Türöffner. Noch einmal schaute sie auf die Klingelknöpfe. Wenn sie nach Stockwerken angeordnet waren, musste Bo Hendricks in der dritten Etage wohnen. Sie stieg die Treppe hinauf und mit jeder Stufe wurden ihre Schritte langsamer. Als sie oben ankam, wollte sie einen Moment verschnaufen, aber daraus wurde nichts, denn die Tür ging auf. Der Mann aus dem Porsche sah sie erstaunt und fragend an, einen Telefonhörer ans Ohr haltend.

»Ich rufe dich später noch mal an«, sagte er und schaute sie an.

»Guten Tag! Was kann ich für Sie tun?«

Melanie Wilms ärgerte sich, dass sie sich keine Strategie für dieses Gespräch zurechtgelegt hatte. Was sollte sie ihm nur sagen? Sie entschied sich für den direkten Weg. »Ich möchte mit Ihnen über meine Tochter reden.«

Der Mann zog die Augenbrauen hoch und legte den Kopf leicht schief. »Sind Sie sicher, dass Sie bei mir richtig sind?«

»Sind Sie Bo Hendricks?«

Er nickte.

»Dann glaube ich, dass Sie meine Tochter kannten.«

Er trat einen Schritt zurück und machte eine einladende Geste. »Sie machen mich neugierig. Treten Sie ein, Frau ... ?«

Melanie Wilms nannte ihren Namen. Täuschte sie sich, oder zuckte Hendricks leicht zusammen. Er führte sie ins Wohnzimmer. Melanie Wilms glaubte kaum, was sie sah. Von außen hatte das Gebäude so unscheinbar gewirkt und jetzt bot sich durch bis zum Boden reichende Fenster ein fantastischer Blick auf den See. Das Zimmer war spärlich möbliert. Ein weißes Ledersofa, zwei Sessel, ein niedriger Tisch. Kein Schrank, kein Regal, dafür ein riesiges abstraktes Gemälde an der Wand. Sie hatte keine Ahnung von Kunst, aber aus irgendeinem Grund glaubte sie, dass es wertvoll sein müsste.

»Bitte nehmen Sie Platz. Darf ich Ihnen etwas zu trinken anbieten?«

Sie bat um ein Glas Mineralwasser, ihr Mund war ausgetrocknet. Eine Minute später setzte er sich neben sie auf die Couch, was ihr unangenehm war. Warum nahm er nicht im Sessel Platz? Seine körperliche Nähe machte sie unsicher. Sie roch, dass er Parfum aufgelegt hatte, leicht herb, keineswegs unangenehm. »Nun bin ich aber gespannt, Frau Wilms. Warum glauben Sie, dass ich Ihre Tochter kenne? Wie alt ist denn das Mädchen?«

»Fünfzehn«, antwortete sie und ihre Stimme war brüchig.

»Das ist doch gar nicht möglich! Dann müssen Sie ja als Kind schwanger geworden sein.«

Sie winkte ab, wollte nicht auf seine Schmeicheleien eingehen. »Annika, so heißt meine Tochter, ist tot.«

Der Satz zischte durch den Raum wie ein Peitschenhieb. Sie hatte die Augen zu Schlitzen verengt, um Bos Reaktion genau zu beobachten. Er hielt für eine Sekunde die Luft an und ließ sie dann mit einem kaum hörbaren Stöhnen entweichen. »Das tut mir leid. War sie schwer krank?«

Sie schüttelte den Kopf. »Die Polizei sagt, sie starb an einer Überdosis Heroin.«

»Mein Gott!« Bo Hendricks griff nach dem Wasserglas und trank einen Schluck.

»Aber ich glaube das nicht«, sagte Melanie Wilms und ihre Stimme hatte endlich die Festigkeit, die sie sich wünschte. »Ich glaube, dass sie ermordet wurde.«

Hendricks beugte sich leicht vor. »Wie schrecklich! Haben Sie dafür konkrete Anhaltspunkte?«

»Nein. Oder doch, Annika hat ein Tagebuch geführt, in dem sie von einem Freund schreibt, den sie seit Kurzem hatte. Er wäre älter als sie und hieße Noah.«

Sie schaute Hendricks direkt in die Augen. Er hielt ihrem Blick schweigend stand.

»Kennen Sie einen Mann namens Noah?«

»Nein. Aber wie kommen Sie darauf?«

»Eine Freundin von Annika hat gesehen, wie meine Tochter zu Ihnen ins Auto stieg.«

»Das kann nicht sein.«

»Aber es war ein Porsche.«

»Es gibt viele Porsche in dieser reichen Stadt, Frau Wilms.«

»Sie warteten vor der Schule auf Annika, so wie heute.«

Er lehnte sich zurück. »Meine Nichte geht auf diese Schule und manchmal hole ich sie ab.« Er fixierte sie mit den Augen. »Ich kann Ihre Trauer nachvollziehen, aber Sie verrennen sich da in etwas, das Sie später bereuen werden.«

Er sagte diesen Satz nicht drohend, sondern wie eine unumstößliche Feststellung und Melanie Wilms glaubte ihm in dieser Sekunde. Wie sollte dieser zivilisierte, freundliche Mensch etwas mit dem Tod ihrer Tochter zu tun haben?

Die Türklingel schnarrte. Sie zuckte zusammen.

»Tut mir leid«, sagte Hendricks, »die Glocke ist kaputt und es ist ein furchtbares Geräusch.«

Er stand auf und öffnete die Tür. Ein Mädchen stürmte herein und fiel Hendricks um den Hals. Melanie Wilms starrte die beiden an. Sie kannte die Besucherin, auch wenn ihr der Name nicht sofort einfiel. Erst als das Mädchen sie entdeckte, schoss er in ihr Gedächtnis. Sie hieß Chiara, ging in dieselbe Klasse wie Annika und war vor Monaten einmal über Nacht bei ihr geblieben. Das Mädchen starrte sie an. Langsam löste sie sich von Hendricks und ging auf Melanie Wilms zu. Einen Meter vor ihr blieb sie stehen, nickte ihr zu und drehte sich um.

»Was macht denn Annikas Mutter hier?«

Bo Hendricks schwieg, ging zur Tür, verschloss sie, zog den Schlüssel ab und steckte ihn in seine Hosentasche.

»Was geht denn hier ab?«, fragte Chiara und ihr Tonfall schwankte zwischen Belustigung und Angst.

Hendricks legte den Finger auf die Lippen. »Pssst!«

Chiara schüttelte den Kopf. »Hier stimmt doch was nicht! Nun sag schon, was los ist. Bitte, Noah!«

Siebter Juni, zwölf Uhr fünfundvierzig

Der hoch aufgeschossene Mann mit dem kahl geschorenen Schädel und dem handgeschriebenen Schild »Berg & Thal« in der Hand, lächelte sie an. »Unglaublich, wie schnell ihr Deutschen seid. Habt Ihr keine Bürokratie, die ihr erst um Genehmigung fragen müsst, wenn ihr ins Ausland reisen wollt?«

Wenn der wüsste, dass schon die fünf Kilometer lange Fahrt in die Schweizer Nachbarstadt Kreuzlingen ein Verwaltungsakt war, weil dazwischen die EU-Außengrenze lag, dachte Thal. Schober hatte selbstverständlich eine Auslandsreise abgelehnt. Die holländischen Kollegen sollten einen detaillierten Bericht schreiben, mehr wäre nicht nötig und dem Steuerzahler nicht zu erklären. Als Thal erwiderte, dass ihn der Steuerzahler sonst was könne, bekam der Kriminaldirektor einen roten Kopf und stammelte etwas von Konsequenzen und Disziplinarverfahren. Schon aus Abels Kanzlei hatte Thal Stephanie Bohlmann angerufen und angewiesen, den nächsten erreichbaren Flug für ihn und Bettina nach Amsterdam zu buchen. Erst später war ihm eingefallen, dass er Bettina damit in Schwierigkeiten bringen könnte, im Zweifel würde er aussagen, sie gezwungen zu haben, ihn zu begleiten. Er selbst hatte keine Angst vor Konsequenzen. Das Geld, das der Verkauf von Leahs Gemälden eingebracht hatte, lag noch immer unangetastet auf dem Konto und reichte für ein sorgloses Dasein bis zu seinem Lebensende. Seitdem lautete sein Lebensmotto: Keine Kompromisse – schon gar nicht, wenn es darum ging, ein Menschenleben zu schützen. Nach dem, was sie in den letzten Tagen über Loverboys und ihr schmutziges Handwerk gelernt hatten, stand für ihn außer Frage, dass Nasrin Amahdis Leben bedroht war. Sie mussten so schnell wie möglich mit Pia Kindler sprechen, soweit das überhaupt möglich war. Nachdem der Flug gebucht war, lief alles andere wie am Schnürchen. Ein Anruf bei Steininger und am Kreuzlinger Autobahnzoll stand ein Auto der Thurgauer Kantonspolizei, das sie mit Blaulicht und in Hochgeschwindigkeit direkt zum Check-in des Züricher Flughafens brachte. Und jetzt waren sie in Amsterdam.

Berg und Thal schüttelten dem holländischen Kollegen die Hand. »Wir sind vor allem froh, dass sie so schnell für uns Zeit hatten, Herr van der Meer.« Den Titel »Hoofdinspecteur« schenkte er sich, weil er nicht wusste, wie er ihn korrekt aussprechen sollte.

»Bitte, nennen Sie mich Henk, wir sind hier in Holland nicht so förmlich. Und euer Besuch ist ja vermutlich auch eher auf dem informellen Weg zustande gekommen.« Er ließ ein fröhliches, jungenhaftes Lachen hören, das zu dem von feinen Fältchen durchzogenen Gesicht passte. Er führte sie zu einem silberfarbenen Citroën DS. Bettina ließ ein anerkennendes Pfeifen hören. »Schau mal an, die holländische Kriminalpolizei stellt ihren Beamten eine *Göttin* als Dienstwagen.« Thal schaute sie fragend an und Bettina lachte. »Anscheinend hat Madlainas Liebe für alte Autos noch nicht auf dich abgefärbt. DS, wie déesse, was im französischen ... .«

»Göttin bedeutet«, beendete Thal den Satz und setzte mehr brummend als sprechend hinzu. »So gut sind meine Französischkenntnisse gerade noch.«

»Ihre Vermutung stimmt übrigens, Bettina«, mischte sich Henk lachend ein. »Allerdings hat es nichts mit Großzügigkeit zu tun, im Gegenteil. Wir haben vor ein paar Monaten einen Drogendealer verhaftet, der dem Königreich noch reichlich Steuern schuldete. Deshalb wurde sein Fuhrpark beschlagnahmt und der Polizei übergeben. Ich habe da eher eine Niete gezogen, der Bugatti oder der Jaguar hätte mir besser gefallen.«

Der Holländer öffnete die vordere Beifahrertür, um Bettina einsteigen zu lassen. Anscheinend war es ihm gar nicht in den Sinn gekommen, Thal den Sitz neben ihm anzubieten, der auf der erstaunlich bequeme Rückbank Platz nahm. Als sie aus der Parkgarage fuhren, nieselte es. »Willkommen im holländischen Sommer!« Henk lenkte den Wagen auf die Autobahn Richtung Zentrum und setzte sie über die Situation in Kenntnis. Vor vier Tagen hatten Spaziergänger ein Mädchen im Westerpark gefunden. Sie war bewusstlos und in einem völlig verwahrlosten Zustand. Da sie keine Papiere bei sich trug, nahm ein Rechtsmediziner ihren Zahnstatus. Beim Abgleich mit den europäischen Datenbanken stießen die Ermittler auf die Vermisstenmeldung aus Konstanz. Ohne Zweifel handelte es sich um Pia Kindler. Sie war vollgepumpt mit Drogen, was sie alles geschluckt, geschnieft, geraucht und gespritzt hatte, war im Einzelnen noch nicht analysiert. Fest stand allerdings, dass sie Heroin konsumiert hatte und der letzte Schuss etwas zu heftig gewesen war. Sie war noch einmal so gerade mit dem Leben davongekommen. Erst seit gestern reagierte sie auf Ansprache, schwankte aber zwischen einer völligen Apathie und psychotischen Schüben, in denen sie vor Angst fast zu sterben schien.

Henk griff in die Brusttasche seines Jacketts. »Ich habe ihnen die Fotos unserer Kriminaltechniker mitgebracht, damit sie sich das schon mal anschauen können.«

Der Körper des Mädchens war übersät mit Wunden und blauen Flecken. Sie war abgemagert, als stünde sie kurz vor dem Hungertod. Die Haut sah aus wie altes, wettergegerbtes Leder und spannte über die Gesichtsknochen, was ihrem Kopf die Gestalt eines Totenschädels gab. Die Augen lagen tief in ihren Höhlen, die Lippen waren dünn und farblos. Ein unvoreingenommener Betrachter würde das Alter des Mädchens auf mindestens dreißig Jahre schätzen.

Thal blätterte die Fotos langsam durch. Beim letzten Bild hielt er inne. Es zeigte Pia Kindlers Oberschenkel, in den Zeichen eingebrannt zu sein schienen. Thal wedelte mit dem Foto. »Was meinen Sie, was das ist?«

Henk drehte den Kopf ein wenig zur Seite: »Ein Brandzeichen. Vermutlich zwei Buchstaben, wahrscheinlich »Bo«.

»Bo?«

»Das ist ein recht gewöhnlicher holländischer Jungenname. Wir stehen auf so kurze Namen. Henk, Jan, Bo ... .« Wieder ließ er sein helles Lachen hören. Bettina unterbrach ihn. »Du meinst, jemand hat seinen Namen in den Oberschenkel des Mädchens gebrannt?«

»Ja, vermutlich ihr Loverboy.«

»Ihr Loverboy?«, fragten Berg und Thal wie aus einem Mund.

»Ja, das kommt nicht so selten vor, dass sie ihre Mädchen kennzeichnen. So wie ein Brandzeichen bei einer Kuh, versteht ihr? Allerdings ...« – er machte eine kurze Pause, um die Spur zu wechseln – »ist uns in der Szene noch nie ein Bo begegnet.«

Henk lenkte den Wagen auf einen Parkplatz. Der Komplex des Krankenhauses bestand aus verschiedenen, mehrstöckigen Gebäuden, die teilweise mit roten und blauen Platten wie ein Flickenteppich verkleidet waren. Fünf Minuten später betraten sie ein Krankenzimmer, das, wie

Thal an den diversen Steckern und Anschlüssen an der Wand sah, normalerweise als Dreibettzimmer genutzt wurde. Jetzt verlor sich ein Bett unmittelbar am Fenster. Henk van der Meer trat heran und berührte sanft Pia Kindlers Schulter, die schlief und trotz ihres abgemagerten Gesichts friedlich aussah. Sie schlug die Augen auf und sah ihn an. Ihre Mimik zeigte keine Emotion, es schien, als schaute sie durch ihn hindurch. Langsam drehte sie den Kopf zur Seite und ließ den Blick schweifen. Als sie Berg und Thal in der Tür stehen sah, wandelte sich ihr Gesichtsausdruck binnen Sekunden. Noch nie hatte Thal einen Menschen in derart stummer Panik gesehen. Während kein Laut aus ihrem Mund kam, begann der Körper unkontrolliert zu zucken. Sie atmete schnell und flach, ihre Augenlider flackerten und Thal fürchtete, sie könnte im nächsten Moment ohnmächtig werden. Bettina ging mit langsamen Schritten auf sie zu und legte ihr die Hand auf den Arm. Das Mädchen versuchte, in die äußerste Ecke des Bettes zu kriechen, dabei riss sie den Infusionsschlauch aus der Kanüle, die klare Flüssigkeit ergoss sich aus dem Infusionsbeutel aufs Laken. Henk bekam den Schlauch zu fassen, klemmte ihn hinter die Infusionsflasche und drückte auf den Rufknopf. Bettina streichelte vorsichtig über Pias Arm, deren Atem sich beruhigte. Die Tür wurde aufgerissen und eine große und äußerst korpulente Pflegerin stürmte ins Zimmer. Henk machte einen Schritt auf sie zu und flüsterte etwas auf Holländisch. Die Schwester warf einen Blick auf den Infusionsständer, nickte und verließ den Raum. Bettina beugte sich leicht über das Bett. »Hallo Pia, mein Name ist Bettina Berg und der Mann in der Tür ist Alexander Thal.«

Das Mädchen ließ den Blick hektisch zwischen den drei Personen im Raum hin- und herschweifen. Bettina setzte sich langsam auf die Bettkante. Pia ließ es geschehen, was Thal als Fortschritt wertete. »Wir sind aus Konstanz, Pia. Deine Mutter schickt uns. Alles wird gut.«

Das Mädchen schloss die Augen und atmete tief ein. Es sah aus, als beruhigte sie sich, doch nur eine Sekunde später riss sie die Augen auf und schrie: »Ihr lügt. Ihr seid alle Lügner. Alle bis auf Jan! Nur Jan kann mich retten.«

»Wer ist Jan?«, fragte Bettina, aber das Mädchen brüllte ohne Pause weiter. »Jan! Jan soll mich holen!«

Bettina versuchte, sie mit sanften Worten zu beruhigen und tatsächlich hörte Pia auf zu schreien.

»Da ist noch ein Mädchen, Pia.« Bettina streichelte ohne Pause ihren Arm dabei. »Du kannst ihr helfen. Das willst du doch, oder? Vielleicht kennst du sie sogar, sie heißt Nasrin.«

Pia hielt die Luft an. Zwei Sekunden später schrie sie lauter als zuvor.

Henk legte seinen Arm auf Bettinas Schulter und bedeutet ihr, aufzustehen. Ohne ein weiteres Wort verließen sie das Zimmer, in dem Pia immer noch schreiend nach Jan verlangte.

Auf dem Flur wartete die Krankenschwester. Sie wechselte zwei Sätze mit Henk, ehe er sich an Bettina und Alexander wandte. »Es hat keinen Zweck. Wir hatten gehofft, es beruhige sie, wenn jemand aus der Heimat sie besucht. Aber sie ist zu sehr in ihrer durch die Drogen und die Misshandlungen ausgelösten Psychose gefangen. Ich möchte nicht wissen, was sie in den letzten Monaten durchgemacht hat.«

Der holländische Kollege klang fast wie ein Psychologe, entweder, sie bildeten die Polizisten hier besser aus oder die Seelenklempnerei war sein Hobby. Thal wollte so schnell wie möglich auf den Boden realer Tatsachen zurück. »Wer könnte dieser Jan sein?«

»Vermutlich ihr Loverboy. Die Mädchen glauben bis zuletzt daran, dass er sie liebt und beschützt.«

Bettina räusperte sich, als müsse sie, nach dem hypnotischen Tonfall im Krankenzimmer, zunächst die normale Sprache wiedergewinnen. »Aber der Name passt doch nicht mit dem Brandzeichen zusammen.«

»Sie haben noch nicht viel Erfahrung mit Loverboys, kann das sein?« Henk lächelte Bettina an.

»Gar keine, es ist unser erster Fall.«

»Sehen Sie, die Jungs machen die Mädchen emotional vollständig von sich abhängig. Ihnen gegenüber treten sie immer als Liebhaber auf. Sie sind zärtlich, machen ihnen großzügige Geschenke, sprechen von der Liebe ihres Lebens. Wenn das Mädchen ihnen mit Haut und Haaren verfallen ist, erzählen sie ihm, dass sie wegen einer Dummheit in großen Schwierigkeiten stecken. Sie schulden Leuten viel Geld und das seien Verbrecher, mit denen nicht zu spaßen ist. Entweder sie zahlen die Schulden zurück oder sie müssen abhauen, denn diese Typen bringen sie sonst um. Sie können sich denken, wie das Mädchen reagiert.«

»Es bietet seine Hilfe an.« Bettina sagte es fast atemlos wie jemand, der an den Lippen eines Menschen gehangen hatte, der seine spannende Geschichte nur deshalb für diese rhetorische Zwischenfrage unterbrochen hatte, um die Zuhörer auf die Folter zu spannen. Henk nickte. »Genau, sie ist bereit, alles für ihren Freund zu tun. Und genau das, nämlich alles, wird er von ihr verlangen. Meistens kommen Freunde des Loverboys ins Spiel, die angeblich bereit wären, seine Schulden abzubezahlen, wenn das Mädchen mit ihnen ins Bett geht.«

»Und das tut sie?« Thal stellte die Frage, obwohl er die Antwort kannte. Henk nickte. »So unwahrscheinlich das klingen mag, aber es läuft in den meisten Fällen so ab, nur die Geschichten über den Schlamassel, in dem der Loverboy angeblich steckt, variieren. Das Mädchen schläft mit den sogenannten Freunden ihres Freundes. Erst mit einem, dann mit einem weiteren, dann mit noch einem und so weiter. Das ist ihr Einstieg in die Prostitution. Sollte sie Widerstand leisten, wird er gebrochen. Gewalt, Drogen, Folter, jedes Mittel ist recht.«

»Spätestens jetzt muss das Mädchen aber doch merken, auf welchen Teufel sie sich eingelassen hat.«

Henk schüttelte den Kopf. »Nein, denn er selbst bleibt immer der liebende Beschützer. Es sind stets andere Männer, die sie gefügig machen. So behält der Loverboy die emotionale Kontrolle über sein Opfer.«

Bettina ballte die Fäuste, Thal erwartete fast, dass sie mit einem Fuß auf den Boden stampfte. »Was für eine perfide Strategie.«

»Das ist ein passender Begriff«, sagte Henk. »Selbst wenn es dem Mädchen gelingen sollte, seine Lage zu begreifen und ihren Peinigern zu entfliehen, wird sie uns nicht helfen.«

»Warum das denn?« Thal erschrak fast vor seiner eigenen, lauten Stimme, die auf diesem Krankenhausflur deplatziert wirkte. Deutlich leiser setzte er hinzu: »Sie muss doch genug von diesem Typen haben.«

»Sie hat viel zu viel Angst, denn sie weiß, dass es stundenlange Videos gibt, auf denen sie mit Männern auf jede nur denkbare Art Sex hat, dazu tonnenweise Fotos. Ihre Folterknechte haben ihr wieder und wieder eingeredet, dass sie dieses Material veröffentlichen, wenn sie auch nur ein Sterbenswörtchen darüber erzählt, was sie erlebt hat. Außerdem habe sie sich strafbar gemacht, indem sie Drogen geschmuggelt hätte. Diese Information könnte man jederzeit der Polizei stecken und dann ginge sie ins Gefängnis.«

»Unglaublich«, flüsterte Bettina. Thal sah, dass seine Kollegin geschockt war, ihr Gesicht hatte jede Farbe verloren und ihr rechtes Unterlid zitterte leicht. Henk war aber noch nicht fertig. »Noch etwas: Die Opfer kennen die Namen ihres Loverboys nicht, er benutzt einen Falschnamen.«

»Das heißt, Jan ist vermutlich nicht der Name des Typen, der Pia so zugerichtet hat, richtig?«

»So ist es, Bettina.«

»Und was ist mit Bo? Heißt er vielleicht Bo?«

»Möglicherweise. Wenn ihr mich fragt, heißt er auf jeden Fall eher Bo als Jan.«

Sie hatten den Ausgang des Krankenhauses erreicht. »Wann geht euer Flug?«

Thal zog den Ausdruck des E-Tickets aus der Jackentasche. »Fünfzehn Uhr fünfunddreißig.«

Henk schaute auf die Uhr. »Das wird knapp.«

Siebter Juni, sechzehn Uhr zehn

Sie lernte diesen Zustand zu lieben, dieses Schweben zwischen Schlafen und Wachen, in den sie seit Tagen immer wieder glitt. Sie erinnerte sich, an den Pfahl gefesselt gewesen zu sein, aber der Schrecken war verschwunden. Sie wusste, dass sie gefroren hatte. Die Beine waren abgestorben, sie konnten sie nicht mehr halten. Sie hing an diesem Pfeiler und die Fesseln schnitten ihr in die Handgelenke. Hatte es Stunden gedauert oder nur Minuten, bis sie ohnmächtig geworden war? Als sie aufwachte, lag sie in ihrem Zimmer. Es war doch ihr Zimmer, oder? Sie öffnete die Augen, so weit sie konnte. Ein milchiges Licht erfüllte den Raum. Wie spät es wohl war? Sie hatte keine Uhr. Sie klimperte mit den Augen, um klarer zu sehen, und erkannte den abgewetzten Stuhl und das Tischchen neben dem Bett. Sie atmete erleichtert auf. Sie musste schlafen. Nur der Schlaf konnte ihr Kraft geben. »Nein!, schrie eine Stimme in ihrem Kopf. »Nein! Nicht schlafen!« Sei still, dachte sie. »Nein!«, schrie es von Neuem. »Sie werden dich holen!« Es fiel ihr wieder ein. Sie wollten sie auf einen Transport bringen. Sie hatte sie angefleht, ihr zu sagen, wo man sie hinbringen wollte, aber sie hatten nur gelacht. Sie hatte sich nicht getraut, nach Amsterdam zu fragen. Vielleicht war es Jan nicht recht, wenn die anderen wussten, dass er mit ihr dorthin gehen wollte. Was, wenn die Männer sie auf den Transport gaben, bevor Jan sie holen konnte? Wusste Jan überhaupt davon? Wo blieb er nur? Hatte er nicht gesagt, dass sie übermorgen fahren wollten. Und die anderen? Sie hatten von Morgen gesprochen. Wann hatte Jan sie besucht? Gestern? Oder vorgestern? War übermorgen also morgen? Oder morgen übermorgen? Ihre Gedanken fuhren

Karussell und sie konnte sie nicht stoppen. Heute. Morgen. Übermorgen. Transport. Amsterdam. Jan. Gestern. Grachten. Tulpen.

»Nein!«, schrie die Stimme in ihrem Kopf. »Du darfst nicht einschlafen!«

Doch, dachte sie und roch den Duft der Blumen in ihrem Arm.

»Nein! Du musst fliehen! Sofort!«

Sie wusste, dass die Stimme recht hatte. Morgen brächte man sie auf einen Transport und Jan war nicht da. Sie musste fliehen, damit sie mit ihm nach Amsterdam reisen konnte.

Sie streckte das linke Bein aus. Es brannte. Mit letzter Kraft hob sie sich auf die Unterarme und drehte den Kopf. Buchstaben. Wie kamen sie auf ihren Oberschenkel? Was bedeuteten sie? Sie riss die Augen auf, so weit sie konnte, aber die Schrift verschwamm immer wieder. »Bo«, rief die Stimme in ihrem Kopf und jetzt erkannte sie es. Da stand »Bo«. Was sollte das bedeuten? Wer oder was war Bo? Sie wusste es nicht, aber sie war sich sicher: Bo war ihr Schicksal.

Siebter Juni, siebzehn Uhr dreißig

Es war alles unverändert, nur dass er damals nicht zu so früher Stunde in den Club gegangen war. Er hatte Abel und den beiden Polizisten verschwiegen, dass er einmal Stammgast im Cleopatra gewesen war. Wilder Sex, möglichst mit vielen Frauen, das war seine Art gewesen, sich einzureden, dass mit ihm alles normal wäre, dass seine Träume von jungen Mädchen, viel zu jungen Mädchen, um genau zu sein, nichts zu bedeuten hätten. Er konnte doch mit zwei, drei Frauen gleichzeitig und mehrmals hintereinander, er brauchte keine Kinder für seine Befriedigung. Er doch nicht, er war doch der potente Hengst. Er betrog sich selbst, aber das hatte er erst später verstanden. Mit festem Schritt, trotz seines vor Nervosität leicht zitternden linken Knies, ging Tessloff auf die Bar zu, an der sich zu dieser Zeit drei Frauen um einen einzigen Gast kümmerten, dessen Schweizer Akzent die Szene wie einen Sketch mit Emil Steinberger wirken ließ. Tessloff mochte es kaum glauben, aber hinter der Bar stand wie damals Gisela, die sich Giselle nannte, ein Künstlername, der wie der eine oder andere Gast lachend kommentierte, absolut zu ihren besonderen Französischkenntnissen passte. Sie putzte Gläser und sah ihn erst, als er die Theke erreicht hatte.

»Ich glaube es nicht!«, rief sie, stellte das Glas ab und beugte sich so weit über die Theke, dass ihre Brüste fast aus dem engen Oberteil fielen. »Der gute Udo lässt sich auch mal wieder blicken. Wir dachten schon, du bist endgültig auf Entzug und hast den schönen Dingen des Lebens Adieu gesagt.«

Er nahm ihren Kopf in beide Hände und drückte ihr einen Schmatzer auf die Lippen. »Wo denkt ihr hin! Ich brauchte nur eine Pause, die Bullen scharwenzelten ständig um mich rum. Glaubten wahrscheinlich, ich würde sie an meine Quellen der Freuden führen.«

»Wie immer?«, frage Giselle und Tessloff nickte. Eine Minute später stand der »Flatliner« vor ihm. »Wie du ihn magst«, sagte die Barfrau. »Mit ein bisschen weniger Sambuca, dafür einem Tropfen mehr Tabasco.«

»Und einem Extraschuss Tequila, wie ich hoffe«, sagte Tessloff. Dabei hatte er Angst, dass ihn der Drink sofort aus der Bahn warf, denn er war inzwischen ziemlich entwöhnt.

»Nun erzähl erst mal, wie es dir geht, mein Lieber.« Giselle machte es sich auf dem Barhocker bequem, zündete sich eine Zigarette an und wartete auf Tessloffs ausführlichen Bericht. Er hatte sich ein paar Details zurechtgelegt und fünf Minuten später kamen sie zur entscheidenden Frage. »Und im Knast? War es schlimm?«

Er wog den Kopf hin und her, als müsse er die Antwort genau überlegen. »Keine Mädchen, keine Flatliner, kein Spaß.«

Giselle lachte und damit war das Thema erledigt.

»Und heute? Worauf hast du Lust? Wir machen dir auch einen Sonderpreis, sozusagen als Welcome-Back-Geschenk.«

Tessloff schaute sich um. »Ihr habt ja immer noch ganz nette Girls hier, aber du weißt ja, für mich sind sie zu alt.«

»Tessloff, Tessloff, die Katze lässt das Mausen nicht, oder wie soll ich das verstehen?«

»Versteh es, wie du willst, solange du mir sagst, wo man im Moment das frischeste Gemüse bekommt.«

»Wann?«

»Am besten gleich. Du weißt doch, junges Gemüse wird schnell schlecht.«

»Na du hast es heute aber vor.« Sie griff zum Telefon am Ende des Tresens. Eine halbe Minute später schob sie Tessloff einen Zettel zu. »Frag nach Bo. Das Passwort lautet Tulpenzwiebel.«

Fünf Minuten später stand Tessloff im Hinterhof des Bordells. Er hielt das Handy in der einen und den Zettel in der anderen Hand. Verabredet war, dass er die Kommissarin Stephanie Bohlmann anrief, die Nummer hatte er gespeichert, sie würde alles in die Wege leiten. Selbstverständlich sollte er den Club auch durch den Vordereingang verlassen, dort warteten mehrere Beamte in Zivil, um ihm zu folgen. Aber das war sinnlos. Angenommen, dieser Bo nannte ihm eine Adresse, und angenommen, dort würde ein Mädchen auf ihn warten, würden sie nicht alles vermasseln, wenn sie dort mit der ganzen Kavallerie anrückten? Nein, das hatte wirklich keinen Zweck. Diese Typen rochen Bullen auf einen Kilometer Entfernung. Wenn sie Erfolg haben wollten, musste er da erst mal alleine ran. Er zog das Handy aus der Tasche und wählte die Nummer auf dem Zettel.

Siebter Juni, Siebzehn Uhr fünfzig

»Scheiße, Scheiße, Scheiße! Wie konnte das passieren?«

Er presste das Handy ans Ohr und hörte zu. Melanie Wilms versuchte, etwas von dem zu verstehen, was der Anrufer sagte, aber es gelang ihr nicht. Nach einer Weile nickt er. »Okay, wir müssen hier so schnell wie möglich weg. Packt die kleine Perserin ein und schafft sie nach Amsterdam. Hans soll sie in Empfang nehmen. Ich habe hier noch ein anderes Problem zu lösen.«

Anscheinend war der Gesprächspartner nicht einverstanden, denn Bo oder Noah, oder wie er auch immer in Wirklichkeit hieß, hielt sich das Telefon mit genervtem Gesichtsausdruck ein paar Zentimeter vom Ohr weg und Wilms konnte hören, dass der Mann am anderen Ende der Leitung brüllte. Verstehen konnte sie nichts. Er atmete tief ein und führte den Apparat seufzend zurück ans Ohr. »Nun reg dich wieder ab, Mann. Ich habe alles im Griff. Macht ihr lieber sauber und schafft uns das Mädchen vom Hals. Und passt auf, dass sie es überlebt und nicht wie die kleine Wilms plötzlich abtritt.«

Melanie Wilms Blut rauschte durch ihr Gehör. Nur mit Mühe widerstand sie dem Impuls, die Hände fest auf die Ohren zu pressen. Er hatte über Annika gesprochen wie über einen Gegenstand, der nicht verkratzt werden sollte. Am liebsten hätte sie ihm entgegengeschrien, dass er ein elendes Schwein sei. Ein Mörder! Aber das brachte nichts. Sie war am Ziel, sie hatte ihn gefunden, jetzt musste sie dafür sorgen, dass er nicht davonkam. Fast hätte sie bei diesem Gedanken aufgelacht, angesichts der miserablen und aussichtslosen Lage, in der sie sich befand. Seit fast sechs Stunden lag sie auf dem Fußboden des Wohnzimmers. Ihre

Hände waren mit Kabelbinder an die Chromfüße des Sofas gefesselt. Ihr gegenüber, an einen Sessel gekettet, lag Chiara Löber. Ihr hatte der Typ sogar die Füße zusammengebunden, nachdem sie sich mit Tritten gegen die Fesselung gewehrt hatte. Eine Blutspur lief über Chiaras Wange, ihre Augenbraue war bei einem Faustschlag aufgeplatzt. Sie hockte zusammengesunken auf dem Boden und wimmerte ununterbrochen. Wenn sie nur damit aufhörte, dachte Melanie Wilms. Wie soll man bei diesem Gegreine einen klaren Gedanken fassen. »Schscht«, zischte sie, aber Chiara schluchzte nur noch mehr. »Noah, bitte, sag mir doch endlich, was los ist.«

»Noah«, sagte Melanie Wilms und lachte dabei hämisch auf. »Dein Noah heißt in Wirklichkeit Bo und hat meine Annika auf dem Gewissen.«

»Halt die Schnauze, du Schlampe!«

Chiara heulte auf.

»Und du auch. Oder willst du, dass ich dich hier lasse und nicht mit nach Holland nehme?«

Wilms presste die Lippen aufeinander. Darum ging es also. Er schaffte die Mädchen nach Amsterdam. Sie hatte keine Ahnung, was mit ihnen dort passieren würde, aber bei Annika musste etwas schief gegangen sein, sie starb, bevor er sie wegbringen konnte. Es blieb ihr nicht mehr viel Zeit.

»Ich muss aufs Klo«, sagte sie leise und es war nicht gelogen. Seit einer Stunde hielt sie dem Harndrang stand, jetzt ging es nicht mehr. Sie musste die Chance nutzen und schaute sich um. Auf einem kleinen Tisch stand eine Lampe, der Fuß schien aus Bronze oder Gusseisen, auf jeden Fall schwer genug. Wenn er sie losbände, könnte sie aufspringen, die Lampe greifen und ihm den Fuß über den

Schädel schlagen. Würde sie das schaffen? Wäre er nicht viel zu stark für sie? Sie musste ihn überraschen, erst ganz langsam aufstehen und sich dann blitzschnell drehen.

»Was willst du?«

»Ich muss mal.«

»Pinkeln?«

Sie nickte stumm.

Er trat auf sie zu. Sie atmete tief ein, um ihre Muskeln mit Sauerstoff anzureichern. Alles kam auf ihre Schnelligkeit und Kraft an. Sie beobachtete ihn genau. Er bückte sich grinsend zu ihr herunter. »Piss mir bloß nicht auf den Teppich, ist ein edles Stück aus Nepal und hat mich eine Stange Geld gekostet.« Er griff den in leuchtenden Blautönen gehaltenen Läufer mit beiden Händen und zog ihn mit einem Ruck unter ihr weg. »Jetzt tu, was du tun musst.«

Melanie Wilms sackte in sich zusammen, die Muskeln verloren ihre Spannung. Die warme Flüssigkeit rann zwischen ihren Beinen auf den Boden und bildete eine hellgelbe Lache.

Er rollte den schmalen Teppich zusammen und lehnte ihn an die Wand. »Es wird Zeit, dass wir gehen.« Er öffnete eine Schranktür und holte eine kleine, lederne Tasche heraus und hockte sich damit vor Melanie Wilms. »Bah, was stinkt das. Hast du etwa Spargel gegessen? Das ist ja widerlich!«

Er nahm ein Plastiktütchen mit einem bräunlichen Pulver, eine Glasflasche mit einer klaren Flüssigkeit und einen Löffel heraus, dessen Stil gebogen war, als hätte sich Uri Geller an ihm versucht. Vorsichtig schüttete er das Pulver auf den Löffel und verdünnte es mit etwas Flüssigkeit. Sein konzentrierter Gesichtsausdruck bekam einen ärgerlichen

Zug, er tastete seine Hosentasche ab und holte ein Feuerzeug heraus, das er zündete und unter den Löffel hielt.

»Was zum Teufel tun sie da?«

»Ich rühre den Treibstoff für eine lange Reise zusammen. Eine Reise ohne Wiederkehr.«

Während er den Löffel über der Flamme hin und her bewegte, klingelte das Telefon. Er erschrak und verschüttete ein paar Tropfen der Flüssigkeit. »Scheiße, wer ist denn das schon wieder?« Er steckte die Hand in die Ledertasche und wühlte darin herum. Als sie sah, dass er eine Spritze hervorholte, blieb ihr die Luft weg. Vorsichtig erhob er sich aus der Hocke, legte alle Utensilien mit Ausnahme des Löffels, den er in der linken Hand balancierte, auf den Tisch und nahm das Gespräch an.

»Wer ist da? Ich kenne keinen Udo.«

Er lauschte ins Telefon.

»Wie lautet das Passwort?«

Er schien den Hörer noch fester ans Ohr zu pressen, als wollte er auf jeden Fall verhindern, dass jemand etwas mithören konnte.

»Okay. Lass mich einen Moment überlegen.« Er schaute sich um und Melanie Wilms gefror das Blut in den Adern, als sie sein animalisches Grinsen sah.

»Pass auf, du kommst am Besten direkt zu mir. Ich habe da gerade eine prima Lieferung Frischfleisch bekommen. Die darfst du als Erster probieren. Und denk dran, dein Geschenk für die Kleine mitzubringen.«

Er legte immer noch grinsend auf »Manchmal muss man eben Glück haben und heute ist mein Glückstag. Da kann ich doch glatt zwei Fliegen mit einer Klappe schlagen.« Er ging mit dem Telefon in der Hand zurück an den Tisch und schaute auf Melanie Wilms herab. »Aber erst mal kümmern wir uns um dich.«

Sie riss die Augen auf und sah, wie er noch einmal für ein paar Sekunden die Flüssigkeit auf dem Löffel erhitzte, ehe er sie in den Spritzenkolben zog. »Du kennst das ja vom Onkel Doktor«, sagte er und sein Lachen klang diabolisch. »Mach schon mal den Arm frei.« Er beugte sich zu ihr herunter. Sie überlegte nur einen Augenblick, dann hob sie das Knie und rammte es ihm in den Unterleib.

Er jaulte auf. »Du elende Schlampe!«

Sie hob das Knie ein zweites Mal mit aller Wucht, aber diesmal war er vorbereitet und ließ sich zur Seite fallen. Sie schnaufte vor Anstrengung und warf ihren Oberkörper auf die Seite. Er war schneller und stellte sein Knie auf ihren linken Unterarm, der Schmerz schoss ihr vom Ellbogen in die Schulter und raubte ihr für eine Sekunde die Sinne. Er griff mit einer Hand an den Kragen ihrer Bluse und riss sie entzwei. Sie holte mit dem Kopf aus und stieß mit voller Wucht zu. Er hatte den Schlag kommen sehen und wich nach rechts aus, so traf sie nur seine Wange, was ihn kurz aufstöhnen ließ. »Eigentlich mag ich es ja, wenn ihr euch wehrt, aber diesmal habe ich keine Zeit für Spielchen!« Er umfasste mit eisernem Griff ihren rechten Arm und verdrehte mit einem kräftigen Ruck ihren Oberkörper. Der Schmerz war kaum auszuhalten, sie glaubte, dass ihre Wirbelsäule brach. »Genug gekämpft für heute«, sagte er und schlang das Stück Stoff um ihren Oberarm. Er drehte es wie einen Knebel fest und nahm die beiden Enden zwischen die Zähne. Sie spürte den Einstich kaum. Eine warme Welle erfasste ihren Körper und schien ihn in die Höhe zu heben. Die Schmerzen waren sofort verschwunden und kurz darauf hörte sie wundervolle Klänge. Das Zimmer schien sich aufzulösen. Mit dem letzten Rest ihrer Sinne sah sie, dass er zum Telefon griff.

»Ich brauche dich, sofort. Du musst mir ein Problem vom Hals schaffen. Nimm den Van.«

Sie verstand nicht, was er sagte. Sie lächelte und schloss die Augen.

Siebter Juni, achtzehn Uhr fünf

Thal riss die Beifahrertür des Streifenwagens auf und stürmte Richtung Präsidium. Bettina nickte dem uniformierten Beamten zu, der sie am Zoll in Empfang genommen hatte. »Erstaunlich, wie trainiert der Kollege in seinem Alter noch ist.« Sie stieg aus und folgte Alexander mit schnellen Schritten. Sie hatten den Rückflug von Amsterdam nach Konstanz gerade noch erreicht. Die Erlebnisse im Krankenhaus hatten sie schockiert. Aus zwei vermissten und vermutlich wegen Stress mit den Eltern ausgerissenen Mädchen und einer Drogentoten waren auf einmal die Opfer einer vermutlich international organisierten Bande von schwerkriminellen Loverboys geworden. Vor allem ging es aber um Nasrin Amahdi, die sich mit großer Wahrscheinlichkeit in den Händen der Verbrecher befand. Ihr Schicksal stand auf Messers Schneide, sie konnte bereits tot sein oder auf dem Weg nach Amsterdam. Henk van der Meer hatte ihnen auf der rasenden Fahrt zum Flughafen einige weitere Details aus den Erfahrungen mit Loverboys erzählt. Am schockierendsten war ihre Verflechtung in nahezu alle Bereiche des organisierten Verbrechens. Neben Menschenhandel spielten vor allem Drogen eine Rolle, die Mädchen wurden als Kuriere eingesetzt. »Und sie sind Testpersonen«, hatte er hinzugefügt. »Wenn eine Lieferung Heroin aus unbekannter Quelle eintrifft, muss es auf seine Reinheit geprüft werden. Die Dealer wollen auf jeden Fall vermeiden, dass ihre Kunden an zu gutem Stoff sterben. Also testen sie die Ware zunächst quasi in einem Menschenversuch.«

»Und riskieren den Tod der Mädchen«, hatte Thal ergänzt, was der holländische Kollege mit einem Satz kommentiert hatte, den Bettina so schnell nicht vergessen würde. »Für einen Loverboy ist das Opfer kein Mensch, sondern eine Ware und ein Stück Fleisch, das er den Geiern zum Fraß vorwirft.«

»Wird Pia das je verarbeiten?«, hatte Bettina gefragt. Henk hatte sie mit traurigen Augen angesehen. »Es ist schwer. Wir können nur hoffen, dass sie es eines Tages schafft, über das Schicksal des Mädchens, das sie einmal war, zu weinen. Erst dann wissen wir, dass sie wieder unter den Lebenden ist.«

Als Bettina den Flur des Kommissariats 1 erreichte, sah sie Thal in Stephanie Bohlmanns Büro stürmen.

»Und? Wie sieht es aus? Ist ein Mensch mit dem Vornamen Bo in Konstanz gemeldet?«

Die junge Kollegin hob den Kopf und sah Thal fragend an. »Was ist denn mit dir los, du schnappst ja nach Luft wie ein Fisch auf dem Trockenen.«

Thal winkte verärgert ab. Bettina trat ein, schloss die Bürotür hinter sich und grüßte kurz. Bohlmann öffnete eine Mineralwasserflasche und hielt sie ihrem Chef entgegen. »Es sind sogar zwei Männer namens Bo hier wohnhaft. Beide stammen aus Dänemark, der eine ist über sechzig und der andere ist Zugführer bei der Bahn und ständig unterwegs.«

»Also Fehlanzeige.« Thal ging zum Sideboard, nahm ein Glas und goss es voll. Während er trank, hielt er Bettina die Flasche fragend entgegen, die kopfschüttelnd ablehnte. »Hat sich Udo Tessloff inzwischen gemeldet?«

Stephanie Bohlmann schüttelte den Kopf. »Auer ist beim Observationsteam vor dem Bordell, er hat vor fünf Minuten angerufen. Tessloff ist noch nicht rausgekommen.«

»Wie lange ist er jetzt drin?«

»Eine Stunde ungefähr.«

Thal stellte die Wasserflasche zurück auf den Tisch. Er brauchte jetzt einen Espresso, sein Koffeinspiegel war bedrohlich im Keller. »Da müssen wir auf jeden Fall noch warten«, sagte er und nahm die Türklinke in die Hand. »Tessloff muss erst das Vertrauen wiedergewinnen, das kann eine Weile dauern. Wenn wir da zu früh eingreifen, gefährden wir die ganze Aktion.«

Thal drehte sich erschrocken zur Seite, als die Bürotür von außen geöffnet wurde. Ein uniformierter Beamter steckte den Kopf herein. »Entschuldigung, Herr Hauptkommissar, aber Sie wollten doch sofort informiert werden, wenn sich bei der Observierung des Marko Kepplin etwas Ungewöhliches tut.«

Er sah Thal fragend an, der energisch mit dem Kopf nickte.

»Nun ja, das scheint jetzt der Fall zu sein, zumindest meinte der Kollege vor Ort, ich sollte ihnen das unbedingt mitteilen.«

»Nun machen Sie schon, Mann«, sagte Thal ungehalten. Der Kollege zog einen Zettel aus der Tasche, reichte ihn Thal, der einen kurzen Blick darauf warf und ihn Bettina gab. »Kepplin hat sich aus einer Garage, die nicht auf seinen Namen gemietet wurde, einen Van abgeholt.«

»Ja und?«, fragte Stephanie Bohlmann.

»Der Mieter der Garage heißt Hendriks. Vorname: Bo!«

Siebter Juni, achtzehn Uhr fünfzehn

Ihr wurde übel. Sie atmete viel zu schnell, die Anstrengung war zu groß. Sie musste sich einen Moment hinlegen. Sie entspannte ihre Armmuskulatur und ließ den Oberkörper zu Boden sinken. Wie lange hatte sie gebraucht, um vom Bett bis zur Tür zu kriechen? Sie wusste es nicht, sie hatte jedes Zeitgefühl verloren, seit sie wieder zurück in ihrem Zimmer war. Der raue Betonboden drückte seine scharfen Grate in ihren Bauch. Sie schob langsam die Hand nach vorne und berührte die Tür. Eine letzte Anstrengung noch, dann hätte sie es geschafft. Sie musste hier raus und Jan suchen, nur er konnte sie retten. Vorsichtig stellte sie die Hände auf den Boden und drückte den Oberkörper nach oben. Als sie sich halb aufgerichtet hatte, hörte sie die Schritte. Sie kannte diesen Klang, der sich anhörte, als durchquerten sie eine große Halle, dabei kamen sie nur den Gang entlang. Ihren Gang. Noch zehn Meter. Noch fünf Meter. Sie ließ sich fallen. Sie wusste, dass alles vergeblich war. Die ganze Mühe, es bis hierhin zu schaffen – umsonst! Sie waren zu zweit. Jan kam nie in Begleitung, er besuchte sie nur allein. Er liebte sie und mochte es nicht, wenn andere Männer bei ihr waren. Das ließ er nur wegen seiner Schulden zu, nur deshalb und er war auch nie dabei. »Jan! Jan! Jan!« Sie flüsterte seinen Namen wie ein Mantra, das ihr Kraft geben sollte.

Sie hatten die Tür erreicht und öffneten sie. Das Holz schlug gegen ihren Kopf. Sie stöhnte auf. Eine Hand schob sich durch den Türspalt und fasste sie an der Schulter.

»Was machst du denn hier?«

Die Hand packte fest zu und schob sie nach hinten. Sie legte sich auf die Seite und zog die Beine an. »Wolltest wohl abhauen, was?«

Eine Schuhspitze tippte auf ihren Bauch.

»Lass Sie«, sagte die andere Stimme. »Die ist jetzt nicht mehr unser Problem, darum sollen sich die Holländer kümmern.«

Zwei Hände schoben sich unter ihre Achseln, zwei weitere nahmen ihre Beine und hoben sie in die Höhe. Sie öffnete die Augen und blinzelte. Nur wenige Zentimeter über ihrem Kopf war das gerötete Gesicht eines Mannes. Er schwitzte. Ein Schweißtropfen löste sich von seinem Kinn und fiel ihr ins Gesicht. Sie ekelte sich und schluckte, aber ihr Mund war trocken. Die Fremden warfen sie aufs Bett. »Hier«, sagte der eine und reichte dem anderen ein Stück Seil, das er aus der Hosentasche gezogen hatte. Sie fesselten ihre Hände und Füße, der raue Strick schnitt schmerzhaft in ihre Handgelenke. »Nicht so fest«, jammerte sie.

»Schnauze«, sagte der Mann mit dem schwitzenden Gesicht. Er legte seine schwieligen Hände an ihre Wangen und fixierte ihren Kopf wie in einem Schraubstock. Er beugte sich über sie und drückte seine Lippen auf ihre. Sie hielt den Mund geschlossen, aber er schob seine Zunge mit Gewalt hinein. Sie hörte auf zu atmen, denn sein Gestank war ekelhaft. Der andere Mann schob seine Hände ihre Beine hinauf. Sie wand sich und schaffte es, den Mund freizubekommen. Mit letzter Kraft spuckte sie ihrem Peiniger ins Gesicht. Er lachte und wischte sich ihren Speichel vom Kinn. »Du bist ja eine richtige Raubkatze!«

»Lass sie!« Der andere reichte dem Schwitzenden einen grauen Sack. Der zog ihn über ihren Kopf und fixierte ihn mit einer Schnur am Hals. Sie glaubte zu ersticken und würgte.

»Hoffentlich kotzt uns die Kleine nicht in den Beutel«, sagte der Mann am Fußende. Der andere tätschelte ihre Wange durch den Sack hindurch. »Sie wird sich schon dran gewöhnen, hat ja ein paar Stunden Zeit dazu.«

Die Männer hoben sie an und trugen sie aus dem Zimmer. Eine Minute später strich ein kühler Wind über ihren Körper, sie hatten das Gebäude verlassen und legten sie auf einen rauen, pelzigen Untergrund.

»Na dann, gute Fahrt«, sagte der Schwitzende.

Über ihr wurde eine Klappe zugeschlagen, danach eine Tür geschlossen. Wo war sie? Der Gestank des Sacks überdeckte jeden anderen Geruch, sie hatte keinen einzigen Anhaltspunkt, sich zu orientieren. Erst als der Motor gestartet wurde und der Boden unter ihr zu vibrieren begann, wusste sie, wo sie sich befand. Ihr neues Gefängnis war ein Kofferraum.«

Siebter Juni, achtzehn Uhr zwanzig

Tessloff parkte den Wagen vor dem Haus, dessen Adresse Giselle ihm aufgeschrieben hatte. Er starrte auf den von einem leichten Nieselregen nassen Asphalt. Sollte er das wirklich tun? Was es klug, allein in dieses Haus zu gehen? Er betastete seine Jacketttasche und fühlte das Handy. Er könnte einfach bei der Polizei anrufen und ein paar Minuten später würden hier ein paar Streifenwagen vorfahren. Er hatte seine Arbeit getan, mehr konnte niemand von ihm verlangen. Er schloss die Augen und sah das vor Angst verzerrte Gesicht von Merle Rapp vor sich. Er würde den Augenblick nie vergessen, in dem sie verstand, dass der Mann, zu dem sie fröhlich ins Auto gestiegen war, ihr keineswegs seinen Hundewelpen zeigen wollte. Er hatte in diesem Augenblick längst die Kontrolle über seinen Trieb verloren, konnte nicht verhindern, dass etwas in seinem Gehirn die Befehlsgewalt übernahm, das sich seinem Willen entzog. Seit diesem Nachmittag arbeitete er daran, die Kontrolle zurückzubekommen. Zehn Jahre Kampf, aber er hatte es geschafft. Er wusste, dass er keine Gefahr mehr für kleine Mädchen darstellte, auch wenn an schlechten Tagen der Zweifel wie ein böser Kobold auf seiner Schulter saß und lachte. Merle hatte er nicht helfen können, aber vielleicht den anderen, die vermisst wurden. Er atmete tief ein und stoßweise aus, öffnete die Tür und stieg aus. Mit jedem Schritt, den er auf den Hauseingang zumachte, spannte er die Muskeln seines Körpers stärker an. Er musste sich wappnen für das, was ihn erwartete. In den nächsten Minuten musste er hellwach sein und durfte keine Schwäche zeigen. Er musste sich jedes Detail einprägen, um den Polizisten haarklein berichten zu können, was sie in der Wohnung erwartete, wenn sie anrückten. Denn natürlich war seine Aufgabe erledigt, sobald er wusste, ob dieser Bo tatsächlich der Zuhälter war und ob ein Mädchen bei ihm war. Er ging die Namensschilder am Eingang durch und drückte auf den Klingelknopf. Es dauerte keine Sekunde, bis die Gegensprechanlage knackte. »Ja bitte?« Die Stimme klang gehetzt.

»Ich möchte Bo sprechen.«

»Worum geht es?«

»Giselle schickt mich, mein Name ist Udo.«

»Passwort?«, schnarrte die Stimme.

»Tulpenzwiebel«, sagte Tessloff und kam sich auf eigenartige Weise albern vor, als imitiere er einen Schauspieler in einem Agentenfilm der fünfziger Jahre. Der Türöffner brummte und er drückte die Tür auf. Langsam stieg er die Treppe hinauf. Die Wohnungstür war nur angelehnt und er trat ein. Ein schlanker, großer Mann hantierte mit irgendetwas auf einem Tisch und drehte ihm den Rücken zu. Er hatte strohblondes, gewelltes Haar, das bis auf die Schultern fiel. Er machte einen durchtrainierten Eindruck, Tessloff wusste, dass er sich auf eine körperliche Auseinandersetzung nicht einlassen durfte. In der Wohnung hing ein penetranter Geruch, er brauchte eine Sekunde, bis er ihn identifizieren konnte. Es stank wie in einem Pissoir nach Urin, was in einem unwirklichen Kontrast zur noblen Einrichtung stand. »Bo?«, sagte er. Der Mann drehte sich blitzschnell um, als fürchte er, einem Angreifer gegenüberzustehen. Seine blauen Augen waren kalt wie ein zugefrorener, arktischer See. Tessloff fror.

»Komm schon rein und mach die Tür zu.«

Tessloff ging auf ein Zimmer zu, aber Bo kam ihm entgegen und deutete nach links. »Hier entlang. Die Kleine wartet schon ungeduldig.« Er öffnete die Tür zu einem spärlich möblierten Zimmer mit einem breiten Bett, auf dem ein Mädchen lag, Hände und Füße mit Kabelbindern gefesselt, der Mund mit einem knallroten Klebestreifen verschlossen. Ihr rechtes Auge war geschwollen, über der Augenbraue klebte verkrustetes Blut. Das Mädchen war nackt. Mit aufgerissenen Augen starrte sie Tesslof an, der versuchte, einen beruhigenden Gesichtsausdruck zu machen.

Bo trat an das Bett und streichelte dem Mädchen über den Kopf. »Ist sie nicht hübsch? Leider ist sie auch ein wilder Feger, deshalb musste ich sie erst bändigen, aber jetzt hat sie sich beruhigt, denke ich.« Er zog einen Seitenschneider aus der Hosentasche und durchtrennte die Kabelbinder. »Du bist still, verstanden!« Sie nickte und er riss mit einem kräftigen Ruck den Klebestreifen von ihrem Mund, den sie sofort weit öffnete, um geräuschvoll Luft zu schöpfen. Bo führte die Spitze des Seitenschneiders über ihre linke Brustwarze, ihr Körper versteifte und sie kroch ans Ende des Bettes. Tesslof konnte den Blick nicht von ihr wenden. Sie war schön. So unschuldig, ihre Brüste waren noch Knospen, ihr Schamhaar mehr zu erahnen, als zu sehen. Er hörte den Kobold auf seiner Schulter lachen.

Bo trat zur Seite. »Na, dir läuft ja schon das Wasser im Mund zusammen, was? Hast du das Geschenk dabei?«

Tesslof schluckte und senkte den Blick. »Sie ist zu alt.«

»Quatsch! Die Kleine ist 14, also im besten Alter. Und Jungfrau ist sie auch. Normalerweise könntest du so eine Nummer gar nicht bezahlen, aber ich bin etwas unter Druck. Also los, her mit der Kohle.«

Udo drehte sich um und ging zur Tür. »Wie ich schon sagte, für mich ist sie zu alt. Hat Giselle dir nicht gesagt, dass ich auf Kinder stehe, und zwar auf richtige, nicht auf solche Teenager wie die da?« Er versuchte, seiner Stimme einen verächtlichen Klang zu geben.

»Spinnst du? Glaubst du im Ernst, einfach so mir nichts dir nichts wieder rausspazieren zu können? Das ist doch kein Laufhaus hier, wo man sich die Mädchen anguckt und sich anschließend zu Hause einen runterholt.«

Bo kam auf ihn zu und ergriff seinen Arm. »Was bist du für ein Typ? Du bist doch irgendwo nicht ganz koscher?«

Tessloff schüttelte die Hand ab und ging Richtung Tür.

»Wie ich gesagt habe, ich stehe nur auf die ganz jungen Dinger, tut mir leid.« Er legte die Hand auf die Türklinke. »Ich gehe dann mal.«

»Du gehst nirgendwo hin!«

Tessloff drehte sich um und schaute in den Lauf einer Pistole. Das leise Klacken, als Bo Hendricks den Sicherungshebel umlegte, dröhnte in seinem Ohr. Als die Türklingel hinter ihm losschrillte, fiel er beinahe in Ohnmacht.

Siebter Juni, achtzehn Uhr vierzig

»Alles klar, Frank, wir sehen dich.«

Thal lächelte über Bettinas Flüstern. Sie standen in ständigem telefonischen Kontakt mit Frank Auer. Er hatte den Kollegen abgelöst, der seit dem Vormittag Marko Kepplin beschattet hatte. Endlich brachte so eine Aktion mal den gewünschten Erfolg. Wie oft standen sich Polizisten tage-, manchmal sogar wochenlang die Beine in den Bauch und am Ende kam nichts dabei heraus. Diesmal hatte Bettinas Gefühl, dass dieser Bodybuilder und Gitarrenlehrer Marko Kepplin nicht koscher war, hoffentlich nicht getrogen. Auer lief auf ihren Wagen zu und setzte sich auf die Rückbank. »Seht ihr den schwarzen Van auf der anderen Straßenseite?«

Berg und Thal nickten, während Auer sich zu ihnen nach vorne beugte. »Stephanie hat mir die Daten durchgegeben. Der Wagen ist auf Bo Hendriks zugelassen, der auch die Garage gemietet hat, aus der Kepplin ihn geholt hat. Es handelt sich um einen Holländer, der seit drei Jahren in Konstanz lebt. Gemeldet ist er allerdings in der Moltkestraße, Stephanie ist mit einem kleinen Team dorthin unterwegs, ich erwarte jeden Augenblick ihre Nachricht.«

»In welches Haus ist Kepplin gegangen?«

Auer deutete auf das dreistöckige Gebäude, vor dem der Van parkte. Sein Smartphone signalisierte mit einem Pfiff den Eingang einer Nachricht. »Stephanie«, sagte er und las. »In der Moltkestraße wohnt kein Bo Hendriks, zumindest steht sein Name nicht an den Klingeln oder am Briefkasten. Sie haben drei Hausbewohner befragt, keiner kennt ihn.«

»Da will uns einer verarschen«, sagte Thal.

»Fragt sich nur, warum.«

Bevor Thal etwas erwidern konnte, öffnete Bettina die Autotür und stieg aus. Mit schnellen Schritten ging sie über die Straße und zur Eingangstür des Hauses, in dem Marko Kepplin verschwunden war. Es dauerte nur Sekunden, bis sie sich umdrehte und den Daumen hob. »Wir haben ihn«, interpretierte Thal das Zeichen. »Du bleibst im Wagen, Frank. Ruf Stephanie an, sie sollen in der Moltkestraße abziehen und herkommen. Außerdem brauchen wir ein SEK, und zwar schnell. Ich habe kein gutes Gefühl, was diesen Hendriks angeht.«

Er hatte die Autotür schon einen Spalt geöffnet, als er sich noch einmal zu Auer umdrehte. »Was ist eigentlich mit Tessloff?«

»Noch nicht wieder aufgetaucht.«

»Ruf den Leiter des Observationsteams an, sie sollen in den Puff gehen und nach ihm suchen. Das stinkt alles zum Himmel.«

Thal stieg aus und ging betont langsam über die Straße. Bloß kein Aufsehen erregen! Als er den überdachten Eingang erreicht hatte, deutete Bettina auf das Klingelbrett mit Hendriks' Namen. »Sollen wir reingehen?«

Thal schüttelte den Kopf. »Auer fordert ein SEK an.«

»Ich finde, wir sollten trotzdem wenigstens ins Haus gehen. Möglicherweise gibt es einen Hinterausgang oder eine Tiefgarage, durch die sie abhauen können.« Ohne Thals Antwort abzuwarten, drückte sie auf einen Klingelknopf in der untersten Reihe.

»Ja bitte?«, fragte eine Stimme, die eindeutig zu einer alten Frau passte.

»Paketpost«, sagte Bettina. Der Öffner schnarrte und Thal drückte die Tür auf. Im Hausflur schauten sie sich kurz an. Bettina deutete nach oben und er nickte. Vorsichtig liefen Sie die Treppen in den dritten Stock hinauf. Bettina deutete auf das Türschild mit dem Namen Bo Hendricks. Die Treppe ging noch weiter, vermutlich führte sie auf den Dachboden. Sie stiegen bis zum nächsten Absatz und blieben stehen.

»Sollen wir Klingeln?«, fragte Bettina.

»Nein, das ist zu gefährlich. Ohne SEK gehen wir da nicht rein.«

Sie schwiegen und lauschten. Sie hörten Stimmen, vermutlich waren es zwei Männer, sie schienen zu streiten. So sehr sie sich auch bemühten, konnten sie nicht verstehen, worum es ging. Ein dumpfes Geräusch ließ sie zusammenzucken. Die Stimmen wurden lauter. Sie schrien.

Siebter Juni, achtzehn Uhr fünfundfünfzig

In Udo Tessloffs Kopf rasten die Gedanken. Er musste es schaffen, Bo Hendricks zu beruhigen, sonst würde das hier ein böses Ende nehmen. Hendricks stand unter gehörigem Druck, er tigerte permanent durch das Zimmer, in dem das Mädchen wimmernd auf dem Bett lag, und den Flur der Wohnung, wobei er mit der entsicherten Waffe herumfuchtelte. Immerhin schien er sich etwas beruhigt zu haben, seitdem der andere Mann, dessen Namen Tessloff nicht kannte, gekommen war. Hendricks hatte den Besucher anscheinend erwartet. »Geh ins Schlafzimmer und bereite schon mal unsere Fracht vor«, hatte er gesagt, ohne die Pistole zu senken, mit der er auf Tessloff zielte. Was sollte er jetzt tun? Alle Alternativen konnten gefährlich werden, und zwar für ihn und für das Mädchen. Er verfluchte seine Entscheidung, den Täter im Alleingang ausfindig machen zu wollen, anstatt der Polizei zu vertrauen. Jetzt blieb ihm nichts anderes übrig, als sich zumindest zum Schein auf die Situation einzulassen. Er atmete tief durch und setzte einen entschlossenen Blick auf. »Okay. Wo ich schon mal hier bin, kann ich es ja mit der Kleinen probieren. Sieht ja ganz schnuckelig aus.«

»Nein«, wimmerte das Mädchen in seinem Rücken und ihre flehende Stimme jagte ihm eine Gänsehaut über den Körper. »Bitte tun sie mir nichts!«

Hendricks lächelte und schlug Tessloff mit der Pistole auf die Schulter. »So ist das schon besser. Jetzt rück erst die Kohle raus.«

Tessloff griff in die Innentasche seines Jackets und nahm den Briefumschlag heraus, den ihm die Polizistin in die Hand gedrückt hatte. »Passen Sie gut darauf auf«, hatte sie gesagt, »ist nur geliehen, nicht geschenkt«. Über solche Sachen durfte er sich jetzt keine Gedanken machen, wenn es sein musste, zahlte er das Geld eben aus der eigenen Tasche.

»Wie viel?«, fragte er.

»Du weißt, Jungfrauen kosten normalerweise einen Extrabonus, aber weil du es bist: tausend Euro.«

Er bemühte sich, die Erleichterung nicht zu deutlich zu zeigen. Die Polizistin hatte ihm fünf zweihundert Euroscheine übergeben, es reichte also auf den Kopf. Er zählte Hendriks das Geld in die Hand, der es sofort in die Hosentasche stopfte.

»Handy!«, sagte der Holländer fordernd. Tessloff tat so, als verstünde er nicht. »Gib mir dein Handy, nicht dass du hier noch ein paar nette Fotos machst, um deine Auslagen wieder reinzuholen.« Tessloff zog das Smartphone heraus, das in der gleichen Hosentasche verschwand wie das Geld. Hendricks stieß ihn mit einem kräftigen Hieb vor die Brust Richtung Couch. »Dann lass ich euch zwei Hübschen mal allein. Viel Spaß.«

Sein Lachen klang wie das Meckern einer Ziege. Er verließ den Raum, lehnte die Tür aber nur an. Tessloff blieb wie angewurzelt mit dem Rücken zum Bett stehen, er traute sich nicht, das Mädchen anzusehen. »Ruhe!«, befahl er sich selbst, er musste sich konzentrieren, durfte sich von nichts ablenken lassen. Hinter ihm raschelte es. »Bitte«, flüsterte das Mädchen. »Bitte, tun Sie mir nichts. Ich weiß auch nicht, was in Noah gefahren ist.«

Tessloff drehte sich um. »Wer ist Noah?«

»Na er.« Das Mädchen deutete mit dem Kopf nach draußen.

Tessloff setzte sich auf die Bettkante. Sie rückte von ihm ab, so weit sie konnte und drückte sich in die Ecke. »Psst«. Er legte den Finger auf die Lippen und beugte sich zu ihr herüber. Er starrte auf ihr Gesicht. *Nur nicht woanders hinschauen*, befahl er sich. »Wie heißt du?«

»Chiara.«

»Das ist ein schöner Name. Wie alt bist du?« Tessloff hoffte, das Mädchen mit diesem Small Talk beruhigen zu können und tatsächlich verlangsamte sich der Rhythmus, in dem sich ihr Brustkorb hob und senkte. *Nicht hinschauen!*, befahlen er sich erneut.

»Vierzehn«, antwortete sie.

»Gut, Chiara, wir müssen versuchen, den Mann, den du Noah nennst, abzulenken. Hast du mich verstanden?«

Sie nickte, riss dabei aber ihre Augen in Panik auf. Verdammt. Er musste sie ruhig bekommen. »Ich sorge dafür, dass dir nichts passiert, aber du musst tun, was ich dir sage. Okay?«

Sie nickte erneut, aber er hatte nicht das Gefühl, dass sie die Sicherheit zurückgewann, die sie brauchten. Er beugte sich noch näher an ihr Ohr, fast berührte er den Flaum auf ihrer Wange. Diesmal zuckte sie nicht zurück. »Wir müssen hier ein bisschen Theater spielen. Du hast doch bestimmt schon einmal einen Porno gesehen?«

Abrupt drehte Chiara den Kopf und wandte sich von ihm ab. Sie schämte sich. Was für ein unschuldiges Mädchen, dachte er und verbot sich den Gedanken sofort. »Du hast gesehen, dass ich dem Mann Geld geben musste. Weißt du, wofür ich bezahlen sollte?«

Chiara wandte ihm ihr Gesicht zu. Sie schluckte. »Weil du mit mir schlafen willst.«

»Genau! Aber das will ich gar nicht, glaub mir. Ich habe das nur vorgespielt, um dir zu helfen.« Er flüsterte zwar, sagte die Sätze aber atemlos und schnell, um gegen ihre Angst zu kämpfen. Für eine Sekunde hatte er das Gefühl, das Mädchen könnte Vertrauen aufbauen, aber ihr Blick war immer noch der eines gehetzten Tieres. Sollte er sie fragen, ob sie schon einmal mit einem Jungen geschlafen hatte? *Nein!*, brüllte er sich innerlich an und schloss für eine Sekunde die Augen.

»Wir müssen die gleichen Geräusche machen, wie in einem Porno, verstehst du? Dann glaubt er, wir haben hier miteinander Sex. Wenn er das hört, ist er zufrieden, denn dann kann er sein Geld behalten. Wenn wir still sind, fürchtet er, dass ich das Geld zurückfordere und er wird böse auf uns beide sein. Hast du verstanden?«

Sie nickte und er begann mit dem Spiel, bei dem er jeden Blickkontakt mit ihr vermied. Er sprach laut, damit Hendricks ihn hörte. »Du hast aber schöne kleine Brüste. Gefällt dir das, wenn ich sie streichle?« Sie schwieg und er bedeutet ihr durch energisches Kopfnicken, in den Dialog einzusteigen.

»Ja.« Sie sprach viel zu leise.

»Sag es mir laut, wie es dir gefällt, das macht mich an.« Es blieb ihm nichts anderes übrig, er musste sie anschauen, um sie zum Mitspielen zu bewegen. Er schaute ihr in die Augen und tatsächlich schaffte sie es.

»Ja«, sagte sie, jetzt fester und lauter.

Tessloff forcierte das Tempo in dem Hörspiel, das sie für Hendricks aufführten. Er stöhnte und schlug sich mit der Hand auf seinen Nacken, was, so hoffte er zumindest, dem Geräusch in Begierde aufeinandertreffender Körper nahekam. Während er sich immer mehr in sein Schauspiel steigerte, schlich er zur Tür und spähte durch den Spalt. Hendriks stand mit dem Rücken zu ihm im Flur und redete mit dem Besucher. Tessloff hatte Mühe, sich auf sein Gestöhne zu konzentrieren, denn der Typ hob den scheinbar leblosen Körper einer Frau vom Bett und legte ihn auf den Boden. Tessloff konnte nur einen Ausschnitt sehen, aber er war sich sicher, dass es sich nicht um einen Teenager handelte. Der Unbekannte breitete eine weiße Plastikplane über ihr aus und begann, den Körper darin einzuwickeln. Tessloff war so in sein eigenes Tun und in die Beobachtung der Ereignisse hinter der Tür vertieft, dass er erst nach einigen Augenblicken merkte, dass Chiara ihrerseits aufgehört hatte, zu stöhnen. Ohne sich umzudrehen, feuerte er sie mit einer kreisenden Armbewegung an und sie reagierte und nahm ihre Rolle im Spiel wieder auf. Er konzentriert sich auf die beiden Männer. Der Körper der Frau war inzwischen völlig von der Plane umgeben. Wahrscheinlich war sie tot. Tessloff wurde bei dem Gedanken schlecht und er musste sich am Türrahmen festhalten. Wenn sie noch lebte, hatte sie auch kaum eine Chance, sondern würde in dem Plastikkokon ersticken. Tessloff erschrak, als Hendriks den Unbekannten ansprach, der den Sitz der Plane kontrollierte.

»Das muss reichen. Wir sollten sie wegschaffen, solange die beiden da noch zugange sind.«

Tessloff fürchtete, Hendriks würde sich zu ihm umdrehen und trat einen Schritt zurück hinter die Tür. Er hörte, wie der Fremde ächzte. Vorsichtig schob Tessloff seinen Kopf vor und spähte durch den Türspalt. Der Mann hob den wie eine Mumie eingewickelten Körper auf seine Schulter. Was sollte er tun? Konnte er verhindern, dass der Mann die Frau aus dem Haus schaffte? Welche Chance hatte er? Besser ließ er ihn gehen und konzentrierte sich auf Hendriks. Mit einem wurde er vielleicht fertig, wenn er etwas Überraschendes kreieren konnte.

Der Mann mit der Mumie auf der Schulter erreichte die Wohnungstür. Hendriks öffnete sie.

»Alles klar. Du entsorgst sie wie die kleine Wilms. Danach treffen wir uns in der Werft, ich will sichergehen, dass alles sauber ist, bevor wir uns aus dem Staub machen.«

Der Mann stapfte los, das Gewicht der Frau auf seiner Schulter machte ihm sichtlich zu schaffen. Hendriks warf die Tür ins Schloss und drehte sich um. Tessloff geriet in Panik. Hatte er ihn an der Tür gesehen? Er ging Richtung Bett, auf dem Chiara immer noch mit aufgerissenen Augen lag und stöhnte. Jetzt bloß keinen Fehler machen! Mit zitternden Fingern öffnete er den Reißverschluss seiner Hose und zog sie auf die Knie. Dabei verheddert er sich und stieß gegen den kleinen, runden Tisch. Eine Lampe fiel krachend auf den Boden. Hendriks lachte. »Dafür, dass du erst nicht wolltest, weil dir die Kleine zu alt war, treibst du es jetzt aber ganz schön heftig!«

Tessloff hörte, dass er sich näherte. Er warf sich aufs Bett und erdrückte Chiaras entsetzten Schrei, indem er ihr die Hand auf den Mund presste. Sie mussten das Spiel zu Ende spielen.

Siebter Juni, neunzehn Uhr zwanzig

Vorsichtig, um ja kein Geräusch zu machen, stiegen Berg und Thal noch drei Stufen nach oben Richtung Dachboden. Die Tür zu Bo Hendriks Wohnung wurde geöffnet. Sie hörten einen Mann Anweisungen geben, bevor Kepplin im Türrahmen erschien. Er trug ein sichtlich schweres Bündel über der Schulter. Thal brauchte einen Augenblick, es zu erkennen. Der Mann schleppte den leblosen, in eine weiße Plastikplane gewickelten Körper eines Menschen aus der Wohnung. Er hatte Mühe, das Gewicht auf der Schulter zu balancieren. Thal hielt die Luft an. Würde der Mann den Aufzug rufen? Nein, er entschied sich für den Abstieg über die Treppe, vermutlich hatte er Angst, jemand könnte gleichzeitig den Lift anfordern und ihn mit dem verdächtigen Paket in der Kabine entdecken. Ein Risiko war der Abstieg aber auch, jederzeit konnte eine der Türen geöffnet werden, wer sich dieser Gefahr aussetzte, musste einen guten Grund haben, den Körper aus der Wohnung zu schaffen. Noch stand Kepplin an der Tür, die Beine des geschulterten Menschen ragten in die Wohnung. Thal versuchte, einen möglichst genauen Blick auf die eingewickelte Gestalt zu werfen. Mann oder Frau? Eher Frau, dachte er, konnte seine Entscheidung aber nicht begründen. Tot oder lebendig? Er hatte keine Antwort auf diese Frage, die zugleich die entscheidende war. Lebte die Frau noch, mussten sie eingreifen, unter der Plane drohte sie sonst zu ersticken. Bettina schien schneller zu einem Entschluss gekommen zu sein, sie tippte ihm auf die Schulter. Als er zur Seite blickte, sah er ihr entschlossenes Gesicht. Sie hatte die Pistole gezogen und deutete damit nach unten. Thal nickte. Gemeinsam stürmten sie die Treppe hinunter. Kepplin war überrascht. Bettina rannte auf ihn zu und rammte ihm die Schulter vor die Brust. Er riss den Mund auf, statt eines Schreis entfuhr ihm aber nur ein zischender Laut, es hörte sich an, als entweiche die Luft aus einem defekten Fahrradschlauch. Japsend sackte er zusammen, Bettina hatte den Solarplexus perfekt getroffen. Der eingewickelte Körper kippte nach hinten, Bettina ergriff den Kopf und bewahrte ihn vor einem harten Aufprall.

Die Wohnungstür schloss sich wie in Zeitlupe. Thal hechtete über die Beine der zu Boden sinkenden Gestalt und drückte im letzten Moment gegen die Tür, die mit Schwung aufflog. Er ging leicht in die Hocke, die Pistole mit beiden Händen vor sich gestreckt haltend. Rechts stand in einem Türrahmen ein großer, blonder Mann. Er wendete ihm den Rücken zu, hielt aber eine Pistole in der rechten Hand und zielte auf irgendetwas im Nebenzimmer. Der Krach aus dem Treppenhaus ließ ihn den Kopf nach hinten wenden. Thal sprang einen Meter in die Wohnung und fixierte den Mann. »Lassen Sie die Waffe fallen.«

Reflexartig drehte sich der Mann und umfasste seine Pistole mit beiden Händen. Thal warf sich nach links auf die Seite. Im Fallen sah er den Feuerblitz im Lauf der Waffe seines Gegenüber. Thal feuerte zwei Schüsse ab. Der Erste schlug im Holz des Türrahmens ein, der Zweite traf den Mann an der Schulter. Er stürzte, die Pistole entglitt seinen Händen und schlitterte einen Meter nach vorne. Thal sprang auf und stieß sie mit dem Fuß aus der Reichweite des Mannes, der sich stöhnend am Boden wälzte. Er stieg über den Verletzten und sprang, immer noch mit gezogener Waffe, in das angrenzende Zimmer. Auf dem Bett lag zusammengekrümmt ein nacktes Mädchen. Sie starrte Thal aus aufgerissenen Augen an. Quer über ihren Oberkörper hatte sich ein Mann geworfen, dessen Jeans bis zu den Knien heruntergezogen war. Thal brauchte eine Sekunde, um Tessloff zu erkennen.

Er rannte zurück ins Treppenhaus. Bettina riss die Plastikfolie auf. Das Gesicht der Frau lag inzwischen frei und Thal erkannte Melanie Wilms. Waren denn alle verrückt geworden und spielten Räuber und Gendarm? Bettina beugte sich über das Gesicht und legte zwei Finger an den Hals. »Sie lebt!« Wie in Trance zog Thal sein Handy aus der Tasche und forderte Notarzt und Rettungswagen an. Danach versagten seine Beine ihren Dienst und er sackte an der Wand des Treppenhauses zu Boden.

Siebter Juni, zwanzig Uhr zwanzig

Ihr Rücken schmerzte, aber sie musste durchhalten. Nur in dieser Stellung flog sie nicht wie ein lebloser Sack durch den Kofferraum. Sie drückte die Beine etwas kräftiger gegen die Wand und versuchte, die Schulter zu entlasten, aber es hatte keinen Zweck. Der Schmerz ließ nicht nach. Sie war schweißgebadet und fror gleichzeitig. In immer kürzeren Abständen überzog eine Gänsehaut ihren gesamten Körper, gefolgt von einem Schüttelfrost, als habe sie Fieberschübe. Seit Tagen ging das so. War sie krank? Der Wagen bremste und fuhr in eine scharf Kurve. Sie wurde nach hinten geschoben. Seit Tagen quälte sie dieser Wechsel von Hitze und Kälte, von Schweiß, der in Bächen über ihr Gesicht lief und gleichzeitigem Frostgefühl. Nur wenn Jan ihr eine Spritze gab, besserte es sich. Dann war sie ruhig und glücklich. Wo war er nur? Sie brauchte ihn. Er musste ihr helfen.

Das Motorgeräusch erstarb fast völlig. Sie hielten an. Vielleicht wurden ihre Gebete erhört und Jan holte sie hier raus. Diesmal würde sie ihn um eine Spritze bitten, damit ihr Zittern aufhörte. Die Türen des Autos wurden geöffnet. Männer redeten miteinander. Sie sprachen eine fremde Sprache. Was war das? *Holländisch,* dachte sie und ihr Herz setzte einen Schlag aus. Waren sie schon in Holland? Nein, das konnte nicht sein. Wie lange waren sie unterwegs? Bestimmt nicht mehr als zwei Stunden. Oder doch? Ihr Zeitgefühl war in letzter Zeit völlig aus dem Takt geraten. Aber sie waren auf dem Weg nach Amsterdam. Zu Jan! Sie musste nur durchhalten, dann würde alles gut.

Die Kofferraumklappe öffnete sich und sie saugte die frische Luft begierig ein.

»Dreh dich um!«

Mühsam und unter Schmerzen wälzte sie sich auf die andere Seite. Eine Hand umfasste ihren Hinterkopf und drückte ihr Gesicht gegen die Wand. Jemand riss ihr den Sack vom Kopf und legte ihr mit geschicktem Griff eine Augenbinde an, die so dicht war, dass sie nicht einmal einen winzigen Lichtschein durchließ. Zwei Arme umfassten sie und zogen sie auf die Knie.

»Hier!«

Jemand drückte ihr eine Plastikflasche in die Hand. Das Wasser war abgestanden und lauwarm, aber sie trank es gierig. Diesmal halfen ihr die Arme auf die Beine, die sie kaum trugen, so zitterten sie. Die Männer schoben sie schweigend vor sich her. Sie hörte Vögel zwitschern, als wäre sie im Wald. Was hatten sie mit ihr vor? Angst kroch in ihr hoch und schnürte ihr die Kehle zu. Wollten die Männer sie hier aussetzen, vielleicht gar töten? Ihr schien alles möglich.

»Da rein!« Sie stieß mit den Knien gegen eine Metallkante. Sie hoben sie hoch und sie kroch weiter über einen Metallboden. Hinter ihr wurde eine Tür geschlossen. Einige Sekunden später startete der Motor. Sie hockte sich an eine kalte Wand und atmete durch. Sie war in einem anderen Fahrzeug. Man hatte sie nicht gefesselt, also durfte sie die Augenbinde abnehmen. Vorsichtig löste sie den Stoff von ihrem Gesicht. Sie fürchtete, vom Licht geblendet zu werden, aber es war dunkel um sie herum. Nur durch einen Spalt in der Tür drang ein schwacher Schimmer, der ausreichte, um zu erkennen, dass sie sich im fensterlosen Laderaum eines Kleintransporters befand. Sie war allein. Ihr Kopf fiel auf die Knie. Sie weinte.

Siebter Juni, einundzwanzig Uhr dreißig

Der Typ ging Thal auf die Nerven. Vielleicht war es auch die Uhrzeit, die ihn zunehmend ungeduldiger werden ließ. Ihre Chance Nasrin Amahdi lebend zu finden, wurde von Minute zu Minute kleiner. Hendriks und Kepplin waren keine Einzeltäter, hinter ihnen stand eine Organisation, soviel stand fest. Der holländische Kollege hatte heute Morgen das Gleiche gesagt. Die anderen der Bande wüssten garantiert längst, dass die Polizei ihre Kumpel festgenommen und dabei ein potenzielles Opfer befreit und einer Zeugin das Leben gerettet hatte. Hoffentlich jedenfalls, denn Melanie Wilms hatte eine gehörige Portion Heroin intus, noch stand nicht fest, ob sie es überleben würde. Chiara Löber hatte einen Schock, war ansonsten aber unversehrt. Tessloff hatte seine Sache gut gemacht, auch wenn der erste Augenschein dagegen gesprochen hatte. Allerdings war er kein brauchbarer Zeuge, das Einzige, woran er sich erinnerte, war Hendriks Anweisung, Melanie Wilms genau wie ihre Tochter zu entsorgen. Thal blätterte in seinen Notizen. Irgendetwas hatte Tessloff noch gehört? Da! Er hatte gefunden, was er suchte.

»Ihr Freund Bo wollte sich mit Ihnen in einer Werft treffen, richtig?«

Marko Kepplin zuckte nur mit den Schultern.

»Kommen Sie schon! Er sagte wörtlich zu Ihnen: *Danach treffen wir uns in der Werft, ich will sichergehen, dass alles sauber ist, bevor wir uns aus dem Staub machen.* Also noch einmal: Was für eine Werft meinte er?«

»Keine Ahnung, ehrlich, ich weiß es nicht! Ich habe mit diesem Typen doch gar nichts zu tun!« Seine Antwort war nur schwer zu verstehen, weil sie von Schluchzen und

Schniefen begleitet wurde. Das ging jetzt so, seit sie Kepplin ins Präsidium gebracht hatten. Thal riss der Geduldsfaden: »Reißen Sie sich endlich zusammen und beantworten Sie meine Fragen, verdammt noch mal!«

Bettina legte ihm die Hand auf den Arm. »Mach mal eine Pause, Alexander.«

Er schnaubte wütend, rollte den Schreibtischstuhl aber zwei Meter zurück, um ihr die Befragung zu überlassen.

»Wie sollen wir Ihnen glauben, dass Sie Bo Hendriks im Grunde genommen nicht kannten, wenn Sie gleichzeitig den Dreck für ihn wegräumen?«

»Er hat mich gezwungen, die Frau wegzubringen.«

Kepplin richtete den nach vorne gebeugten Oberkörper leicht auf und schaute Bettina direkt an. Thal wusste, dass er glaubte, Oberwasser zu bekommen. Er unterschätzte Bettina und das war ein Fehler.

»Womit konnte der Holländer Sie unter Druck setzen?«

Kepplin nahm ein Taschentuch aus der Box und putzte sich geräuschvoll die Nase. Thal hätte sie ihm am liebsten blutig geschlagen, zwang sich aber zur Ruhe.

»Na ja, ich habe mit Thais gehandelt und … .«

»Mit Thailänderinnen?«, fragte Berg dazwischen.

Kepplin lachte. »Sie haben echt keine Ahnung! Schon mal was von Dianabol gehört?«

»Was soll das sein?«

»Anabolika sagen ihnen aber schon etwas, oder?«

Thal ging ein Licht auf und er konnte sich nicht länger zurückhalten. »Ihre Muskelberge kommen gar nicht daher, dass sie sich Tag für Tag am Eisen quälen. Da wurde ein bisschen chemisch nachgeholfen.«

Kepplin schaute ihn aus zusammengekniffenen Augen an. »Ich bin doch nicht blöd, Mann! Ich rühre das Zeug nicht an, macht impotent und man hat nichts davon, dass die Weiber ganz wild auf einen sind.«

Thal schaute Bettina an und sah, dass auch sie kurz davor stand, die Geduld zu verlieren und dem Typen eine reinzuhauen. Ihre Stimme war aber immer noch erstaunlich fest und ruhig. »Und was hat das mit Thailänderinnen zu tun?«

»Gar nichts. Thais nennt man in der Szene Anabolikatabletten, weil das Zeug meistens aus Thailand kommt.«

»Sie waren also ein kleiner, dreckiger Muskeldrogendealer, sonst nichts. Haben Sie das Zeug von Hendriks gekauft?«

»Unter anderem.«

»Und deshalb hatte er sie in der Hand?«

Kepplin nickte. Thal glaubte ihm kein Wort, der Typ verarschte sie nach Strich und Faden, sie mussten endlich vorankommen. »Was hast du mit Annika Wilms gemacht?«

»Wer ist das?«

»Stell dich nicht so blöd an! Tessloff hat gehört, wie der Holländer dir Anweisungen gab, Melanie Wilms genauso zu entsorgen, wie ihre Tochter.«

Kepplin lehnte sich zurück und setzte eine Mine auf, die überlegen wirken sollte, aus der aber eher Arroganz sprach. »Ach, dem kleinen Kinderficker glauben Sie? Der versucht doch nur selbst, seinen Arsch zu retten.« Er lachte schallend auf, als hätte er einen großartigen Witz erzählt. Thal war verzweifelt. Sie vertrödelten hier Zeit, während Nasrin Amahdi irgendwo festgehalten wurde. Vermutlich war sie längst unterwegs nach Holland. Wenn sie erst einmal in einem Kellerloch in Amsterdam saß, sank ihre Chance, sie zu finden, auf null.

Thals Handy klingelte, Auer war am Apparat, er und Grendels Leute stellten Bo Hendriks' Wohnung auf den Kopf. »Wir haben Fotos von den Mädchen gefunden.« Er sprach leise, fast flüsternd. »Die Bilder willst du gar nicht sehen. Nasrin Amahdi ist auch dabei.«

Thal presste den Hörer ans Ohr. »Die Mädchen werden in einer alten Fabrikhalle festgehalten. An der Wand kann man noch die Reste von einem Firmenzeichen erkennen. Selzer, Sulzer oder so ähnlich.«

»Okay, Frank, ruf Stephanie an, sie soll die Firmennamen überprüfen. Wie war das noch mal mit den Spuren auf der Leiche?«

Auer brauchte einen Moment, bis er wusste, worauf Thal hinaus wollte. »Richtig, irgend so eine Eisenlegierung, die vor allem im Schiffbau verwendet wird. Stephanie soll stillgelegte Werften checken.«

Endlich kamen sie voran, wenn auch langsam, wie eine Schnecke.

»Da ist noch etwas, Alexander.« Auers Stimme klang fester, fast fröhlich. »Dieser Kepplin, den ihr da in der Mangel habt, der ist auch auf mehreren Fotos zu sehen. Und zwar in dieser Fabrik.«

Siebter Juni, einundzwanzig Uhr fünfundvierzig

Der Wagen bremste. Sie hielt sich an den Streben fest, die an den Seitenwänden entlangliefen. Sie klopften an die Tür. »Augenbinde aufsetzen!« Mit zitternden Fingern tastete sie über den Boden, fand das Stück Stoff und zerrte es sich über den Kopf.

»Fertig?«, fragte eine raue, fast kratzende Stimme.

»Ja«, antwortete sie.

Die Tür ging auf. »Komm raus.«

Sie kroch zum Ausgang, zwei Männer fassten sie unter den Armen und zerrten sie ins Freie. »Wenn du pinkeln musst, dann jetzt! Nicht, dass du uns noch das Auto vollpisst!«

Sie lachten und schleppten sie vom Auto weg. Ihre Beine gehorchten ihr nicht, knickten ein. Der Weg war uneben, sie stolperte, aber sie fiel nicht, weil die Männer sie hielten.

»Hier!« Der Mann an ihrer Linken drückte ihren Oberarm. Sie zitterte am ganzen Körper. »Nun mach schon!«, sagte der Andere. »Hose runter!«

Sie zerrte an ihrem Reißverschluss, schaffte es aber nicht, ihn zu öffnen. Einer der beiden stellte sich vor sie hin. Sie roch seinen Knoblauchatem. Er zerrte die Jeans nach unten, sie konnte sich nicht auf den Beinen halten und fiel nach hinten. Er zog ihr die Hose von den Beinen, griff nach ihrem Slip. Sie hörte, wie er zerriss. Schreiend presse sie die Schenkel zusammen. Eine Faust traf sie an der Lippe, sie schmeckte Blut.

»Jetzt mach endlich. Du bleibst hier hocken, bis du fertig bist.«

Sie rappelte sich in die Hocke auf, versuchte sich zu entspannen, aber es kamen nur wenige Tropfen. Die Männer standen direkt neben ihr. Sie konnte sie nicht sehen, aber sie wusste, was sie taten. Sie starrten sie aus vor Gier aufgerissenen Augen an. Sie senkte den Kopf, konzentrierte sich auf die Geräusche um sie herum, wollte hören, wenn einer der Männer seinen Gürtel öffnete. *Bitte nicht*, flehte sie in Gedanken und wurde erhört. Eine Hand umfasste ihren Oberarm und riss sie brutal nach oben. »Dann eben nicht, du Schlampe.«

Die Männer zogen sie hinter sich her, ihre nackten Beine schnitten sich an Zweigen und Dornen. Sie schleuderten Sie vor die Ladefläche des Autos. »Rein mit dir!« Sie kletterte nach oben.

«Meine Hose«, wimmerte sie. »Bitte, geben Sie mir meine Hose zurück!«

»Die brauchst du nicht mehr!« Das Lachen des Mannes war ekelhaft.

Sie schlugen die Tür zu, zehn Sekunden später startete der Motor. Sie riss sich die Augenbinde vom Kopf. Im schwachen Licht, das durch die Türritze schien, sah sie, dass sich rote Striemen an ihren Beinen nach unten zogen. Sie betastete ihren Mund, sie blutete immer noch.

Kaum hatte sie sich an die Wand gelehnt, spürte sie, dass der Harndrang unerträglich wurde. Sie wehrte sich nicht dagegen. Sie war sich sicher, dass sie diesen Tag nicht überleben würde.

Siebter Juni, zweiundzwanzig Uhr fünf

Thal ging im Vernehmungsraum auf und ab. Kepplin hockte auf seinem Stuhl und starrte die Tischplatte an. Vor drei Minuten hatte Alexander Bettina aus dem Raum geschickt, angeblich, damit sie Stephanie beim Durchforsten der Daten half. Sie hatte sofort verstanden, dass er mit dem Bodybuilder allein sein wollte und war kopfschüttelnd gegangen. Sie wusste, dass Thal sie schützen wollte. Sie durfte nicht dabei sein, wenn er in die härtere Gangart wechselte. Ihm machte ein Disziplinarverfahren nichts aus, nicht einmal eine Entfernung aus dem Polizeidienst, aber er durfte Bettina nicht gefährden. Deshalb musste er dieses Verhör alleine fortsetzen.

Thal drehte einen Stuhl mit Schwung um und setzte sich rittlings darauf. Die Arme auf die Lehne gestützt, starrte er Kepplin an, der seinem Blick auswich. »Pass auf, Kepplin!«, zum ersten Mal duzte er den Zeugen, was der mit einem Zucken der Augenlider quittierte. Der Mann hatte Angst. »Der Anruf kam von meinem Kollegen. Sie stellen die Wohnung von Hendriks auf den Kopf und schaffen es kaum, die ganzen Beweise rauszuschleppen, die da rumliegen.«

»Pah! Sie bluffen doch nur!«

»Das habe ich nicht nötig, aber weißt du was? Du kommst so oder so dran und, wenn du glaubst, hier geht es nur um Entführung und vielleicht noch um Vergewaltigung, dann irrst du dich.«

Kepplin hob den Kopf, schaute aber haarscharf an Thal vorbei, der in diesem Moment wusste, dass er auf dem richtigen Weg war, er durfte nur nicht zu schnell auf sein Ziel zusteuern. »Hendriks wird überleben, er hat nur einen Schuss durch die Schulter.«

Kepplin schluckte.

»Freut dich das gar nicht, dass dein Kumpel durchkommt? Nein! Recht hast du, der singt nämlich wie eine Nachtigall.«

»Du lügst!« Sieh an, dachte Thal, jetzt duzt er mich auch, er verliert so langsam die Beherrschung.

»Dein Freund ist viel zu klug für dich. Er hat alles clever gedeichselt. Was werden wir ihm nachweisen können? Ein bisschen Zuhälterei, mehr wohl kaum. Er ist nicht vorbestraft, da kommt er mit Bewährung davon. Für den Rest wirst du in den Knast wandern.«

Kepplin atmete schnell und trommelte mit den Fingern auf die Tischplatte. Thal lächelte. »Da kommt einiges zusammen. Entführung, Freiheitsberaubung, Nötigung, Vergewaltigung und ... .« Er hielt vier Finger in die Höhe und spreizte langsam den fünften ab. »Mord!«

Kepplin stöhnte auf. »Quatsch!«

Thal schüttelte langsam den Kopf. Ohne dass sein Gegenüber es mitbekam, schaltete er die Tonaufzeichnung ab. »Du bist ein solcher Idiot, Kepplin. Wenn man jemanden umbringt, tut man gut daran, sich anschließend nicht fassen zu lassen. Wir haben jede Menge Faserspuren und vor allem DNA an der toten Annika Wilms gefunden, ich bin sicher, dass sie von dir stammt.«

Thal machte eine kurze Pause, um die Wirkung seiner Worte zu testen. Kepplin hatte den Kopf gesenkt und starrte auf den Boden. »Ihr wollt immer so klug sein, dabei seid Ihr einfach nur Deppen. Unsere Spurensicherer finden immer was und das reicht, damit du für die nächsten fünfzehn Jahre in den Bau wanderst. Mindestens.«

Thal lehnte sich zurück und lächelte. »Ich kann echt nichts mehr für dich tun.« Mit einer kurzen Pause schaffte er es, Kepplins Angst noch zu steigern. »Das heißt, ich könnte zumindest deinen Arsch retten«

Die Frage in Kepplins Blick war unübersehbar, er hatte keine Ahnung, worauf Thal hinauswollte, der ihn ein paar Sekunden zappeln ließ. »Weißt du, was sie mit Kinderfickern im Knast machen?«

Kepplin sprang auf. »Ich habe nie ... .«

»Das sagst du! Aber wenn wir wollen, finden wir garantiert ein paar Spermaspuren im Anus von Annika Wilms, die wir eindeutig einem gewissen Marko Kepplin zuordnen können.«

»Das könnt Ihr nicht tun!«

Thal zuckte mit den Schultern. »Wenn du meinst.«

Er stand auf und schaltete das digitale Aufzeichnungsgerät wieder an. »Hauptkommissar Thal verlässt den Raum. Der Zeuge Kepplin soll in die Untersuchungshaft überstellt werden.«

Thal ging zur Tür, ohne sich umzudrehen.

»Warten Sie!«

Na bitte, dachte Thal. Wenn Kepplin ihn wieder siezte, war die Schlacht geschlagen. Fünf Minuten später machten sich drei Einsatzwagen auf den Weg zum Seerhein.

Siebter Juni, zweiundzwanzig Uhr zwanzig

Es stank entsetzlich. Sie hockte sich so nah wie möglich an den kleinen Schlitz an der Tür, durch den wenigstens etwas Frischluft in den Wagen kam. Sie fuhren schnell, schneller als vorher. Die Straße war gut, die Reifen surrten über den Asphalt, es gab kaum Kurven, sie wurde nur noch selten hin- und hergeworfen. Wenn nur dieser elende Gestank nicht wäre. Sie konnte den Geruch von Urin nicht mehr ertragen. Sie schloss die Augen und konzentrierte sich darauf, sich nicht zu übergeben. Lieber wollte sie sterben.

Siebter Juni, dreiundzwanzig Uhr fünf

Auer hatte Grendel und zwei seiner Leute mitgebracht. Bevor sie das stillgelegte Werftgelände, das aus einer Halle und einem Bürotrakt bestand, betreten konnten, durchkämmte das SEK die Gebäude, denn sie konnten nicht sicher sein, dass kein Täter zurückgeblieben war. Endlich erschien der Kopf des SEK-Leiters in einem glaslosen Fenster. »Alles sauber, ihr könnt reinkommen.«

Die Bootshalle hatte ein hohes Dach, in der Mitte befand sich eine Art Zelt. Schwarze Stoffbahnen waren über Stangen und Seile gelegt. Ein SEK-Mann schob von innen den Stoff auseinander und kam auf sie zu. »Das ist so was von krank hier!« Thal betrat das Innere des Zelts. In der Mitte stand eine schmale, niedrige Liege, die aussah, wie ein OP-Tisch, darauf lag ein völlig verschmutztes Laken. An einem umlaufenden Rohr hingen Handschellen, genauso an einem Gitter, das hinter der Liege stand. Ein Tisch mit einem Kerzenleuchter verstärkte den gruseligen Eindruck des Raums. Auf dem Boden glänzte eine Wasserpfütze. Thal schaute nach oben, das Dach der Halle wies mehrere Löcher auf. Bettina nahm eine der Handschellen und zog daran. Sie waren verschlossen. »Sieht aus wie Dr. Frankensteins Praxis.« Thal nickte und drängte zur Eile. Um die Spuren sollte sich Grendel kümmern, jetzt war nur wichtig, irgendeinen Hinweis auf Nasrin Amahdi zu finden. Im hinteren Teil der Halle hockte Stephanie Bohlmann auf einer Kabelrolle und hackte auf die Tastatur eines Notebooks ein.

»Was tut sie da?«, fragte Thal.

»Lass Sie, wenn ich es richtig verstanden habe, tüftelt sie an einem Plan, die kleine Amahdi zu finden.«

Thal war skeptisch, vertraute aber Bettinas Gefühl, die junge Kollegin könne tatsächlich etwas erreichen.

»Schaut euch das mal an!«

Auer stand vor einem zwei Meter hohen Betonpfahl. Als Berg und Thal neben ihn traten, bückte er sich und hob durchtrennte Kabelbinder vom Boden auf. »Sieht mir nach einer Art Marterpfahl aus, an der jemand festgebunden war.«

»Die haben die Mädchen hier gefoltert«, sagte Bettina und ihre Stimme jagte ihm einen kalten Schauer über den Rücken. Sie gingen in das Bürogebäude und stiegen in den ersten Stock hinauf. Vor einem Zimmer am Ende des Flurs stand ein uniformierter Beamter. Etwa ein Dutzend Zimmer lagen an dem Gang, allesamt leer. Nur der letzte Raum war mit einem Bett, einem altersschwachen Stuhl und einem kleinen Nachttisch möbliert. Nichts deutete darauf hin, dass der Raum benutzt wurde. Thal stieß mit der Fußspitze gegen etwas, das unters Bett rollte. Der Uniformierte kam ihm zuvor, bückte sich und hielt ein Stück Glas in die Höhe, auf dem Striche und Zahlen zu erkennen waren. Bettina hielt dem Kollegen eine Spurensicherungstüte hin. »Sieht nach dem Kolben einer Spritze aus, oder?« Thal nickte.

»Unten ist übrigens noch ein Zimmer«, sagte der Uniformierte. »Steht nur ein riesiges rundes Bett drin, an der Decke hängt ein Spiegel. Und sauber ist es dort, regelrecht klinisch rein.«

»Denkst du, was ich auch denke?«, fragte Thal, und Bettina wandte das Gesicht ab. »Das hier war Folterkeller und Bordell gleichzeitig. Die Räume dienten sowohl dem Zweck, die Mädchen gefügig zu machen, wie sie den Freiern zuzuführen.«

»Ekelhaft«, sagte Bettina und mehr denn je konnte Thal ihr zustimmen. Unschlüssig, was zu tun war, standen sie im Raum. Thal fühlte sich gelähmt. Von draußen hörte er Stephanie Bohlmann rufen: »Bring mal jemand den Kepplin her, aber schnell!«

Berg und Thal gingen zurück in die Bootshalle. Stephanie Bohlmann hockte immer noch auf der Kabeltrommel und Kepplin stand vor ihr, die Hände im Rücken mit Handschellen fixiert. Thal sah, dass Bettina vor Wut schäumte. »Kann mal jemand diesem Affen klarmachen, dass er seinen Arsch nur noch retten kann, wenn wir Nasrin Ahmadi lebend finden!«

Thal versuchte, die Situation zu beruhigen. »Worum geht es denn?«

Stephanie schnaubte wie ein Pferd in der Startbox. Sie deutete auf ein Headset, das sie auf dem Kopf hatte. »Ich habe hier die Kollegen von der Verkehrsüberwachung. Wir versuchen einzugrenzen, wo Nasrin sich befinden könnte. Dazu habe ich ein paar Hypothesen aufgestellt, aber einige Details brauchen wir noch, zum Beispiel sollten wir das Fahrziel annähernd kennen.«

Thal sah Kepplin an, der den Kopf gesenkt hielt. »Nun kommen Sie schon .. .«

»Amsterdam. Zumindest war das bisher immer so.«

Stephanie tippte auf dem Notebook herum. »Kennzeichen des Wagens?«

»Das kenne ich wirklich nicht!«

»PKW, Transporter, Wohnmobil ... ? Lassen Sie sich doch nicht alles aus der Nase ziehen!«

»Meistens war es ein PKW, aber die Mädchen werden umgeladen. Unsere Leute treffen unterwegs die Holländer und die fuhren bisher stets einen Transporter. Mehr kann ich nicht sagen, ehrlich!« Er schaute Stephanie dermaßen flehend an, dass Thal fast Mitleid bekam.

»Gut, dann wollen wir das mal berechnen.« Bohlmann rückte zur Seite und bedeutete Thal, sich neben sie zu setzen, Bettina stellte sich hinter die beiden. Auf dem Monitor des Notebooks war eine Autobahnkarte zu sehen. Stephanie klopfte auf das Mikro des Headsets. »Hört Ihr noch mit? Okay! Das Fahrtziel ist Amsterdam. Wir gehen nach wie vor davon aus, dass sie Konstanz gegen achtzehn Uhr verlassen haben und die schnellste Route benutzen. Es ist jetzt dreiundzwanzig Uhr fünfunddreißig, sie sind also fünfeinhalb Stunden unterwegs. Schmeißt eure Supercomputer an und sagt uns, wo sie sich ungefähr befinden.« Thal hörte, wie jemand antwortete. Stephanie war entsetzt. »Was? So weit schon? Was ist, wenn sie Pausen gemacht haben?« Wieder antwortete ihr Gesprächspartner, was die junge Kollegin beruhigte. »Einverstanden. Gebt euer Bestes, Kollegen.«

Stephanie Bohlmann legte das Headset ab und massierte sich den Nacken. »Die Kollegen von der Verkehrsüberwachung meinen, der Transporter mit Nasrin müsste im Augenblick zwischen Bergheim und der holländischen Grenze unterwegs sein. Wenn wir Pech haben, haben sie die Grenze schon passiert, dann wird es schwer, noch irgendetwas zu tun. Bis wir da eine internationale Aktion koordiniert bekommen, sind die längst am Ziel.«

»Und wenn sie noch in Deutschland sind?«, fragte Bettina und begann, den Nacken der Kollegin mit gekonnten Griffen zu massieren.

»Haben wir eine kleine Chance. Alles basiert zwar auf Hypothesen, denn es könnte ja theoretisch auch sein, dass Nasrin noch in Konstanz ist oder auf dem Weg nach Polen, aber wir haben nun mal keine andere Chance. Alle Kollegen der Autobahnpolizei in Nordrhein-Westfalen konzentrieren sich im Moment nur auf eins: Einen Kleintransporter mit holländischem Kennzeichen zu finden und Nasrin Amahdi zu befreien.«

»Hoffentlich habt ihr die Leute informiert, dass die Entführer möglicherweise Schusswaffen einsetzen.«

»Du hast es nicht mit Amateuren zu tun, Alexander«, erwiderte Stephanie und klappte das Notebook zu. »Wir können nichts mehr tun, als zu warten.«

»Und auf den Kollegen zu hoffen, der uns schon so oft geholfen hat«, ergänzte Thal. Berg und Bohlmann schauten ihn fragend an. »Den Kollegen namens Zufall natürlich.«

Siebter Juni, dreiundzwanzig Uhr fünfzig

»Die spinnen doch, die im Süden. So eine dämliche Fahndung habe ich echt noch nie erlebt.« Polizeiobermeister Till Niemeier lenkte den VW Passat auf den Parkplatz der Raststätte Bedburger Land Ost, der um diese Uhrzeit fast vollständig belegt war. Sein Kollege Polizeihauptmeister Wolfgang Köpp nahm die Taschenlampe und leuchtete die Fahrzeuge an, um die Kennzeichen lesen zu können. Es waren nur fünfzig Kilometer bis zur Grenze, dementsprechend viele Wagen mit holländischem Kennzeichen parkten hier, die meisten allerdings PKW.

»Fahr mal da hinten rum!«. Köpp dirigierte den jüngeren Kollegen an den Lkw-Stellplätzen vorbei in Richtung Toilettenanlage. Am Ende der Parkbuchten stand ein weißer Kastenwagen. Köpp verringerte das Tempo. »Holländer«, sagte Niemeier. »Halt an!«

Sie stoppten den Wagen und beobachteten den Ford Transit älteren Baujahrs. Die Fahrerkabine schien leer zu sein, der Laderaum hatte keine Fenster.

»Komm, wir schauen uns das mal an«, sagte Köpp und griff nach hinten, um seine Dienstmütze zu holen. Niemeier nahm die Dienstwaffe aus dem Holster.

»Nun mal langsam mit den jungen Pferden.« Der dienstältere und ranghöhere Köpp schüttelte den Kopf, Niemeier aber wedelte mit der Pistole. »Du hast doch gehört, was sie gesagt haben. Die Leute können gefährlich sein, haben Waffen und setzen sie womöglich skrupellos ein.«

Köpp stieg schweigend aus. Sie gingen zu dem Transporter und Niemeier leuchtete in die Fahrerkabine. »Niemand da!«

»Was du nicht sagst«, brummte Köpp. Er versuchte, die Tür zum Laderaum zu öffnen, aber sie war verschlossen. Er klopfte an das Blech. »Ist da jemand?« Er glaubte ein Geräusch zu hören und legte ein Ohr an die Tür.

»Was ist los?«, fragte Niemeiner.

»Psst, sei doch mal still!« Köpp rief erneut. »Hallo! Ist da jemand drin?«

»Hilfe«. Die Stimme war schwach, aber deutlich zu hören.

»Verdammt!« Niemeier rüttelte an der Tür, aber Köpp hielt ihm den Arm. »Du machst ihr ja Angst.« Er klopfte erneut vorsichtig ans Blech. »Hören Sie zu. Wir sind von der Polizei und wollen Ihnen helfen. Können Sie die Tür von innen öffnen?«

»Weiß nicht.«

»Können Sie sich bewegen?«

»Ja.«

»Dann kommen Sie an die Tür und versuchen Sie, den Hebel nach oben zu drücken.«

Die beiden Polizisten lauschten. Die Geräusche aus dem Innenraum ließen sich nicht zuordnen, aber nach einigen Sekunden hörten Sie, wie jemand den Verriegelungshebel bewegte. Köpp fasste die Tür und zog sie auf. Vor ihnen kauerte ein Mädchen, sechzehn oder siebzehn Jahre alt. Sie trug eine dreckige Bluse und sonst nichts. Keine Hose, keinen Slip. Mit beiden Händen bedeckte sie ihre Scham. Ein Auge war fast zugeschwollen, die Lippe war aufgeplatzt, eine Blutkruste bedeckte die Mundwinkel.

Köpp fasste sich als Erster. »Nasrin? Nasrin Amahdi?«

Das Mädchen nickte stumm. Der ältere Polizist wandte sich an den jungen Kollegen. »Lauf los und hol die Decke aus dem Auto.« Er vermied es, das Mädchen anzuschauen, denn sie schämte sich schon so genug.

»Alles ist gut. Du bist in Sicherheit, hab keine Angst.«

»Mensch, die hauen ab.«

Köpp drehte sich um und sah, wie Niemeier mit gezogener Waffe hinter zwei Männern herrannte, die vom Toilettengebäude in Richtung eines kleinen Wäldchens sprinteten. Er zog ebenfalls die Waffe und wollte ihnen folgen.

»Bitte!«

Er drehte sich um. Das Mädchen schaute ihn mit einem Blick an, den er nie vergessen würde.

»Bitte! Lassen Sie mich nicht allein!«

Aus ihrem rechten Auge löste sich eine Träne.

Elfter Juni, zwanzig Uhr fünfzig

Thal stand auf und ging an die Bar. »Was darf es denn sein, Kollegen? Wie wäre es zur Feier des Tages mit einem Malt Whisky? Ich hätte da einen ausgezeichneten Glengoyne!«

»Den solltet Ihr euch nicht entgehen lassen!« rief Madlaina, deren Stimme fast noch tiefer klang als sonst. Thal warf ihr einen kurzen, verliebten Blick zu, ehe er in die Runde schaute.

»Für mich bitte nicht, ich bleibe beim Wasser«, sagte Auer, dessen Stimme gegenüber Madlainas sonorem Alt brüchig klang. Thal schenkte großzügig ein und verteilte die Gläser. Neben seiner Freundin und Frank saßen noch Bettina Berg, Stephanie Bohlmann und Hartmut Grendel in seinem Wohnzimmer, um auf den erfolgreichen Abschluss des Loverboy-Falls, wie sie ihn inzwischen nannten, zu trinken. Er hatte auch seinen Sohn eingeladen, der aber kurzfristig abgesagt hatte, was Thal schade fand, denn letztendlich hatte der Aufruf in der Zeitung doch etwas gebracht. Obwohl der Hinweis, Pia Kindler sei im Club Cleopatra gesehen worden, falsch war, führte er sie auf die richtige Fährte. Ohne diesen Tipp hätten sie Tessloff nicht als verdeckten Ermittler eingesetzt, der sie zu Bo Hendriks führte.

Thal prostete in die Runde und sie tranken schweigend.

»Wie geht es eigentlich Annikas Mutter?«, fragte Madlaina.

»Besser.« Bettina stellte ihr Glas ab und griff nach einem Stück Parmesan. »Sie hat Glück gehabt, Hendriks wollte sie mit einer Überdosis töten, hat sich aber verschätzt.«

»Tragischerweise lief es bei der Tochter genau anders herum. Sie wollte er nicht umbringen, aber der Stoff war zu rein.« Grendel konnte immer noch nicht fassen, dass sie die Mädchen als Testobjekte für ihre Drogen benutzt hatten und dabei ihren Tod in Kauf nahmen.

»Am besten geht es Chiara Löber, sie hat den Schock ganz gut verdaut«, sagte Bettina mit vollem Mund.

»Im Gegensatz zu den beiden anderen.« Thal hatte heute Morgen Nasrin Amahdi im Krankenhaus besucht. Das Mädchen war auf Entzug und litt unter psychotischen Schüben. Genau wie Pia war sie von den erlittenen Qualen gezeichnet. »Die beiden Mädchen werden lange brauchen, ihre Geschichte zu verarbeiten. Dazu kommt die Angst, denn Bo alias Jan alias Noah hat ihnen eingebläut, dass es Videoaufnahmen von ihnen gibt, die jederzeit im Netz auftauchen können. Diese Angst wird sie ihr Leben lang verfolgen.«

Für einen Moment war es still im Raum, ehe Bettina sich räusperte, als könnte sie nicht ohne diesen Übergang weitersprechen. »Ich habe in den letzten Tagen viel über diese Loverboys nachgedacht. Irgendwie habe ich Sorge, dass wir da erst am Anfang stehen und eine Lawine auf uns zurollt.«

Stephanie Bohlmann, die eigentliche Heldin dieser Ermittlung, denn nur ihrem Spür- und Starrsinn war die Befreiung Nasrins zu verdanken, nickte energisch. »Die Eltern sind das Problem. Sie erkennen die Warnzeichen nicht, und wenn die Mädchen einmal in die Abhängigkeit gerutscht sind, ist es zu spät.«

»Da könnte doch dein Sohn … «, begann Grendel einen Satz, schaute dann aber Bettina an. »Oder du Bettina, du kennst Tobias doch gut. Mach ihm klar, wie wichtig die Aufklärung der Eltern ist. Eine Serie wäre nicht schlecht, in der die wichtigsten Symptome geschildert werden, da könnte unser Lokalblättchen mal etwas Gutes tun.«

Bettina starrte in ihr Glas. »Das sollte besser Alexander machen, Tobias und ich ... , da herrscht im Moment Funkstille.«

Mal wieder, dachte Thal und wusste, warum sein Sohn nicht gekommen war. Erneut schwiegen sie, diesmal war es Auer, der die Stille durchbrach.

»Ich sollte vielleicht doch einen Whisky nehmen. Das heißt doch auf gälisch Lebenswasser, oder?«

Madlaina bedeutete Thal, sitzen zu bleiben, und schenkte Frank ein. Der hob das Glas. »Dann lasst uns auf unser Wohl trinken.« Alle hoben ihre Gläser und nahmen einen kräftigen Schluck. »Ich wollte es euch erst nicht sagen, aber irgendwie seid ihr ja meine Familie.«

Alle schauten ihn erschrocken an. Wenn der Kollege so begann, konnte es nichts Gutes bedeuten. Er leckte sich über die Lippen. »Vor ein paar Wochen merkte ich auf einmal, dass ich kurzatmig war. Die Ärztin schickte mich zum Radiologen. Ergebnis: ein Lungentumor.«

Stephanie Bohlmann stöhnte auf. Auer drückte ihre Hand. »Vor vier Tagen wurde eine Biopsie gemacht. Es ist gutartig.«

»Gott sei Dank!«, entfuhr es Bettina.

»Na ja, im Prinzip ist alles gut, raus muss das Ding trotzdem. Morgen gehe ich ins Krankenhaus. Ein paar Wochen werdet ihr ohne mich auskommen müssen.

»Wenn's mehr nicht ist!«, sagte Stephanie Bohlmann, woraufhin Auer sie in die Seite kniff.

Thal schaute Madlaina in die Augen und hob sein Glas.

»Nun dann! Auf das Leben!«

Liebe Leserinnen und Leser,

zum Schluss möchte ich mich bei Ihnen bedanken, dass Sie diesen Roman gelesen haben. Denn nur für Sie schreiben wir Autoren unsere Bücher. Wir wünschen uns, dass die von uns erfundenen Geschichten und Figuren in Ihrer Fantasie zu neuem Leben erwachen. Deshalb freuen ich mich auch über jede Leserzuschrift. Schreiben Sie mir, ob Ihnen »Tote Mädchen weinen nicht« oder einer meiner anderen Romane gefallen hat. Meine E-Mail-Adresse lautet:
belabolten@email.de
Leseproben aus den anderen Berg und Thal Krimis, sowie aus meinen zeithistorischen Kriminalromanen rund um den Ermittler Axel Daut finden Sie im Anschluss.
In diesem Zusammenhang habe ich noch eine Bitte. Als verlagsunabhängiger Autor muss ich mich auch um das Marketing für meine Bücher selbst kümmern. Deshalb bin ich auf die Unterstützung meiner Leserinnen und Leser angewiesen. Sie helfen mir sehr, wenn Sie meine Bücher bei Amazon bewerten, über sie sprechen und sie weiterempfehlen. Twittern Sie über das Buch, erwähnen Sie es auf Facebook, Google+ oder anderen Plattformen.
Übrigens: Ich belohne meine treuen Leserinnen und Leser bei jeder Neuerscheinung, denn Sie können das E-Book für einige Tage zu einem äußerst günstigen Sonderpreis erwerben. Besuchen Sie meine Internetseite
http://belabolten.wordpress.com/ und abonnieren Sie dort meinen Newsletter, dann erfahren Sie rechtzeitig von diesen Aktionen.
Herzlichst

Ihr Béla Bolten

Mehr von Béla Bolten

Leahs Vermächtnis – Ein Berg und Thal Krimi

Kriminalhauptkommissar Alexander Thal trauert um seine Frau, die gefeierte Künstlerin Leah Braasch. Sie fiel einem Attentat zum Opfer, das ihm gegolten hatte. Thal zweifelt, ob er jemals in den Polizeidienst zurückkehren wird. Was hat seine Arbeit für einen Sinn, wenn er nicht einmal seine große Liebe vor einem Verbrechen bewahren konnte? Als er eines Morgens im Briefkasten einen an ihn adressierten Brief mit Fotos einer unbekannten, in entwürdigenden Situationen fotografierten Frau findet, wird ihm die Entscheidung abgenommen. Dies ist sein Fall. Es beginnt eine atemlose Jagd auf den Fotografen, dem im Trubel der Fastnacht jederzeit weitere Frauen zum Opfer fallen können. Wird es Thal diesmal gelingen, die Frauen zu schützen?

Leahs Vermächtnis ist der erste Fall für das Ermittlerduo Bettina Berg und Alexander Thal.

Leseprobe:

Kapitel eins: Das Versprechen

Er öffnete die beiden obersten Knöpfe seines Mantels. Obwohl vom See ein kalter Wind durch die Gassen wehte und das Thermometer zu dieser frühen Morgenstunde nur drei Grad zeigte, war ihm heiß. Er fürchtete, einen glühend roten Kopf zu bekommen. Dabei hatte er sich geschworen, gelassen zu bleiben. Es gab keinen Grund, aufgeregt zu sein. Er hatte alles durchdacht, seit Monaten feilte er an seinem Werk. Bis ins kleinste Detail hatte er die Komposition geplant, nichts war mehr dem Zufall überlassen. Über jede einzelne Pose, über Mimik und Gestik hatte er intensiv nachgedacht. Jederzeit konnte er das fertige Bild vor sein geistiges Auge holen. In Sekundenschnelle stand es vor ihm in seiner unbeschreiblichen Schönheit. Das hatte die Welt noch nicht gesehen. Monumental, bedeutend, in die Zukunft weisend.

Bevor seine Gedanken sich aus der Wirklichkeit lösten, zwang er sich zur Konzentration. Er durfte jetzt nicht träumen, sich nicht am eigenen Tun berauschen. Er musste hellwach sein. Die kommenden Tage sollten die bedeutsamsten seines Lebens werden. Danach würde nichts mehr sein, wie zuvor. Heute war der letzte entspannte Tag, den er nutzen wollte, um sich mit dem Terrain vertraut zu machen.

Er bog in die Münsterstraße ein und stieß fast mit einem Fahrradfahrer zusammen, der an diesem kalten Morgen nicht mit einem Spaziergänger gerechnet hatte. Die wenigen Fußgänger gingen zielstrebig in der Mitte der Straße. Sie waren auf dem Weg zur Arbeit, zur Schule, zu einem Arzt. Morgen würde das Geschäftsleben in der Stadt auf ein Minimum reduziert. Keiner hatte einen Blick für die Auslagen der Geschäfte, wo Luftschlangen, Konfetti und mit den typischen Kostümen der alemannischen Fastnacht bekleidete Puppen auf die kommenden Tage hinwiesen. Vor einigen Läden lagen lange Holzbretter, mit denen spätestens am Donnerstag viele Händler ihre Schaufenster verrammeln würden. Zu schnell ging im Taumel der Massen etwas zu Bruch.

Fast wie vor einer Großdemonstration in Berlin, nicht fröhlich, eher bedrohlich wirkte die Szenerie. Daran änderten auch die bunten Bänder aus Stofffetzen nichts, die im Abstand von einem Meter über die Straße gespannt waren und ihr ein Dach gaben.

Monate lang hatte er über den passenden Zeitpunkt gegrübelt, bis ihm der Einfall kam, der seinem Vorhaben die Richtung gab. Eine ganze Stadt im Taumel der Sinne, was könnte seinem Plan dienlicher sein? Bisher hatte er die Fastnacht nicht gemocht. Zu grell, zu lärmig, zu zügellos - Opium für das gemeine Volk, damit es für ein paar Tage sein Elend vergaß. Nichts für Feingeister.

Jetzt aber würden ihm die tollen Tage liefern, was er als Letztes zur Vollendung seines Werkes brauchte. In den Straßen dieser Stadt würde es ihm in den nächsten Tagen gelingen, nicht zu kopieren, sondern zu erschaffen.

Als er in die Kanzleistraße einbog, trat zwei Meter vor ihm eine Frau aus einer Drogerie. Sie war kaum zwanzig und ging mit ausladenden Schritten Richtung Marktstätte. Nur mit Mühe konnte er ihr folgen. Warum rannte er hinter ihr her? »Bleib ruhig«, murmelte er. »Es ist noch zu früh.«

Erst morgen, am Mittwoch, wenn die Fastnacht ihren Anfang nahm, würde er sein Werk beginnen. Aber war es nicht oft so gewesen, dass alle Planung unwichtig wurde, wenn ihn der kreative Blitz traf, aus dem jedes Kunstwerk sein Leben erhielt, jenen besonderen Glanz, der sich später in den Augen der Betrachter widerspiegelte?

Er griff in die rechte Manteltasche und schloss die Hand um die kleine Flasche. Er wollte sie erst nicht mitnehmen, hatte sich aber ohne darüber nachzudenken anders entschieden. War das der Wink einer höheren Macht, dem zu folgen ein Künstler früher oder später lernte? Er beschleunigte seine Schritte, um die Frau nicht zu verlieren. Ihr dichtes, leicht gewelltes schwarzes Haar wippte über den Kragen der weißen Felljacke. Er hatte sie nur eine Sekunde lang von vorne gesehen, aber sie war eindeutig schlank. Ihr fester Gang ließ darauf schließen, dass sie nicht dürr war, sondern weibliche Formen und Rundungen hatte. Ging dort sein erstes Modell? Als sie an einer Galerie in Höhe des Kaiserbrunnens stehen blieb, überholte er sie. Dabei sah er für einen Moment ihr Spiegelbild im Schaufenster. In seinem Kopf überstürzten sich die Bilder. In Sekundenbruchteilen stanzte sein Gehirn die Unbekannte in das Mosaik seines Werkes. Wer war sie? Was verkörperte sie? Das Versprechen? Die Verführung? Die Hingabe? Als sein fieberhaft arbeitender Geist sie in das letzte Feld setzte, blieb er abrupt stehen.

»Stopp«, sagte er so laut, dass er erschrak. Sofort drehte er sich um. Sie hatte es nicht gehört, sondern betrachtete weiter das Schaufenster. Wie immer funktionierte es. Wenn sein Kopf zu zerplatzen schien und die Gedanken sich verselbstständigten, konnte er sich mit diesem einen Wort zur Ruhe bringen. Dem kreativen Impuls zu folgen, war gut, doch er durfte ihn nicht ins Chaos führen. Sein Werk hatte Anfang und Ende. Die Reihenfolge stand fest. Zuerst kam das Versprechen. War sie es? Das Haar, die Kleidung, die frauliche Figur passten. Die Frau drehte sich um. Sie kam direkt auf ihn zu. Fast hatte sie ihn erreicht, ehe er einen Schritt zur Seite machte. Sie lächelte ihn an und senkte leicht den Blick. In dieser unscheinbaren Geste lag, was er suchte.

Er sah aus den Augenwinkeln, dass sie das Café »Marktstätte« betrat. Er tastete erneut nach dem Fläschchen und bereute, die Wirkung nicht vorher ausprobiert zu haben. Er musste der Beschreibung auf der Internetseite vertrauen. Demnach hatte er ausreichend Zeit für sein Vorhaben.

Er atmete tief durch und spürte, dass seine Nervosität nachließ. Tiefe Ruhe stellte sich ein – wie jedes Mal, wenn er mit einem Werk begann. In dieser Sekunde war alle Falschheit aus der Welt. Alles war an seinem Platz.

Mit festen Schritten ging er auf das Café zu und drückte die Eingangstür auf.

Neugierig geworden?

„Leahs Vermächtnis" von Béla Bolten erhalten Sie als E-Book und Taschenbuch exklusiv bei Amazon.

Sünders Fall – Ein Berg und Thal Krimi

Otto Sünder ist tot. Der Journalist liegt erschlagen in einem Luxushotel am Bodensee. Kam er bei seinen Recherchen jemandem zu nahe? Welche Rolle spielt ein Foto aus dem Jahr 1936, das sich in seinen Unterlagen befand? Und was hat der alternde Schauspielstar Mario Höven mit dem Fall zu tun, über dessen Vergangenheit Sünder mehr wusste, als für dessen Karriere gut war?
Während Hauptkommissar Thal in Berlin und Zürich nach Hinweisen sucht und einem lang gehüteten Geheimnis auf die Spur kommt, gerät seine Kollegin Berg in Konstanz mehr und mehr unter Druck. Aber noch ahnen beide nicht, in welch großer Gefahr sie schweben.

Leseprobe

Mittwoch, fünf Uhr fünfundfünfzig
Parkplatz vor dem Seehotel.

»Verdammt!«

Bettina Berg riss die Augen auf. Sie durfte nicht einschlafen. Noch nicht. Mit zu Fäusten geballten Händen rieb sie sich die Augen, was aussah, als hielte sie sich ein imaginäres Fernglas vors Gesicht.

Wo war Auer? Als sie die Arme nach oben reckte, rutschte ihr die Akte vom Schoß, und einzelne Blätter verteilten sich im Fußraum vor dem Beifahrersitz. Ach richtig, er holte Kaffee. Den hatte sie dringend nötig. Sie schaute auf die Uhr. In anderthalb Stunden war ihre Nachtschicht zu Ende. Wann Schober wohl vernünftig wurde und diese Observation einstellte? Sie war nun wirklich nicht zur Kripo gegangen, um sich die Nächte für einen abgehalfterten Schauspieler um die Ohren zu schlagen. Hoffentlich ließ die Sommerhitze sie heute einschlafen. In den letzten Tagen hatte sie sich im Bett von einer Seite auf die andere gewälzt und war nach wenigen Stunden entnervt und müde aufgestanden. Sie bückte sich und sammelte die Papiere auf. Das Porträt schmeichelte Höven gewaltig. Sie legte die Aktenmappe auf den Fahrersitz und betrachtete das Foto - genauer die Autogrammkarte. Zu viel Weichzeichner für ihren Geschmack, andererseits brauchte das verlebt wirkende Gesicht des Schauspielers diese Schmeichelei. Mit leicht geneigtem Kopf lächelte er den Betrachter an. Bettina musste grinsen. Diese Fotografie war ein Statement. Seht her, hier ist Mario Höven, der Charmeur, der Womanizer, dem die Frauenherzen zufliegen, der sich gegen die weibliche Begierde kaum wehren kann. Denn deshalb verbrachte sie jetzt bereits die vierte Nacht auf einem unbequemen Autositz. Irgendeine Geschlechtsgenossin hatte Hövens einladendes Lächeln zu wörtlich genommen und versuchte, ihm so nah wie möglich zu kommen. Zu nah. Verboten nah. Dabei war die Stalkerin wie ein Phantom, das sich perfekt tarnte und nur zuschlug, wenn die Bewacher des Objekts ihrer Begierde einmal unaufmerksam waren. Um das zu verhindern, saß Bettina hier und kämpfte gegen das Einschlafen. Wo blieb Auer nur mit dem Kaffee? Sie schob das Foto in die Akte und drehte die Seitenscheibe herunter. Es hatte sich in der Nacht kaum abgekühlt. Seit Tagen lag eine Hitzeglocke über der Stadt, und der Wetterbericht versprach auch für die nächsten Tage keinen Temperaturrückgang. Der Jahrhundertsommer war das beherrschende Thema in den Lokalmedien - nur gelegentlich abgelöst von Berichten über die Telenovela, die seit zwei Wochen am

Bodensee gedreht wurde. Seit sich der frisch gebackene Oberbürgermeister entschlossen hatte, regelmäßig in der Seifenoper mitzuwirken, war sie zum beherrschenden Sommerlochthema geworden. Etwas Besseres konnte dem ausgedienten Schauspieler Höven nicht passieren, seit Jahren war er von den Medien nicht mehr so hofiert worden.

Na endlich! Auer kam aus dem Hoteleingang, in der einen Hand ein silbernes Brotkörbchen und in der anderen eine ebenfalls silbern glänzende Thermoskanne. Ihm folgte eine Serviererin mit bodenlanger, frisch gestärkter Schürze. Sie ging mit kleinen Trippelschritten, um das riesige, mit Tassen, Tellern, Gläsern und allerlei Töpfchen voll gestellte Tablett sicher zu balancieren. Bettina stieg aus dem Auto.

»Nobel geht die Welt zugrunde.«

»Irgendetwas müssen wir schließlich davon haben, dass wir uns die Nächte vor einem Fünf-Sterne-Hotel um die Ohren schlagen.«

Die Serviererin klappte zwei zuvor unsichtbare Bügel unter dem Tablett hervor und stellte es auf die Motorhaube.

»Guten Appetit!«

Auer griff sich ein Croissant, riss ein Stück ab, tunkte es in eine rote Marmelade - Bettina vermutete Kirsch - und steckte es sich in den Mund.

»Greif zu, ist genug für uns beide da.«

Bettina schüttelte den Kopf. Sie war keine Frühstückerin und goss sich nur eine Tasse Kaffee ein.

Die Hoteltür öffnete sich erneut. Diesmal rannte die Kellnerin auf sie zu, die lange Schürze nach oben gerafft.

»Kommen Sie! Schnell!«

Bettina kannte diesen Gesichtsausdruck. Sie hatte ihn in den letzten zehn Jahren oft gesehen. Das Entsetzen vor dem Unausweichlichen, nicht mehr rückgängig zu Machenden. Sie setzte die Kaffeetasse ab und ging auf die Frau zu.

»Da drin«, rief die Serviererin und blieb so abrupt stehen, dass der Kies unter ihren Füßen knirschte, »da drin«, wiederholte sie und zeigte mit den Händen auf das Hotel.

Bettina nickte ihr zu.

»Da drin«, wiederholte die junge Frau erneut und fand endlich die Kraft, den Satz zu vollenden, »liegt ein Toter.«

Bankers Tod – Ein Berg und Thal Krimi

Auf einem Boot wird die grausam verstümmelte Leiche eines Bankangestellten gefunden. Geht es um dunkle Immobiliengeschäfte? Oder musste der Mann sterben, weil er aus einer obskuren Sex-Sekte aussteigen wollte? Bettina Berg bringen die Ermittlungen bei dubiosen Finanzjongleuren, hyperreichen Investmentberatern und undurchsichtigen Heilsversprechern fast um den Verstand, während Alexander Thal am Ende ums nackte Überleben kämpft.

Leseprobe

Montag, achtzehn Uhr einunddreißig

Max Oser war zufrieden. Der Tag hatte beschissen begonnen, aber jetzt sah alles nach einem versöhnlichen Ende aus. Die Kleine war jedenfalls schwer begeistert von der »Carina«. Wie sie sich da so auf dem Vorschiff in der Sonne rekelte ... . Da ging heute noch was, Martin sei Dank, besser gesagt der Tatsache, dass er ihm noch einen Gefallen schuldig war. Vor morgen Mittag brauchte er das Boot nicht zum Jachthafen an der Seestraße zurückbringen, Zeit genug also, die Kojen ausgiebig zu testen. Er ging die Stufen in die Kajüte hinunter und öffnete den Kühlschrank. Sechs Flaschen Veuve Clicquot im oberen und je eine Flasche Wodka und Tequila im unteren Fach. Auf Martin war Verlass. Sollte er gleich zu den scharfen Sachen greifen, um die Sache etwas zu beschleunigen? Besser nicht! Nach zu viel Alkohol verweigerte sein kleiner Freund manchmal seinen Dienst. Außerdem gehörte Celina Rech mit Sicherheit zu der Kategorie Frauen, die sich von einem teuren Champagner beeindrucken ließen. Mit der rechten Hand nahm er zwei Gläser aus dem Regal und stieg zurück ans langsam weniger werdende Tageslicht. Zum Glück war dieser Septemberabend noch warm wie ein Hochsommertag. Warm genug jedenfalls, dass die Kleine sich sofort, nachdem Max das Boot wegen seiner mangelnden Fahrpraxis äußerst vorsichtig aus dem Hafen gesteuert hatte, T-Shirt und Jeans ausgezogen hatte. Im knappen Bikini kam ihre Figur so richtig zur Geltung. Griffig nannte Max solche Frauen, wenn er mit seinen Freunden um die Häuser zog und den Maulhelden spielte. Wenn die wüssten, was er hier gerade für eine Show abzog. Er hob die Flasche mit dem leuchtend gelben Etikett in die Höhe und starrte dabei auf die kleine Hautfalte oberhalb der Bikinihose, aus der er das prickelnde Gesöff am liebsten schlürfen würde:

»Wie wär`s mit einem Gläschen Schampus, Celina?«

Die Praktikantin lehnte an der Reling und schaute mit dem Fernglas auf den See. Ohne den monströsen Feldstecher, der so gar nicht zur Eleganz der Motorjacht passte, von den Augen zu nehmen, antwortete sie:

»Schauen Sie sich das mal an, Max. Da stimmt doch was nicht.«

In vierhundert Meter Entfernung dümpelte eine Jacht mit eingeholten Segeln auf dem Wasser. Oser schaute sich um. Außer dem Segelboot sah er nur noch einen Fischer, der seine Netze im Überlinger See kontrollierte. Um diese Uhrzeit und dazu an einem Wochentag lagen selbst in der beliebten Schmugglerbucht vor der Insel Mainau keine Bootsausflügler mehr, sie segelten längst in Richtung Heimathafen, um rechtzeitig vor Sonnenuntergang festzumachen. Ohne auf die Bemerkung der Kleinen einzugehen, löste Max die Agraffe der Champagnerflasche. Kaum hatte er den Draht gelockert, schoss der Korken mit lautem Knall auf den See.

»Hoppala«, lachte er und balancierte vorsichtig über den schmalen Gangbord aufs Vorschiff, goss beide Gläser voll und hielt Celina eines entgegen.

»Komm, lass uns lieber auf die gute Witwe Klickoh trinken, anstatt uns mit diesem Kahn da drüben zu beschäftigen.«

»Nun schauen Sie doch mal!«

Celina Rech hielt Max das Fernglas hin. Er ließ sich neben sie auf dem Boden nieder und berührte dabei wie zufällig mit dem Oberarm ihren Busen. Sie zuckte nicht einmal zusammen, was er als verheißungsvolles Zeichen ansah, zumal sie ihm fast gleichzeitig das Glas abnahm und es in einem Zug leerte. Als er nach der Flasche greifen wollte, um ihr nachzuschenken, drückte sie ihm mit Nachdruck das Fernglas in die Hand.

»Wirklich! Da stimmt etwas nicht!«

Max nutzte die Gelegenheit, ihr mit den Fingern über den Handrücken zu streichen, diesmal zog sie die Hand weg und rückte sogar einige Zentimeter von ihm ab. Seufzend hob er den Feldstecher vor die Augen. Eine schicke Jacht, das sah er sofort, obwohl er von Booten nicht viel verstand. Der Holzrumpf war mindestens zehn Meter lang und das Schiff hatte eine elegante Form. Etwas lag über der Reling auf der Steuerbordseite. Er justierte die Schärfe. Da schien es jemandem kotzübel zu sein.

»Na«, sagte Celina und stellte das leere Sektglas etwas zu heftig ab, »was meinen Sie? Ist der Mann bewusstlos?«

»Ich denke eher, dass er etwas zu tief ins Glas geschaut hat.«

Max legte das Fernglas neben sich auf den Boden und nahm die Sektflöte in die Hand.

»Apropos ..., wir wollen uns doch den Spaß nicht verderben lassen.«

Celina Rech schüttelte den Kopf.

»Das geht doch nicht, Herr Oser. Wir müssen doch nachsehen, ob der Mann Hilfe braucht.«

Sie verschränkte die Arme vor den wohlgeformten Brüsten. Max wusste sofort, dass er keine Chance bekäme, seine Hände daraufzulegen, bevor sie sich davon überzeugt hatte, dass es dem Skipper gut ging. Achselzuckend ging er nach hinten ins Cockpit und startete den Motor. Langsam nahm er Kurs auf die Segeljacht. Bloß jetzt keinen Unfall verursachen. Ihm fehlte die Erfahrung mit PS-starken Motorbooten und es verlangte äußerste Konzentration, um die Carina sicher auf der Steuerbordseite der noblen Jacht längsseits zu bringen. Für den Skipper hatte er keinen Blick frei, bis die Kleine einen markerschütternden Schrei ausstieß. Als er nach links sah, wusste er, dass dieser Abend anders enden würde, als geplant.

Neugierig geworden?

„Bankers Tod“ von Béla Bolten erhalten Sie als E-Book und Taschenbuch exklusiv bei Amazon.

Claras Schatten – Ein Berg und Thal Krimi

Der Verkauf ihres Familienunternehmens an amerikanische Investoren machte Gudrun Schwör zur Millionärin, doch das hilft ihr jetzt nichts mehr – sie liegt erstochen in ihrem Bett. Während die Ermittler Bettina Berg und Alexander Thal versuchen, Motive und Hintergründe der rätselhaften Tat zu entschlüsseln, eskaliert die Auseinandersetzung um die Zukunft des ehemaligen Schwör'schen Unternehmens. Die Belegschaft besetzt die Fabrik, zehntausend Globalisierungsgegner legen das Leben in der Stadt lahm und am Ende brennen einige Buden auf dem sonst so friedlichen Konstanzer Weihnachtsmarkt.

Mitten in einem Strudel von Intrigen, dunklen Familiengeheimnissen und politischen Ränkespielen sehen sich Berg und Thal vor eine schwierige Entscheidung gestellt: Es kommt nur ein Verdächtiger als Täter in Frage, doch er hat ein wasserdichtes Alibi und es scheint unmöglich, mit Mitteln des Rechts für Gerechtigkeit zu sorgen. Wie weit werden die beiden unkonventionellen Ermittler gehen, um den Mörder zu überführen?

Leseprobe

Montag, neunter Dezember, sechs Uhr dreißig

Wie jedes Mal ließ sie die Augen beim Erwachen minutenlang geschlossen, das gab ihr die Illusion, die Wirklichkeit aussperren zu können aus ihrem Leben, das sie am liebsten ausschließlich in ihrem Kopf geführt hätte. In ihren Gedanken herrschte eine wunderbare Ordnung, draußen in der Realität regierte das Chaos. Wie viel Kraft es sie Tag für Tag kostete, diese Unordnung zu beseitigen! An manchen Tagen würde sie am liebsten aufgeben, aber sie durfte nicht. Ordnung bedeutete Leben, Chaos Tod. Sie fühlte sich als Seelenbruder des Sisyphus, der einen tonnenschweren Stein einen steilen Hügel hinaufschleppen musste. Die Arbeit war unerträglich, die Glieder schmerzten und er brachte die Last nur schreiend Zentimeter für Zentimeter nach oben. Hatte er endlich die Kuppe erreicht, entglitt ihm der Brocken, stürzte hinunter und seine Qual begann von Neuem. Nicht die Anstrengung war das Schlimmste, sondern die von Versuch zu Versuch zur Gewissheit werdende Angst, auch beim nächsten Mal kurz vor dem Ziel zu scheitern. So wie sie nicht die Mühe belastete, die Welt dem Chaos zu entreißen, sondern die Erkenntnis, niemals zum Ziel zu gelangen. Wie Sisyphus, dem seine Arbeit als Strafe auferlegt worden war, weil er versucht hatte, den Tod zu überlisten, musste auch sie ihre Bürde als Vergeltung tragen. Nur war sie, im Gegensatz zu ihm, dem Tod nicht entgegengetreten. Genau wir ihr griechischer Freund fühlte sie sich am gescheiterten Ende jedes Aufstiegs schwach und begann doch immer von Neuem.

Sie holte tief Luft und konzentrierte sich auf das Heben und Senken ihres Bauches. Nach vier oder fünf Atemzügen fühlte sie sich kräftig genug, die Augen einen Spalt zu öffnen. Milchig weiß fiel das Licht der Wirklichkeit auf ihre Netzhaut und nach Millisekunden verstand ihr Hirn, dass die Nacht ging und einem trüben Wintermorgen Platz machte. Ein Fenster war nur halb von einem Vorhang bedeckt, der in acht Falten gelegt war. Acht war eine gute Zahl. Die Acht ist gerade und eine Kubikzahl, alle Spinnentiere haben acht Laufbeine, es gibt acht Hauptrichtungen der Windrose, das Sonnensystem hat acht Planeten, jede ungerade Zahl über Eins ergibt, ins Quadrat erhoben, ein Vielfaches von acht mit einem Rest von eins. Die Acht ist die Zahl des Neubeginns, am achten Tag beginnt eine neue Woche. Acht Menschen wurden in Noahs Arche gerettet. Sie schloss für einen letzten Moment der Stille die Augen. Sie war sich sicher, diesen Tag zu überstehen. Die Acht half ihr dabei. Eine Gänsehaut kroch über ihren linken Arm. Sie fröstelte und wollte die Decke enger über ihren Körper ziehen, aber etwas hinderte sie. Ohne die Augen zu öffnen, tastete sie nach dem Widerstand und fühlte eine Hand, die auf ihren Hüften lag. Sie wagte einen Blick und erkannte auf dem Mittelfinger den Tandring, den der Fremde ihrer Mutter geschenkt hatte. Kein anderer Schmuck außer diesem hässlichen Etwas. Den Ehering hatte sie vor Monaten abgelegt, aber noch immer war ein leichter, weißer Streifen auf ihrem Ringfinger zu erkennen.

Sie schloss die Augen und zog den Arm der Mutter zu sich heran. Er war kalt, auch sie schien zu frieren. Sie griff nach der Bettdecke und bedeckte den Arm auf ihrem Körper.

Warum lag sie im Bett der Mutter? Sie musste es verstehen, bevor sie die Augen endgültig öffnete, also zermarterte sie ihr Gehirn. Wie in einem falsch zusammengeschnittenen Film tauchten Bruchstücke auf. Sie hatten sich gestritten. Ihre Mutter, Ben und sie. Laut und wild und schlimmer als je zuvor. Mama hatte getrunken. Wie jeden Abend. Zu viel und zu schnell. Sie hatte geschrien. Gebettelt. Geweint. Ihre Mutter blieb unerbittlich. Dann riss der Film und vor ihren Augen war nichts als Dunkelheit. Sie atmete und der Arm auf ihrer Hüfte hob und senkte sich im sanften Rhythmus, als tanzte sie mit ihrer Mutter in einem langsamen, vertrauten Takt. Es war ein guter Morgen, natürlich. Sie dachte an die Acht und lächelte. Sie hatten sich versöhnt. Ihre Mama hatte eingesehen, dass sie sich geirrt hatte. Sie wollte alles wieder gut machen. Hatte Mutter nach ihr gerufen? Wollte sie nicht alleine sein in dieser Nacht? So sehr sie sich anstrengte, sie erinnerte sich nicht. Aber es spielte keine Rolle, denn jetzt lag sie hier im breiten Bett der Mutter, die sich eng an sie schmiegte. Der Streit war Vergangenheit, genau wie der Hass, die Angst und die Scham.

Sie fror noch immer. Sie mussten sich aneinander wärmen, ihre Mutter und sie. Ohne die Augen zu öffnen, drehte sie sich um. Sie wollte die Harmonie in sich bewahren, die zerstörerische Realität musste noch warten. Die Acht gab ihr Sicherheit.

Sie schob ihre Beine näher an die der Frau neben ihr. Feuchtigkeit klebte an der Haut. Hatte Mama ihr heiß geliebtes Getränk verschüttet, als sie sich ins Bett legte? Es wäre nicht das erste Mal, das eine Flasche ausgelaufen war und Bettuch und Matratze durchtränkt hatte. Sie schnüffelte, fand aber den vertrauten und zugleich verhassten Geruch nicht. Statt der leichten, kaum wahrnehmbaren Würze stieg ihr etwas Metallisches in die Nase, vermischt mit einem süßlichen Unterton. Wie in der Gießerei, dachte sie und beschloss, kurz die Augen zu öffnen, um sich zu vergewissern, im Haus und nicht in der Fabrik zu sein.

»Mama«, sagte sie. »Warum starrst du mich so an?«

Sie legte ihre Hand auf die Schulter der Mutter und zuckte zurück. Der Schleim verklebte ihre Finger in Sekundenschnelle.

Ihrem Mund entwand sich ein Schrei, wie ihn dieses Haus noch nicht gehört hatte.

Codewort Rothenburg

Axel Dauts erster Fall

Berlin, Frühjahr 1941. Ein mysteriöser S-Bahn-Mörder hält die Stadt in Atem. Als eine weitere Frauenleiche gefunden wird, führen die Spuren Kriminalkommissar Axel Daut aber in eine andere Richtung. Das Opfer arbeitete als Prostituierte in einem noblen Bordell. Warum will offiziell niemand etwas von diesem „Salon Kitty" wissen? Trotz Anweisung von höchster Stelle, den Fall zu den Akten zu legen, ermittelt Daut weiter und betritt eine geheimnisvolle Welt aus Spionage und rauschhafter Begierde, der auch er sich nicht entziehen kann.

Währenddessen schließt sich Dauts Ehefrau Luise ohne sein Wissen einer Widerstandsgruppe an.

Als deutsche Soldaten in Russland einmarschieren und Bomber Nacht für Nacht Tod und Zerstörung auch nach Berlin bringen, kommt es zu einem dramatischen Finale, an dessen Ende nichts mehr ist, wie es war.

"Historisch perfekt recherchiert – ein Stück NS-Alltagsgeschichte in Romanform, das ohne moralische Wertungen, ohne politisches Pathos, ohne erhobenen Zeigefinger auskommt."

(Eine Leserin bei Amazon)

'Codewort Rothenburg' ist definitiv mehr als nur ein spannender Krimi. Der Autor Béla Bolten schafft es, die Ereignisse der Zeit geschickt mit einem spannenden Kriminalfall zu verbinden.

(Wir lesen – Eure Büchercommunity)

Béla Bolten ist es mit diesem Buch brillant gelungen, ein historisches Szenario in einen mitreißenden Krimi zu packen, der einen für viele Stunden nicht mehr los lässt.
(Online Magazin Maniax)

Leseprobe

Eins

Er hatte es sich schlimmer vorgestellt. Unangenehmer. Er sollte sich entspannen, dann könnte er es sogar genießen. Die Kameraden hatten recht, Inge war hübsch. Nicht schön, aber reizvoll. Weniger ihr Gesicht, in dem die Augen etwas zu eng beieinanderstanden und die Wangenknochen zu deutlich hervortraten. Sähe man nur ihren Kopf, könnte man sie für dürr halten. Er sah an ihrem Körper herunter. Sie war alles andere als das. Der Seidenkimono war aufgesprungen, und so hatte er einen freien Blick auf ihre Brüste, ihren Bauch, ihre Beine. Ein seidiges Etwas, eher ein Nichts als ein Höschen, verbarg die Scham zwischen ihren runden Schenkeln. Sie stützte sich auf den linken Unterarm, trank einen Schluck Champagner und sah ihn herausfordernd an.

»Na, Soldat! Genug gesehen?«

Er fühlte sich ertappt. Das Blut schoss ihm ins Gesicht.

»Du bist ja vielleicht ein Held!«

Sie prustete los, und einige Spritzer Sekt trafen seine Nase.

»Wirst ja rot wie ein kleiner Junge, wenn du nur ein paar Tittchen siehst. Hoffentlich wirst du mir beim Rest nicht ohnmächtig!«

Wieder lachte sie lauthals.

»Nimm die Inge«, hatten seine Kameraden gesagt. »Die ist nicht nur hübsch, die hat auch richtig was drauf. Sachen macht die ...«

Mit seiner linken Hand umfasste er ihre rechte Brust. Inge drängte ihren Oberkörper gegen ihn.

»Na endlich. Ich dachte schon, du wolltest nie anfangen.«

Sie nestelte an seiner Gürtelschnalle und zog mit einem Ruck die Hose herunter. Als sie in seine Unterhose greifen wollte, schlug er ihre Hand weg. Sie riss die Augen auf.

»Aua, du tust mir weh.«

Er hatte zu fest zugepackt. Es war ein Reflex. Aus seinem Unterbewusstsein. Seit Jahrzehnten antrainiert.

Er lockerte den Griff.

»Tut mir leid. Aber ich kann nur ...«

»Ah, der Herr möchte bestimmen, wo's lang geht. Nur zu!«

Sie lachte, hob den Hintern an und zog mit einem Ruck ihr Höschen auf die Knöchel.

»Den Rest kannst du ja wohl selber!«

Wieder gluckste sie, und in diesem Moment wusste er, dass er dieses Lachen schon einmal gehört hatte. Inge spreizte die Schenkel, und der Anblick, der sich ihm bot, lenkte ihn augenblicklich ab. Noch nie hatte er eine Frau gesehen, die an dieser Stelle rasiert war. Das Verlangen sprang ihn an wie ein Tiger sein Opfer. Er wollte diese Frau, die sich ihm so schamlos darbot.

»Dreh dich um«, sagte er in einem barschen Befehlston.

Sie schien es als Spiel aufzufassen.

»Jawohl, Herr Leutnant! Wie der Herr Leutnant befehlen!«

Laszív und provozierend langsam drehte sie sich auf die Seite. Er fasste sie um das Becken, hob sie hoch und brachte sie mit einem Schwung in eine kniende Position. Sie stöhnte auf, es klang nicht schmerzhaft. Mit der Hand fuhr sie sich zwischen die Schenkel, und er spürte stechend, wie groß seine Lust war. Die Hose hatte sich an seinen Beinen verheddert, und er brauchte einige Zeit, sie abzustreifen. Als er seine Unterhose nach unten zog, drehte sie den Kopf.

»Nun mach schon, oder willst du ...«

Ihre Augen weiteten sich, und die Backen fielen in sich zusammen.

»Was ist das denn?«

Sie kreischte mehr als sie sprach und beendete den Satz mit einem hohen, fast quietschenden Kiekser. Sie blickte ihn direkt an. Wieder lachte sie schallend und brüllte los, wobei ihre Stimme fast eine Oktave tiefer zu sein schien als zuvor:

»Das kann doch gar nicht wahr sein. Wann habe ich denn so was das letzte Mal gesehen? Muss schon lange her sein! Das glaubt mir kein Mensch.«

In diesem Moment erinnerte er sich an alles. Er hatte einen Fehler gemacht. Einen folgenschweren Fehler.

Er griff in ihr dichtes, schwarzes Haar und drehte mit einem kräftigen Ruck ihren Kopf nach vorne. Sie schrie auf. Diesmal vor Schmerz. Er verschloss ihren Mund mit seiner Hand. Mit Verwunderung spürte er, dass seine Lust nicht nachgelassen hatte.

»Sei still und tu deine Arbeit«, zischte er.

Dann drängte er sich an sie. Er wusste, dass er die Sache zu Ende bringen musste.

Der Aufbewarier

Axel Dauts zweiter Fall

Berlin 1943. Angst beherrscht die Stadt. Während die einen Nacht für Nacht in die Bunker flüchten, versuchen die anderen verzweifelt, ihren Häschern und damit der Verschleppung und Ermordung zu entkommen.

Nach einem Luftangriff wird in einem Keller die zerstückelte und kopflose Leiche einer Frau gefunden. Der zum Wachtmeister degradierte Kriminalpolizist Axel Daut wird von seinem Freund und Ex-Kollegen zu den Ermittlungen hinzugezogen.

Bei der Suche nach dem Mörder gerät Daut in ein menschliches Panoptikum aus Gejagten, stillen Helden und bedenkenlosen, sich schamlos bereichernden Opportunisten. Er trifft aber auch auf Frauen, die mit dem Mut der Verzweiflung um ihre Männer und ihr kleines, privates Glück kämpfen und er lernt einen der größten Stars seiner Zeit kennen.

Am Ende findet Daut die Wahrheit, von der die Welt aber nie erfahren wird.

„Ein Krimi, der Geschichte erfahrbar macht. Der Zeitgeist ist auf jeder Seite spürbar. Exzellent recherchiert."

(Ein Leser bei Amazon)

„Historisch ausgezeichnet recherchiert, psychologisch überzeugend, spannend."

(Eine Leserin bei Amazon)

Leseprobe

Freitag, 26. Februar 1943

Wie schnell nach dem infernalischen Lärm Stille eintrat. Niemand redete, kein Geräusch, nicht einmal ein Husten oder Niesen. Nur das konzentrierte Lauschen, das gespannte Warten darauf, dass die Sirenen, die vor nicht einmal einer Stunde mit jaulendem, an den Nerven zerrendem Auf- und Abschwellen Tod und Verderben angekündigt hatten, zur Entwarnung bliesen. Wie leise hundert Menschen sein konnten. Die Angst schnürte die Kehlen zu. Sie lebten, aber was würde sie draußen erwarten? Die letzte Bombe war nicht weit entfernt eingeschlagen, die Detonation hatte den Keller erzittern lassen. Die Tommies waren schon auf dem Rückweg, vielleicht war es ein Notabwurf eines angeschossenen Bombers oder eine fehlgeleitete Mine. Als der letzte Sirenenton verklungen war, öffnete Axel Daut die Tür des Luftschutzkellers, stieg die Stufen zum Erdgeschoss hinauf und trat hinaus auf die Straße. Tief atmete er die frische, kalte Luft ein. Es war eine dunkle Neumondnacht, wegen der Verdunkelung von keinem Licht erhellt. Daut blickte hinauf. Nur im Nordwesten leuchtete ein roter Streifen am Himmel. Die Engländer hatten das Zentrum ins Visier genommen, sein Viertel im Südwesten Berlins war wieder einmal verschont geblieben. Fast jedenfalls, denn als Daut nach rechts schaute, sah er, wie sich Flammen langsam, aber stetig durch den Dachstuhl eines fünfstöckigen Hauses fraßen. Daut lief auf das etwa dreihundert Meter entfernte Gebäude zu, mit der rechten Hand den Tschako festhaltend. Er trug dieses Ding jetzt schon zwanzig Monate und hatte sich immer noch nicht an die nutzlose Kopfbedeckung gewöhnt. Als er noch hundert Meter von dem brennenden Haus entfernt war, erschreckte ein ohrenbetäubender Knall ihn derart, dass er hinter einer Hofmauer Schutz suchte. Asche flog durch die Luft, und ein pfeifendes Geräusch schmerzte im Ohr. Irgendwo war eine Gasleitung zerborsten, hoffentlich funktionierte die Notabschaltung. Daut verließ seine Deckung und ging weiter auf das Haus zu. Aus einer Dachluke schob sich der Oberkörper eines bulligen Mannes. Er legte eine Leiter aufs Dach, auf der er sich langsam in Richtung des Brandherdes schob. Ein zweiter Mann tauchte auf und folgte ihm. Ein dritter reichte ihnen einen Eimer heraus. Die immer höher schlagenden Flammen setzten die Szenerie in grelles Licht, die Schatten der Männer tanzten auf den Dachpfannen wie die Figuren einer Laterna magica. Die Löschkette schien zu funktionieren, denn Eimer auf Eimer wurde zum ersten Mann hinaufgereicht, der das Wasser in die Flammen goss. Sie hatten Glück gehabt und konnten ihr Hab und Gut retten.

Dauts Hilfe wurde hier nicht benötigt, also ging er weiter. Eine Frau hastete aus einer Seitenstraße, in der Hand eine abgewetzte, alte Tasche. Schweigend lief sie an Daut vorbei. Vermutlich hatte der Angriff sie beim Besuch einer Freundin oder Verwandten überrascht und sie wollte jetzt so schnell wie möglich nach Hause. Aus einem Hauseingang trat ein Junge. Für einen Moment glaubte Daut, in dem dreizehn oder vierzehn Jahre alten Steppke seinen Sohn Walter zu erkennen. Dabei sah er ihm nicht einmal ähnlich mit seinen dichten, flachsblonden Haaren.

»Wachtmeister! Hierher! Schnell!«

Der Junge verschwand wieder im Haus. Daut beschleunigte seine Schritte und folgte ihm.

»Hierher!«

Die Stimme kam aus dem Keller. Daut suchte den Lichtschalter. Als er ihn gefunden hatte, drehte er vergeblich. Stromausfall. Vorsichtig tastete er sich durchs stockfinstere Treppenhaus die Stufen hinunter.

»Die verdammte Tür hat sich verkeilt.«

Dauts Augen hatten sich noch nicht vollständig an die Dunkelheit gewöhnt. Er erkannte nur schemenhaft, dass der Junge mit aller Kraft an der Tür zum Luftschutzkeller riss.

»Die sind alle noch da drin. Meine Mutter auch.«

»Und wo warst du?«

»Bei meiner Oma in der Eylauer Straße.«

Das war nur ein paar Querstraßen entfernt. Vermutlich war der Junge direkt nach der Entwarnung losgelaufen.

Daut schob ihn zur Seite.

»Lass mich mal.«

Er zog an der Klinke und stemmte den Fuß gegen die Mauer.

»Ach du meine Güte«, sagte der Junge, »da denk'ste, du rufst einen kräftigen Polizisten zu Hilfe, und was kriegst du: einen Krüppel.«

Daut ignorierte die Frechheit. Inzwischen hatte er sich an die Dunkelheit gewöhnt. Links vom Eingang des Luftschutzraumes stand eine Kellertür auf. Ein gutes Dutzend Holzpfähle lag an einer Wand aufgestapelt. Sie waren an einem Ende angespitzt, vermutlich hatten sie einmal als Zaun ein Grundstück umfriedet.

»Na, sieh mal einer an«, sagte der Junge. »Da hat der olle Westphal wohl irgendwo einen Jägerzaun geklaut, damit er es mit seiner Alten schön warm hat in der Stube.«

Daut ergriff einen der Pfähle. Wie beim Mikadospiel, das er früher wegen seiner fehlenden Hand zwar gerne, aber doch erfolglos mit Luise gespielt hatte, fiel der gesamte Stapel Pflöcke zusammen. Er wiegte einen in der Hand und ging zurück zur Luftschutztür. Dabei stolperte er über einen gewaltigen, mitten im Kellerflur stehenden Pappkarton. Er wollte ihn mit dem Fuß zur Seite schieben, schaffte es aber nicht, ihn auch nur einen Zentimeter zu bewegen.

»Verdammt, was ist denn da drin? Wackersteine?«

Daut stieg über den Behälter und setzte den Pfahl an der Tür an.

»Hilf mir mal!«

Der Junge lehnte sich mit seinem ganzen Körpergewicht gegen das Pfahlende. Gemeinsam zogen sie am Hebel, und die Tür gab nach.

Eine sehr kleine, sehr alte Frau drückte die Tür mit beiden Händen von innen endgültig auf.

»Na endlich! Wir wollten schon die Mauer in den Nachbarkeller aufbrechen. Wie sieht es draußen aus?«

»Nicht viel passiert.«

Daut zwängte sich an ihr vorbei in den Keller.

»Alles in Ordnung hier? Niemand verletzt?«

»In Ordnung ist nichts«, antwortete ein Mann, den Daut auf etwa sechzig Jahre schätzte. Sicher war er sich nicht, der Krieg ließ die Menschen schnell altern.

»Seien Sie vorsichtig, wenn Sie rausgehen. Wem gehört dieser Karton? Man sollte ihn wegräumen, sonst fällt noch jemand drüber.«

Der Mann, der zuvor nichts in Ordnung gefunden hatte, ergriff den Pappbehälter und ächzte, als er ihn hochhob. Mit Schwung warf er ihn zur Seite. Als er auf dem Boden aufkam, riss die rechte Hälfte auf. Ein in Zeitungspapier gehüllter Klumpen rollte heraus.

»Ist das Ihr Karton?«, fragte Daut.

»Sehe ich so aus, als hätte ich das schwere Ding hier reingeschleppt?«

Der Mann schlug das Papier zurück.

»Na, was haben wir denn da? Da hat wohl ein Volksgenosse sein schwarz geschlachtetes Schwein in Sicherheit bringen wollen.«

Daut konnte nicht erkennen, um was für ein Fleischstück es sich handelte. Für einen Schinken war es zu groß. Ganz frisch schien es auch nicht zu sein, denn ein leicht süßlicher Geruch stieg ihm in die Nase. Er versuchte, den Fleischklumpen vollständig in den Karton zurückzustopfen. Das Zeug musste raus aus dem Keller. Als er mit einer Hand an dem Behälter zog, riss die leicht angenässte Pappe der Länge nach auf. Daut trat einen entsetzten Schritt zurück. Was dort aus dem Karton ragte, war ohne Zweifel eine menschliche Hand. Und ein Finger zeigte genau auf ihn.

Das Jesuskomplott

Thriller

Archäologen entdecken in Jerusalem ein Familiengrab aus dem ersten Jahrhundert. Die Namen der dort Bestatteten elektrisieren die Forscher: Maria, Josef, Jesus. Ein internationales Team von Wissenschaftlern unter der Leitung des deutschen Professors Wolfram Engel macht sich an die Untersuchung der Fundstücke. Kann die biblische Geschichte nun endlich bewiesen oder widerlegt werden? Der Vatikan fürchtet das Schlimmste und unternimmt alles, um in den Besitz der Grabungsfunde zu kommen. Als ein Mitglied des Teams ermordet wird, kommt Engel ein furchtbarer Verdacht.

Droht die Gefahr gar nicht aus Rom? Müssen sie am Ende alle sterben?

Es beginnt ein Wettlauf mit der Zeit, denn nur die Wahrheit kann sie retten.

»Das Jesuskomplott« ist ein Thriller um fromme Legenden und historische Fakten, um Reliquienkult und skeptische Wissenschaft, um Sein und Schein.

Leseprobe

Neun Tage vor der Auferstehung

Engel nahm den Finger von Sanikas Hals und wischte ihn an seiner Hose ab, als müsse er die Erinnerung an die kühle Haut von jeder Nervenfaser tilgen. Mit der rechten Hand versuchte er, die Augenlieder zu schließen, wie man es in Hollywoodfilmen tat, sie blieben aber nicht in dieser Position, und so starrte sie ihn weiterhin aus aufgerissenen, aber leblosen Augen an. Langsam hob Engel den Kopf und schaute zu Sarah auf, die wie angewurzelt zwei Meter neben der in einen weißen Sari gehüllten Leiche stand, den Blick auf das Regal auf der gegenüberliegenden Seite des Zimmers gerichtet, als könne sie damit die Wirklichkeit ausblenden. Engel stand auf, machte einen weiten Schritt über die in grotesker Verrenkung auf dem Boden liegende Tote, ging auf sie zu und berührte sie leicht am Arm. Sie zuckte zusammen, als hätte sie ein Stromschlag getroffen.

«Sanika ist tot, Sarah.»

Sie wendete ihm langsam den Kopf zu und verkrampfte dabei die Hände, als koste sie diese Bewegung die letzte Kraft. Kaum vernehmbar flüsterte sie:

«Wir sollten Pat holen.»

«Er kann ihr auch nicht mehr helfen, und seine Fähigkeiten als Gerichtsmediziner werden erst später gebraucht. Es ist wichtiger, nach Hinweisen zu suchen, warum sie sterben musste, bevor ...»

«Warum, warum!» Sarahs Stimme war plötzlich laut und kräftig, dabei höher als gewöhnlich. «Wir wissen doch eh, wie er es drehen wird. Ihr Tod passt ihm gut ins Konzept, glaub mir doch endlich.»

Engel hätte ihr in diesem Moment gerne widersprochen, um ihr und vor allem auch sich selbst Mut zu machen. Aber was sollte er sagen? Auch wenn er bei einer oberflächlichen Betrachtung der Leiche keine äußerlichen Spuren von Gewaltanwendung finden konnte, glaubte er nicht an einen natürlichen Tod. Der Körper lag seltsam verkrampft auf dem Boden, als hätte er sich in einem furchtbar schmerzhaften Todeskampf gewunden. Erbrochenes lag neben dem Kopf, und dem Geruch nach zu urteilen, hatte Sanika auch ihren Stuhlgang nicht halten können. Gesicht, Unterarme und Hände waren bläulich verfärbt. Nein, so sah kein Mensch aus, der an einem plötzlichen Herztod gestorben war, da war sich Engel sicher. Hawley würde die Todesursache später herausfinden, jetzt allerdings kam es darauf an, nach Beweisen zu suchen für die ungeheuerliche Theorie, mit der Sarah ihn vor einer Stunde konfrontiert hatte. Was hat Sanika ihr gesagt? Engel erinnerte sich noch genau an den Wortlaut: «Nicht alles ist so, wie es aussieht. Auch hier nicht. Ganz besonders hier nicht.»

Er ging zum Schreibtisch und setzte sich auf den altmodischen Drehsessel. Sanika Nuris Appartement unterschied sich deutlich von den Suiten der leitenden Teammitglieder. Es war einfach und funktionell eingerichtet. Neben dem Schlafraum und der Nasszelle gab es nur diesen kombinierten Wohn- und Arbeitsraum. Vor einem abgewetzten Sofa stand ein ovaler Rauchglastisch, darauf drei Styroporbehälter mit der Aufschrift «Delhi Delights». In einem steckte eine Plastikgabel, während ein Plastiklöffel zu Boden gefallen war. Augenscheinlich hatte sich Sanika ihr Abendessen von außerhalb liefern lassen und bevorzugte noch immer die scharf gewürzten Speisen aus dem Land ihrer Großeltern, obwohl sie selbst in Harrow im Nordwesten Londons geboren und aufgewachsen war. Der Schreibtisch war aufgeräumt, nur eine einzige Aktenmappe lag exakt ausgerichtet am rechten Rand. Engel schlug sie auf. Sie enthielt drei eng mit einer Art Stero beschriebene Blätter, vermutlich Sanikas Protokollnotizen der abendlichen Gruppensitzung. Engel zog die Computertastatur zu sich und drückte die Enter-Taste, woraufhin der Bildschirmschoner verschwand und der Dateiexplorer erschien. Engel klickte sich durch einige Ordner. Alle waren klar strukturiert: Korrespondenz und Protokolle zeitlich geordnet, dazu je ein Ordner pro Themenbereich: Grab, Ossuarien, DNA-Spuren und so weiter. In jedem dieser Ordner befanden sich zahlreiche Unterordner, in denen die Berichte der entsprechenden Teammitglieder abgelegt waren. Der Fortschritt ihrer Arbeit der letzten Wochen war komplett dokumentiert und jederzeit nachvollziehbar. Sanika Nuri war die perfekte Sekretärin und Assistentin.

Engel klickte auf den Reiter mit der Bezeichnung «Grab». Er enthielt weitere Unterordner, in denen sich die Zeichnungen des Fundes, die Berichte der Techniker, die Fotos sowie seine eigene Dokumentation zur zeitlichen Einordnung in den historischen Zusammenhang befanden. Er wollte den Ordner schon schließen, als er ein unbeschriftetes Verzeichnis sah. Vermutlich hatte Sanika einen neuen Ordner angelegt, ihn dann doch nicht gebraucht und vergessen, ihn zu löschen. Einer Eingebung folgend, öffnete Engel den Ordner. Zu seiner Überraschung war er nicht leer, sondern enthielt ein einziges Bilddokument. Als die Zeichnung den Bildschirm füllte, erkannte er sofort, um was es sich handelte. Am unteren Rand der Skizze gab es eine handschriftliche Notiz - zu klein, um sie lesen zu können. Er vergrößerte die Ansicht und scrollte zum Ende des Dokuments. Als er das eilig hingekritzelte Datum entzifferte, verfiel er in eine Schockstarre und merkte nicht, dass Sarah hinter ihn getreten war.

«Du weißt, was das bedeutet?», fragte sie mit tonloser Stimme.

Engel nickte.

«Wir werden sterben. Alle.»

21998513R00167

Printed in Poland
by Amazon Fulfillment
Poland Sp. z o.o., Wrocław